가장 찬란한 나를 배웅하며

가장 찬란한 나를 배웅하며

스물아홉, 내 운을 다 써서 만난 값진 나날들

초 판 1쇄 2025년 04월 25일

지은이 우승제
펴낸이 류종렬

펴낸곳 미다스북스
본부장 임종익
편집장 이다경, 김가영
디자인 임인영, 윤가희
책임진행 이예나, 김요섭, 안채원, 김은진, 장민주

등록 2001년 3월 21일 제2001-000040호
주소 서울시 마포구 양화로 133 서교타워 711호
전화 02) 322-7802~3
팩스 02) 6007-1845
블로그 http://blog.naver.com/midasbooks
전자주소 midasbooks@hanmail.net
페이스북 https://www.facebook.com/midasbooks425
인스타그램 https://www.instagram.com/midasbooks

ISBN 979-11-7355-218-2 03810

값 21,000원

미다스북스는 다음세대에게 필요한 지혜와 교양을 생각합니다.

스물아홉, 내 운을 다 써서 만난 값진 나날들

가장 찬란한 나를 배웅하며

우승제 지음

미다스북스

3 전쟁, 그 해악이 망쳐버린 모든 것 아프리카

4 돌고 돌아도 결국 도착한 곳은 행복이길 아시아

5 살아왔고 살아갈 곳 한국

여는 글

나는 내가 얼음인 줄 알았다. 따뜻한 것들만 보면 왜 이렇게 눈물이 흐르는지. 나는 어릴 적부터 눈물이 참 많은 사람이었다. 초등학교 시절 선생님에게 혼날 일이 생겼다면 나는 혼나기 전부터 울고 있던 아이였고, 중고등학교 시절엔 영화나 드라마를 보다 누가 죽기만 하면 울었다. 지금 생각해 보면 눈물을 흘리기 위해 곳곳에 숨어 있는 슬픔을 찾아다닌 것 같기도 하다. 사람의 눈물은 눈에 먼지나 이물질 등이 들어갔을 때 흐르는 '반사적 눈물'과 감정적으로 기쁘거나 슬플 때 흐르는 '정서적 눈물'이 있다고 하며, 일반적으로 정서적 눈물이 반사적 눈물보다 더 짜다고 한다. 이 책은 스물아홉의 끝자락에서 마주한 그 농도 짙은 정서적 눈물들의 집약체이며 서른이 두려웠던, 하지만 서른이 되어버린 애어른의 넋두리이다. 아무쪼록 잘 읽어주기를.

1

세계 일주,
그 대장정의 서막

울란바토르

기어코 여기까지 온 이유

이른 여름휴가

2023년 5월 WHO에서 코로나 팬데믹 해제를 발표했고 6월 한국에서도 코로나 위기 단계를 심각에서 경계로 하향했다. 앞서 미국, 일본, 독일 등이 비상사태를 해제한 상황이었기에 우리나라 역시 당연한 수순이었다. 하지만 당시 코로나 해제는 마스크 착용, 음식점 운영시간 제한 등의 단순한 불편함이 사라진 것을 넘어 더욱 큰 의미가 있었다. 곧 다가오는 여름휴가에 맞춰 하늘길이 다시 열렸기 때문이다. 이는 2019년 호주로 워킹홀리데이를 다녀온 이후 해외여행을 간 적 없던 내게 이번 연도 가장 큰 희소식이었다.

내가 재직 중이던 회사는 6월 내에 휴가 계획서를 제출해야 했기에 일을 하면서도, 퇴근 후에도 온통 어디로 여행을 갈지 고민하는 나날들이 계속되었다. 그러던 어느 날 친한 동생인 P에게 몽골 특가 항공권이 나왔다며 몽골로 휴가를 떠나자는 연락이 왔고 그렇게 나의 코로나 이후 첫 해외여행지는 몽골로 정해졌다. 가장 저렴한 몽골행 비행기표는 6월 중순에 있었기에 우리는 부리나케 비행기표를 예매했다. 늘 그렇듯 자유여행을 계획했으나 몽골은 투어 없이 개인적으로 자유여행을 하기 힘든 나라였다. 덕분에 나는 처음으로 투어 여행을 하게 되었다.

하지만 동행을 구하는 것은 결코 쉬운 일이 아니었다. 몽골 여행의 최적기인 여름은 6~9월 정도로 매우 짧아 대부분의 사람들이 이 시기에 몽골 여행을 계획하기 때문에 같은 날짜에 같은 일정을 가진 사람들을 구한다는 것은 매우 힘든 일이었다. 또한 평균 투어 일정은 3박 4일부터 시작하는 반면 휴가가 짧았던 우리는 2박 3일의 투어 일정을 가진 동행들을 찾고 있었기에 더욱 마음이 급해질 수밖에 없었다. 여행이 5일 남았을 무렵 인터넷 카페를 둘러보던 중 우리와 일정이 맞는 사람들을 발견했고 다행히 늦지 않게 동행을 구할 수 있었다. 동행은 하늬 누나와 지인이 형 커플, 그리고 맏형인 거용이 형과 나와 P를 포함해 총 다섯 명, 그렇게 우리는 동행이 되었고 시간이 지나 여행 당일이 되었다.

지난밤 설레는 마음을 주체를 못 하고 P와 술을 너무 마신 탓에 제시간에 일어나지도 못하고 속도 엉망진창이었지만 다행히 늦지 않게 공항에 도착할 수 있었다. 오랜만에 떠나는 해외여행이지만 긴장되지는 않았다. 그저 오래 기다렸지만 당연한 내 차례가 온 듯 마음이 편했다. 비행시간이 다가왔고 우리는 게이트 앞에 줄을 섰다. 예전에는 당연한 여행이었는데 왜 이제서야 가능해진 거냐며 속으로 욕을 하다가도 이제라도 떠날 수 있음에 감사하다며 속으로 알 수 없는 상대와 말싸움을 하며 비행기에 올랐다. 몽골까지의 비행시간은 약 3시간 30분, 숙취에 찌들어 있던 나에겐 단잠을 잘 수 있는 아주 소중한 시간이었다.

허나 비행기가 이륙하고 몇 분 지났을까 옆자리에 있던 아기가 울기 시작했다. 비행기 이륙 시 몸이 붕 뜨는 기분이 처음이라 놀랐을 수도 있겠다 하며 다시 잠을 청했으나 아기는 멈추지 않고 최선을 다해서 울었다. 시끄러운 것도 문제였지만 아이를 달래는 아빠의 태도도 문제였다. 아이의 앞자리는 한 열이 다 비워져 있었는데 애 아빠는 아이가 울자 아기의 기저귀를 갈아준 뒤 앞자리에 툭 던져놓았고 그 냄새는 고스란히 비행기 안의 승객들에게 퍼졌다. 참다못한 P는 승무원을 불러 상황을 설명했다. 승무원과 대화를 나눈 애 아빠는 기저귀를 다시 챙겨 가방에 넣었다. 시간이 조금 지나자 아이는 잠이 들었고 한동안은 조용했다. 하지만 이번엔 유치원생쯤 되어 보이는 다른 아이가 벨트가 답답하다며 풀고 자리에서 일어났고 앞자리 뒷자리 할 것 없이 뛰어다니며 소리를 질렀다. 이에 잠에서 깬 아기도 놀라서 다시 울기 시작했고 비행기 안은 난장판이 되었다. 커서 성악가가 되려는지 목청이 좋았던 두 아이는 누가 더 성량이 좋은지 대결이라도 하듯 울고 떠들어댔고 우리는 그 소리를 고스란히 들으며 몽골에 도착했다. 비행기도 노키즈존이 있으면 좋겠다.

달려라 푸르공

엉망진창이었던 비행이 끝나고 우리는 짐을 챙겨 입국장으로 들어왔다. 우리는 수많은 입국장 앞 투어사들의 플래카드들 사이에서 우리의 이름을 찾아다녔고 어렵지 않게 동행들을 만날 수 있었다. 우리의 담당 가이드는 미나. 나와 동갑인 여자였고 몽골 사람이지만 한국에서 살았던 적이 있어 한국어가 아주 유창했다. 뒤이어 화장실에 갔던 지인이 형과 하늬 누나를 만났다. 형과 누나는 우리와 같은 비행기를 탔었기에 비행 중 만난 성악가 아이들 이야기를 미나에게 하던 중 마지막 동행인 거용이 형까지 도착하여 우리는 환전을 한 뒤 차로 향했다.

몽골 여행의 이동 수단은 스타렉스와 푸르공 두 가지로 나뉘는데, 스타렉스는 우리가 흔히 알고 있는 그 봉고차가 맞다. 90% 이상이 비포장도로인 몽골 땅덩이에서 그나마 편안한 승차감을 느낄 수 있으며 시원한 에어컨이 있지만 사진이 예쁘게 나오지 않는다는 단점이 있었고, 푸르공은 승차감과 에어컨 모든 걸 포기하고 낭만과 사진 하나만을 바라보고 선택하는 차량이다. 우리 일행은 몽골에 도착하기 전 모두 푸르공을 타기로 합의를 했지만 지금 와서 생각해 보면 푸르공과 함께 찍은 사진이 하나도 없는데 굳이 그럴 필요가 있었나 싶다. 먼지와 모래가 가득 쌓인 트렁크에 하나 둘 짐을 싣고 우리는 차에 올랐다. 푸르공은 예쁜 외관과는 다르게 내부는 아수라장 그 자체였다. 이리저리 흩어져 있는 숄, 흙투성이인 바닥, 에어컨도 없이 뜨거운 햇빛 아래 주차되어 있었던 내부 온도는 40도는 되는 듯했고 안전벨트도 제대로 달려 있지 않았다.

우리의 첫 목적지는 몽골의 그랜드캐니언이라고 불리는 차강소브라가, 이동시간은 11시간 정도였다. 이 전쟁통에서 끌고 온 듯한 차를 타고 갈 생각에 정신이 아득했지만 다행인 건 차에 생수가 한 박스 준비되어 있었다. 그나마도 이동 중에 다 뜨거운 물이 되어버렸지만. 비포장도로를 달리는 푸르공 내부의 상황은 아비규환이었다. 좁아터진 자리에 안전벨트는 없고 그나마 하나 달려 있는 안전벨트는 개 목줄로 써도 될 만큼 늘어나 있었다. 비닐 같은 트레이닝복 바지를 입고 온 나는 의자에서 자꾸 미끄러져 제대로 앉아 있는 것조차 쉽지 않았고 천장에 머리를 부딪치는 건 기본이었으며 사람뿐 아니라 트렁크에 실린 짐들도 멀미를 할 정도로 차는 심하게 흔들렸다.

얼마나 달렸을까 어느덧 점심시간이 되었고 곧 무너질 듯한 폐가 같은 식당에 들렀다. 점심 메뉴는 양고기 요리, 생애 첫 양고기였으나 생각보다 입맛에 맞아 우리는 모두 설거지하듯 깨끗하게 접시를 비웠다. 이후 큰 마트에 도착했고 각자 요깃거리를 사기로 했다. 나와 P가 제일 먼저 달려간 곳은 당연히 주류 코너. 술을 좋아하는 우리에겐 처음 보는 몽골의 술들은 눈이 돌아가기에 충분했다. 우리는 휴대폰으로 검색을 하여 몽골에서 제일 유명하다는 보드카 1병과 간단한 안주를 골라 차에 탑승한 뒤 다시 이동했다. 어느덧 저녁이 되어 뉘엿뉘엿 해가 넘어가기 시작했고 비포장도로 구간이 끝나 차량 내부는 조금 평화로워졌다. 그때 지인이 형이 이동시간이 너무 기니 차에서 먼저 술을 한잔하자고 제안했다. 미나는 챙겨온 일회용 컵이 있다며 건네줬고 우리 다섯은 그렇게 차 안에서 보드카 뚜껑을 열었다. 흔들리는 차 안에서 혹여나 술을 쏟을까 빠르게 먹다 보니 얼굴이 달아오른 건지, 노을빛 때문에 붉게 보이는 건지, 우리는 모두 홍조 띤 얼굴로 넓은 초원 뒤로 저무는 해를 바라봤다. 취기 때문인지, 오랜만에 떠나온 여행이 즐거워서인지, 술이 어색한 사이를 무너뜨려 준 건지 모르겠지만 우리는 모두 웃고 있었다. 신난 우리를 위해 미나와 드라이버는 멋진 언덕이 보이는 곳에서 차를 잠시 세워주었고 우리는 마음껏 석양을 찬미했다. 목적지까지 3시간 남은 시점이었다.

그래도 괜찮아

몽골에서 여행하려면 청결함과는 잠시 떨어져 있어야 한다. 밤 12시가 되어서야 도착한 우리는 더워서 열었던 창문으로 들어온 흙먼지와 땀으로 버무려져 누렇게 변해 있었다. 차에서 가장 먼저 내린 내가 본 동행들은 흡사 인절미 네 개가 박스에서 굴러떨어지는 것 같았다. 숙소는 당연히 게르. 커다란 움집에 침대만 쪼르르 놓여 있는 단출한 모습이었다. 모두가 샤워를 먼저 하고 싶어 했지만 그 어디에도 샤워실로 보이는 곳은 하나도 없었다. 미나에게 샤워실 위치를 묻자 차로 10분 정도를 더 이동해야 한다고 했다. 거용이 형은 꼬리뼈가 무너져 내려 더 이상 차를 탈 수 없다고 했기에 형을 제외한 넷이서 샤워실로 향했다.

도착한 곳은 공중화장실 같은 건물이었는데 변기 대신 샤워기를 설치해 놓은 형태였다. 샤워 부스는 2곳밖에 없었기에 P와 하늬 누나를 먼저 들여보내고 지인이 형과 밖에서 기다리며 하늘을 바라봤다. 손전등이 없으면 바로 발밑도 잘 안 보이는 초원에서 바라다본 하늘은 별바다 그 자체였다. 광원이 하나도 없기에 더 밝게 빛나던 별들은 반짝이는 바다의 윤슬을 비단으로 엮어놓은 듯한 모습이었다. 별똥별은 또 얼마나 많이 떨어지는지 거짓말을 조금 보태서 눈을 감았다 뜰 때마다 떨어지고 있었다. 수많은 별똥별을 보며 소원을 빌 법도 했지만 당장 생각나는 게 없어서 빌지 않았다. 아니 사실 딱히 바랄 게 없었다. 행복하다고 생각한 적은 없지만 지금 당장 불행한 일이 있는 것도 아니고, 자기 전에 마음에 걸리는 일들도 크게 없었다. 주지화일지도 모르지만 지금 이 새벽같이 고요한 감정도 감히 행복이라고 불러도 된다면 난 지금 행복했다.

지인이 형과 별을 보며 이런저런 얘기를 하던 중 뒤쪽에서 웅성거리는 한국말이 들려왔다. 다섯 명의 한국인 여성들이었는데 샤워를 하려는 듯 샤워실로 향하고 있었다. 우리는 안에 사람이 있다고 설명했으나 양치만 하고 가겠다며 샤워실로 들어갔고 그들은 20분이 넘도록 나오지 않았다. 이 닦는데 뭐가 그리 오래 걸리는지 30분 정도가 지나서야 나온 그들은 말없이 떠났고 뒤이어 P와 하늬 누나도 나왔다. 많이 피곤했던 나와 지인이 형은 5분 안에 샤워를 끝내기로 약속을 한 뒤 들어갔지만 샴푸와 바디워시로 거품을 내는 도중 갑자기 물이 뚝 끊겼다. 이유인즉슨 광활한 초원에서는 물 공급이 어렵기에 물탱크에 물을 저장하여 사용하는데 저장된 물을 다 써버렸던 것이었다. 거품 때문에 눈을 못 뜨는 것도 문제였지만 몽골의 밤은 여름이어도 상당히 추웠다. 얼어 죽을 것 같던 우리는 밖에 있는 P와 하늬 누나를 큰 소리로 불렀지만 차에 들어가 있던 P와 누나는 우리 목소리를 듣지 못했다. 다행히 휴대폰을 챙겨왔던 지인이 형이 하늬 누나에게 연락했고 P와 누나가 차에 남아 있던 생수 6병을 갖다주었다. 그렇게 우리는 500밀리리터짜리 생수를 3병씩 나눠 몸을 씻고 우여곡절 끝에 샤워를 마쳤다. 이 닦으러 들어왔던 그 여자들만 아니었어도 정상적인 샤워를 할 수 있었을 텐데.

샤워를 끝내고 게르로 돌아와 짐을 정리하자 미나가 저녁 식사가 준비되었다며 모두를 불렀다. 저녁 메뉴는 삼겹살. 넓은 초원에서 삼겹살을 구워 먹으니 친구들과 계곡에서 삼겹살을 먹으며 놀던 어린 시절이 생각나서 기분이 몽글몽글해졌다. 한국인이 삼겹살을 먹을 땐 술이 빠질 수 없는 법. P가 마트에서 샀던 보드카를 꺼내자 다들 준비라도 한 듯 각자 산 술을 다 꺼내기 시작했고 테이블에는 5병의 보드카가 올라왔다. 각자 자기가 산 것부터 먹어보자며 술 뚜껑을 땄고 모두 오늘 밤 취하지 않으면 죽기라도 하듯 술을 마시기 시작했다. 하지만 너무 늦게 도착을 한 탓일까 한 잔 두 잔 마시다 보니 시간은 금세 새벽 3시를 넘겼고 내일 일정을 위해 형들과 누나는 먼저 잠을 청했다.

술이 부족했던 나와 P는 게르에 있던 목욕탕 의자를 꺼내 초원에 앉아 조용히 남은 술을 마시기 시작했고 별을 보며 마시던 나는 실수로 술을 엎질렀다. 쏟아진 술은 척박한 땅 위에 자그맣게 고였고 그렇게 만들어진 술 웅덩이 위로 별이 뜨기 시작했다. 내가 쏟은 건 술이 아니라 은하수였나. 별은 그 무겁던 밤을 지나 술 위를 부유했고 우리의 눈 속에 차올랐다. P는 나에게 밤이 지나갔다 말하고 난 아침이 온 거라며 대답한 새벽과 아침의 애매모호한 틈새에서 우리는 서로의 눈 속에 들어찬 별을 보며 듣는 누군가는 오글거린다며 얼굴을 붉힐 진지한 이야기들로 밤을 지새웠다. 새벽 5시, 우리의 새벽은 여전히 소란했다.

몽골스러운 날

노래를 틀고 마트에서 산 안줏거리들을 먹으며 창밖을 보다 보니 누군가 조약돌로 'welcome'이라고 크게 써놓은 글씨가 보였다. 귀엽다며 떠들던 찰나 미나는 여기가 오늘의 마지막 목적지인 소원의 탑이라고 소개했다. 소원의 탑은 산 중턱에 돌들을 높게 쌓아 만든 탑인데 이 탑에 돌을 던진 뒤 3바퀴를 돌며 소원을 빌면 이루어진다는 전설이 있다고 했다. 어젯밤 쏟아지는 별똥별을 보면서도 소원이 생각이 나질 않았는데 여기선 무슨 소원을 빌어야 하나 참 난감했다.

동행들이 탑을 돌며 소원을 빌 동안 나와 P는 언덕 밑에 위치한 마을과 풍경 사진을 찍느라 가장 나중에 돌게 되었다. 나보다 앞서 돌던 P는 사뭇 진지한 표정으로 걸었고 소원이 많은지 걸음도 느렸다. 나는 방해가 되지 않기 위해 조용히 뒤따라 걸으며 천천히 소원을 생각했다. P는 소원을 다 빈 듯 3바퀴를 돈 후 탑에서 조금 떨어져 나를 기다렸다. 나는 분명히 본인이 아닌 남을 위한 소원을 빌었을 P를 위해 P에게 좋은 일만 생기길 바란다는 소원을 빌었고 남몰래 4바퀴를 돌았다. 난 남들보다 한 바퀴를 더 돌았으니 내 소원을 제일 빨리 이뤄달라며 속으로 한 번 더 이름 모를 신에게 빈 뒤 차에 올랐다. 그렇게 오늘의 모든 일정을 마치고 우리는 소원의 탑 아래쪽에 위치한 작은 마을로 들어섰다.

황량했던 어제의 숙소와는 다르게 오늘은 적지만 사람들이 살고 있고 넓은 들판과 높은 산, 잘 포장된 도로가 갖춰져 있는 작은 마을이었다. 이유인즉슨 어젯밤 생수로 샤워를 한 지인이 형과 나를 위해 투어사에서 숙소를 업그레이드해 준 것이었다. 무려 화장실과 샤워실이 있었고 냉장고와 노래방 기계까지 구비되어 있는 VIP 게르였다. 배가 고팠던 우리는 먼저 저녁 식사를 했고 샤워를 한 뒤 술을 마시기로 했다. 가장 먼저 샤워를 하고 나온 지인이 형의 표정을 아직도 잊을 수 없다. 인간이 프로메테우스에게 처음으로 불을 건네받았을 때의 표정이 저런 표정일까 싶었다. 나 역시 샤워가 끝났을 때는 지인이 형과 같은 표정을 하고 있었다. 나는 샤워가 조금 길어진 P와 하늬 누나를 기다릴 겸 밖에서 드론을 날리며 바깥 풍경을 구경하고 있었다. 20분 정도가 지나자 P와 하늬 누나가 나왔고 우리는 본격적으로 술판을 벌였다.

함께하는 몽골에서의 마지막 밤이라서 그런지 우리는 빠르게 술잔을 비웠고 보드카 4병과 맥주들은 금방 동이 났다. 어느덧 시간은 11시. 술이 한참 모자란 우리는 술을 구해보려고 했지만 너무 늦은 시간이라 몽골의 가게들은 다 문을 닫은 상태였다. 너무 아쉬웠던 나는 지인이 형과 함께 어떻게든 술을 구해오겠다고 호언장담한 뒤 게르를 나왔지만 나머지 일행들은 기대하지 않는 표정이었다. 하지만 나는 믿는 구석이 있었다. 드론을 날리며 바깥 구경을 하던 중 20명은 되어 보이는 어르신 단체 관광객들이 우리 숙소 위쪽의 게르로 들어가는 걸 봤기 때문이다. 나는 이 사실을 지인이 형에게 말했고 형은 앞장서 어르신들이 묵고 계신 게르의 문에 노크를 했다.

할머니 한 분이 나오셨고 우리는 상황을 설명한 뒤 남는 술이 있다면 살 수 있겠냐며 여쭤보았다. 하지만 할머니는 술을 하지 않으신다며 되려 사과를 하셨다. 두 번째 게르도 문을 두드려봤지만 산책하러 나가신 건지 아무 대답이 없었다. 이후 세 번째 게르의 문을 두드리자 한 중년의 아저씨가 나오셨다. 우리는 또다시 상황을 설명한 뒤 남는 술이 있다면 살 수 있겠냐며 여쭤보자 아저씨는 어떤 술을 좋아하냐고 되물어보셨다. 주종은 상관이 없다고 답하자 아저씨는 잠시 고민하시더니 방에서 1.8리터짜리 참이슬 오리지널을 꺼내 오셨다. 예상 못 한 사이즈에 당황한 우리는 얼마를 드려야 하냐 물었지만 아저씨는 괜찮다며 어서 가서 재밌게 놀라고 하셨다. 감사 인사를 한 뒤 돌아서자 지인이 형은 아저씨에게 나를 사진작가라고 소개했고 답례로 다음 날 사진을 찍어드리겠다고 말했다. 나는 당황한 표정으로 형과 아저씨를 번갈아 본 뒤 멋쩍게 웃으며 몇 시가 괜찮냐고 여쭤보았다. 형이 미웠다. 아저씨는 7시부터 일정이 있으니 6시에 만나자고 하셨고 나는 그렇게 얼떨결에 촬영 약속을 잡은 뒤 게르로 돌아왔다.

커다란 소주를 들고 오자 모두가 놀란 듯 어떻게 구했냐며 물었고 나는 술을 구하는 과정과 내일 아침에 사진을 찍게 된 일도 얘기했다. 그러자 하늬 누나는 그 짧은 시간에 또 사고 쳤냐며 지인이 형을 혼낸 뒤 나에게 고생이 많다며 진심 어린 사과를 건넸다. 참이슬 오리지널은 꽤나 독했던 기억이 있어서 걱정됐지만 보드카를 먼저 마셔서 그런지 다행히 아무 맛도 느껴지지 않았다. 술도 생겼겠다 지인이 형은 지금부터 게임을 하면서 마시자 제안했고 가방을 뒤적거리더니 부루마블을 꺼냈다. 이 형, 대체 가방에 뭘 싸가지고 온 걸까. 인원수가 많아 팀을 나누게 되었고 거용이 형은 은행원을 자처했다. 충주 사람인 나와 청주 사람인 지인이 형이 한 팀, P와 하늬 누나가 한 팀이 되어 대결했다. 애들이 하는 보드게임이라 우습게 생각했지만 대결은 생각보다 팽팽했다. 나를 제외한 모두가 부루마블 고수였고 나는 어느새 플레이어에서 지인이 형을 응원하는 치어리더로 좌천되어 있었다. 사실상 2:1의 경기였으나 나는 주사위 운이 기가 막히게 좋았고 내가 주사위를 던지면 지인이 형이 전략적으로 건물을 매입하거나 매각했다. 여자친구라면 봐줄 법도 한데 지인이 형은 몽골에서 칭기즈칸이라도 빙의한 듯 최선을 다해 P와 하늬 누나를 짓밟았고 승리 후 조롱하는 것도 잊지 않았다. 부루마블 실력을 보면 형은 주식이나 부동산 투기를 한다면 금방 부자가 될 수 있을 것 같았다. 우리는 게임에 집문서라도 건듯 새벽 5시까지 게임을 했고 결과는 나와 지인이 형의 전승으로 끝이 났다.

굿바이 몽골

씻고 나오니 시간은 벌써 5시 50분. 결국 밤새도록 술만 마시다 잠도 못 자고 사진을 찍기 위해 나왔다. 아저씨와 가족분들은 준비가 덜 되셨는지 조금 늦으셨고 나는 사진 찍을 곳을 잠시 둘러보았다. 6시가 조금 넘자 가족분들이 나오셨고 나는 마을 앞뒤로 펼쳐진 산을 배경으로 열심히 사진을 찍어드렸다. 한창 사진을 찍고 있을 무렵 아저씨의 게르 쪽에서 골든 리트리버 두 마리가 나오더니 가족들 뒤에 나란히 앉았다. 나는 개들이 너무 귀여워 아저씨께 물었다. "와, 얘네는 이름이 뭐예요?" 아저씨는 뒤를 슬쩍 돌아보며 소리치셨다. “어 씨. 깜짝이야!” 그냥 몽골에 사는 개였나 보다. 어찌나 순하고 사람을 좋아하는지, 당연히 키우는 개인 줄 알았다. 어쨌든 덕분에 모두가 만족할 만한 가족사진을 얻었다. 난 따님의 SNS 아이디를 받았고 한국에서 사진을 보내드리기로 약속한 뒤 헤어졌다.

그렇게 우리 일행도 간단하게 아침밥을 먹은 뒤 투어의 마지막 목적지인 테를지 국립공원으로 향했다. 공원까지는 약 3시간 정도가 걸렸지만 이 정도 거리는 이제 익숙했다. 더 이상 닳아 없어질 꼬리뼈도 없었다. 시간이 지나 우리는 테를지 국립공원에 도착했지만 우리의 목표는 국립공원에서 걸어서 조금 더 올라가야 하는 아리야발 사원이었다. 뜨거운 날씨에 더위를 먹은 지인이 형과 하늬 누나는 밑에서 기다리기로 했고 나와 P, 거용이 형, 미나 넷이서만 사원에 다녀오기로 했다. 아리야발 사원은 눈에 보였지만 좀처럼 가까워지지 않았고 경사도 생각보다 너무 가팔랐다. 잠을 못 자서일까, 땀을 너무 흘려서일까 어지러워서 쓰러질 것 같았지만 지금 생각해 보면 그냥 숙취였던 것 같다. 당시에는 하루 종일 술만 마셔서 술을 마셨다는 사실도 까먹은 채로 돌아다녔다. 그렇게 무말랭이처럼 흐물거리며 올라가길 20분, 드디어 아리야발 사원의 본당에 도착했다. 위에서 올려다본 풍경은 가히 절경이었고 흡사 스위스에 온 듯했다. 몽골에서 후회하는 두 가지가 있다면 차강소브라가에서 드론을 날리지 못한 것과 아리야발 사원에 카메라를 들고 오지 않은 것이다. 아쉬운 대로 휴대폰으로 사진을 남긴 뒤 사원 내부를 천천히 둘러봤다. 사원의 중앙에는 커다란 불상이 있었고 미나는 불상을 향해 소원을 하나 빌라고 했다. 몽골은 소원 빌 곳이 왜 이리 많은지, 이번에는 어떤 소원을 빌어야 할까 고민하다 불현듯 떠오른 생각을 소원으로 빌었다.

밑으로 내려오자 정신을 차린 지인이 형과 하늬 누나가 반겨주었고 근처에 카페가 있다며 우리를 데려갔다. 나를 제외한 모두가 커피를 마셨고 커피를 먹지 못하는 난 주스를 마신 뒤 마지막 점심을 먹기 위해 차에 올랐다. 1시간 정도를 달리니 드넓은 초원에 덩그러니 혼자 있는 식당에 도착했고 주문을 위해 자리에 앉자 갑자기 배가 미친 듯이 아프기 시작했다. 나는 가게의 사장님에게 화장실을 물어봤고 사장님은 저 멀리 보이는 나무판자를 몇 개 덮어 세워 놓은 곳이 화장실이라며 알려주었다. 화장실의 형태도 문제였지만 거리가 더 문제였다. 지금 당장 사달이 날 거 같은데 화장실은 저 멀리 아득했다. 이럴 줄 알았으면 사원에서 아픈 곳이 없게 해달라고 빌걸. 나는 고민했다. 걸어가야 할까 뛰어가야 할까. 걸어간다면 안정성이 보장되겠지만 너무 오래 걸려 위험했고, 뛰어간다면 빠르게 갈 수 있겠지만 장이 충격을 견디지 못할 거 같았다. 결국 나는 말벌에 쏘인 개처럼 안절부절못하는 걸음걸이와 이도 저도 아닌 속도로 어기적거리며 화장실에 도착했다. 화장실은 두 칸이었고 당연히 재래식이었다. 문도 없이 앞이 훤히 다 뚫려 있었지만 이것저것 따질 처지가 아니었다. 다행히 지나가는 사람은 한 명도 없었기에 난 일을 진행시켰다. 일이 절정에 다다르고 있을 때 내 앞으로 백인 아주머니가 지나가며 자연스레 인사를 건넸다. 이게 무슨 상황이지. 순간 누군가 밥숟가락으로 머릿속을 휘저은 듯 상당히 혼란스러웠지만 나 역시 웃으며 인사를 건넸다. 그러자 아주머니도 씩 웃어 보이며 비어 있는 내 옆 칸으로 들어가 일을 진행하기 시작했다. 초면이지만 우린 그렇게 광활한 몽골의 대자연을 바라보며 사이좋게 각자의 짐을 내려놓았다. 먼저 볼일이 끝난 나는 지나가며 아주머니에게 다시 한 번 인사를 건넸고 아주머니는 유쾌하게 인사를 받아주었다. 우리는 그렇게 서로의 뇌리에 강렬한 인상을 남긴 채 안녕했다.

한바탕 전쟁이 끝나고 식당에 돌아오니 딱 맞춰 식사가 나왔다. 오늘도 역시 메뉴는 양고기. 장을 싹 비운 뒤 배가 고팠던 나는 허겁지겁 고기를 먹기 시작했다. 그런데 고기가 덜 익은 걸까. 질겨도 너무 질겼다. 너무 덜 익어서 동물 병원에 데려간다면 수의사가 다시 살려낼 수도 있을 것 같았다. 생고기 같은 요리에 이골이 난 우리는 밥을 먹는 둥 마는 둥 하며 마지막 식사를 마쳤다. 그렇게 끝까지 조용할 수 없었던 몽골 투어의 모든 일정이 끝났고 우리는 한국에 가서도 꼭 연락하자며 번호를 교환했다. 드라이버가 일행들을 각자 예약한 숙소로 데려다준 뒤 투어는 마무리되었고 나와 P는 울란바토르에서 1박을 더 한 뒤 여름휴가를 마무리했다. 유리 위 흘러가는 물방울처럼 참 잔잔하고 평화로운 여행이었다. 히말라야 등반이나 순례길 완주처럼 대단한 무언가를 한 것도 아니었다. 특별할 것 없이 하루의 반 이상을 차에 누워 하늘만 바라봤고 차에서 내리면 해가 땅 밑으로 지고 땅으로부터 달이 떠오르는 당연한 섭리를 바라본 것이 전부였지만 행복했다. 사실 행복은 늘 잔잔했다. 불행이 요란하지. 이번 몽골 여행은 함께하는 여행의 즐거움을 알려주었고 잦은 비와 안개로 흐릿했던 이번 여름이 선명해지는 계기가 되었다. 좋았던 날들을 돌이킬 때면 미소가 절로 나온다. 하루하루 새롭던 날들, 하루하루 최선을 다해 행복했던 날들, 무언가를 원함으로 활력을 얻었던 이때의 날들은 깨어서 살아가는 능동의 날들이었다.

아 참, 내가 사원에서 마지막으로 빈 소원은 '언젠가 다시 한 번 더 몽골에 오게 된다면 그때도 P와 함께였으면 좋겠다.'였다.

2

감정
그 다채로움에 관하여

부다페스트

웃었던 곳에서 울어본다는 것

두 번째 세계 일주

2023년 2월, 설 연휴를 맞아 오랜만에 P를 만나러 갔다. 술을 한잔하며 얘기를 나누던 중 대화 주제는 여행이 되었고 난 자연스레 6년 전 혼자 다녀온 세계 일주 얘기를 하게 되었다. P는 내 이야기가 재미있었는지 그 좋아하는 회를 먹는 것도 멈추고 나에게 집중했다. 내 이야기만 너무 오래 하는 것 같아 미안해진 나는 올해가 가기 전 한 번은 더 갈 거라며 이야기를 급하게 마무리했다. P는 잠시 동안 말이 없더니 갑자기 자신도 데려가달라며 떼를 쓰기 시작했다. 술에 취해서 하는 말이라 생각했기에 건성으로 알겠다며 대답했지만 P의 여행 타령은 꽤 진지했다. 여행은 생각보다 위험하다며 겁을 줘도 P의 대답은 점점 더 확고해질 뿐이었고 결국 나는 데려가겠다고 말할 수밖에 없었다.

시간이 흘러 6월이 되어 우리는 몽골을 다녀왔고 이를 기점으로 P의 세계 일주 타령은 더욱 심해지기 시작했다. 조금 지나면 잠잠해질 줄 알았던 여행 타령은 계속되었고 P의 닦달로 여행 준비는 빠르게 진행되었다. 여행 경험이 있는 내가 틈틈이 루트를 짰고 숙소와 항공권 예약, 퇴사 처리까지 3개월 만에 마무리되었다. 출발 날짜는 2023년 9월 18일. 여행 경비는 각자 700만 원 정도로 생각하고 있었고 돈이 다 떨어지면 돌아오기로 했다. 시간이 흘러 출국 날이 되었고 정신을 차려보니 난 또 P와 인천공항에 앉아 있었다. 추진력이 좋다고 해야 하나 생각이 없다고 해야 하나. 몽골을 다녀온 지 3개월 만에 서로 2년을 넘게 다닌 회사를 그만두고 여기서 이러고 있는 게 못내 웃겼다. 그러다가도 자기 몸통만 한 배낭을 메고 옆에 앉아 해맑게 비행기를 기다리는 P를 보니 한숨이 절로 나왔다. P의 배낭 무게는 무려 12kg였는데 대체 어떻게 매고 다니려고 저렇게 많이 싸 온 건지 이해가 가지 않았다. 무겁다, 어깨 아프다, 징징거릴 게 눈에 보여 벌써 정신이 아득했지만 내 코가 석 자였다. 뒤로 맨 배낭은 17kg, 앞으로 맨 카메라 가방은 8kg, 총 25kg의 짐을 들고 여행할 걸 생각하니 내 앞길도 막막했다. 하지만 이미 한 번 해본 일 두 번은 못 할까. 몸은 늙었지만 노련함이 생겼으니 괜찮겠지. 'P까지 챙기려면 6년 전보다 두 배는 힘들겠지만 두 배 더 즐겁겠지.'라는 마음으로 애써 웃으며 첫 번째 목적지인 헝가리로 향하는 비행기에 몸을 실었다. P에게는 처음이자 나에겐 마지막이 될지도 모르는 세계 일주가 시작되었다.

우린 중국을 경유하여 16시간 만에 헝가리 부다페스트에 도착했다. 장시간 비행과 경유로 지쳐버린 우리였지만 쉴 틈도 없이 시내로 향하는 버스에 올랐다. 예전에는 기차를 타고 육로로 국경을 넘어왔기에 헝가리의 공항은 처음이었다. 헝가리의 공항버스는 참 신기하게 생겼다. 버스는 2등분이 되어 있었고 그 중간이 아코디언의 주름상자 같은 걸로 연결이 되어 있어서 버스의 길이가 늘었다 줄었다 하는 듯 보였다. 짐칸은 따로 없었기에 각자의 좌석 옆에 짐을 놔두고 창가에 앉았다. 창밖에는 비가 내리고 있었다. 언제부턴가 비가 오면 무릎이 아픈 난 지쳐 잠이 들었고 정신을 차려보니 버스는 부다페스트 시내에 도착해 있었다. 우리는 방향은 같았지만 다른 숙소를 예약했기에 각자 휴대폰으로 지도를 켰다. 이상했다. 난 분명 버스 정류장에 서 있었는데 지도 속 나는 강에 빠져 죽어가고 있었다. 몇 주 전에 휴대폰을 변기에 빠트린 적이 있었는데 그때 GPS가 고장이 났나 보다. 당황한 난 조용히 휴대폰을 주머니에 넣고 P를 바라보았다. P는 태어나서 휴대폰을 처음 보는 사람처럼 이리저리 돌려보고 뒤집고 있었는데 알고 보니 P는 휴대폰은 멀쩡했지만 지도를 볼 줄 몰랐다. 결국 내가 P의 휴대폰을 들고 앞장섰다.

비는 아직도 오고 있었고 배낭은 예상보다 훨씬 무거웠다. 그 말 많은 애가 한마디도 없자 걱정이 된 나는 뒤를 돌아보았고 P는 허리를 굽힌 채 땅을 보며 따라오고 있었다. 옷도 시커먼 걸 입어서 무슨 망령인 줄 알았다. 왜 그렇게 걷냐고 묻자 허리를 곧게 펴면 배낭이 무거워 뒤로 넘어갈 것 같단다. 별걸로 다 사람을 웃긴다. 우리는 30분 정도를 걸어서야 각자의 숙소에 도착했고 샤워 후 다시 만나기로 했다. 저렴한 게스트하우스였지만 생각보다 크고 깔끔한 게 마음에 들었다. 서둘러 체크인을 부탁했지만 직원은 "Sorry."라고 말하며 이용 수칙 안내판을 가리켰다. 체크인은 3시부터

가능했다. 나는 12시를 조금 넘어 도착했기에 약 3시간 정도를 더 기다려야 했다. 내 여행은 늘 이런 식이다. 완벽하다고 생각했지만 항상 뭔가 하나씩 놓친다. 다행히 짐은 맡아 주었기에 나는 로비에 앉아 P에게 연락했고, P 역시 체크인이 1시라 기다리는 중이었다. 이후 부모님과 연락을 주고받다 보니 어느덧 3시가 되었고 나는 방에 들어올 수 있었다. 내가 머무를 방은 3층에 있는 4인 1실이었는데 손님은 나 혼자였다. 이럴 거면 왜 기다리게 했나 싶다.

부다페스트에서의 일정은 4박 5일이었기에 간단한 옷과 세면도구를 넣어둘 겸 개인용 락커를 열자 누가 넣어두고 떠난 건지 빵이 우르르 떨어졌다. 나는 바로 마트로 달려가 우유를 사 왔고 빵과 우유로 늦은 점심을 해결했다. 락커 안에는 생각보다 훨씬 많은 빵이 들어 있었기에 부다페스트를 떠날 때까지 참 야무지게 잘 먹었다. 4시가 조금 넘어서 다시 만난 P는 밥을 먹자고 했지만 빵을 잔뜩 먹은 난 이미 배가 불러 있는 상태였다. 하지만 먼저 먹었다고 말하면 삐질 게 분명했기에 열심히 밥집을 찾는 척 연기했다. P는 너무 피곤해 걸을 힘도 없다며 근처 양고기 케밥 집으로 나를 이끌었다. 식당은 작고 허름했으며 파리가 상당히 많았다. 양고기 냄새는 몽골에서 완벽히 적응했다고 생각했지만 이 식당은 더 이상 고기 냄새라고 부를 수도 없는 따뜻한 쓰레기 냄새가 나 차마 가게 안으로 들어갈 수가 없었다.

메뉴판도 헝가리어로 적혀 있어 선택지가 없던 P는 메뉴판에서 그나마 맛있게 생긴 사진을 손으로 가리켜 주문했고 곧 케밥이 나왔다. 가게 안에서 나는 역한 냄새와는 다르게 케밥 자체의 냄새는 훌륭했다. 케밥을 한입 베어 물은 P는 쏟아져 나올 듯 눈을 크게 뜨며 미간을 찌푸렸다. 맛있다는 뜻이었다. 순식간에 케밥을 다 먹은 P는 사장님에게 엄지 두 개를 날린 뒤 자리에서 일어났고 소화를 시킬 겸 주변 산책을 하다 보니 시간은 어느덧 6시, 피곤했던 우리는 각자의 숙소로 가서 쉬기로 했고 헝가리에서의 첫날이 저물었다. 23살 때는 하루 종일 돌아다녀도 힘들지 않았는데 나이를 먹긴 했나 보다. 29살이 된 지금은 이동하는 날엔 하루 종일 아무것도 못 하고 몸져누울 수밖에 없는 허름한 육신이 되었다.

어부의 요새

수많은 여행객이 부다페스트를 반복해서 찾게 되는 건 그곳엔 어부의 요새가 있기 때문이 아닐까. 나 역시 그 황홀경을 잊지 못해 6년이 지나 다시 돌아왔으니까. 간단하게 밥을 먹고 P와 함께 점심부터 국회의사당을 찾았다. 어부의 요새에서 바라보기 전 가까이서 낮의 국회의사당을 보기 위함이었다. 우리는 한국에서부터 계획했던 게 한 가지 있었는데 그건 바로 나라, 혹은 도시의 랜드마크에서 태극기를 들고 사진을 찍어 그것을 동영상으로 만드는 것이었고 그 시발점이 바로 이 국회의사당이었다.

우리는 국회의사당이 잘 보이는 적당한 곳에 자리를 잡고 주섬주섬 태극기를 꺼냈다. P를 먼저 세워둔 뒤 사진을 찍었으나 부끄러움을 많이 타는 탓에 순서를 바꿔 내가 카메라 앞에 서기로 했다. 자랑스러운 태극기를 들고 사진을 찍는 게 뭐가 그렇게 부끄럽냐고 생각한 나였지만 막상 서보니 달랐다. 사진을 찍는다는 게 창피한 게 아니라 남의 나라 국회의사당 앞에서 우리나라 국기를 들고 있는 상황이 웃겨서 부끄러웠다. 일본인이 독도에서 일장기를 들고 있으면 이런 느낌이려나. 카메라 앞에 한참을 서 있자 외국인들은 태극기를 알아본 건지 "Sonny? Squid game? Parasite?"라며 말을 걸기 시작했고 애국심이 거하게 샘솟은 난 당당하게 사진을 남길 수 있었다.

날이 상당히 더웠던 터라 근처 펍에서 맥주를 한잔하며 해가 지기를 기다렸고 서서히 해가 저물기 시작하자 우리는 어부의 요새로 향했다. 요새로 향하는 길목인 세체니 다리 앞에 도착했을 땐 6년 전 그날처럼 분홍빛 섬광이 하늘을 뒤덮고 있었다. 세체니 다리와 분홍빛 노을, 하늘에 떠 있던 그날의 손톱달까지 모든 게 변함이 없었다. 그날이 그리워서인지, 시나브로 흘러버린 세월이 야속해서인지 쓸데없이 눈물이 났다. 어릴 때부터 유난히 달을 좋아했던 P는 신이 난 듯 달 사진을 찍고 있었고 나는 혹여나 우는 게 들킬까 멀찍이서 달을 찍고 있는 P의 뒷모습을 바라보다 조용히 사진을 한 장 찍었다. 사진을 찍으며 다리 근처를 서성거리자 분홍빛 하늘은 어스름한 새벽처럼 푸른빛 하늘로 변했다. 나는 완전한 어둠보다 이 푸르스름한 하늘의 부다페스트를 더 좋아하는데 이 푸르름이 국회의사당의 주황빛 조명과 가장 잘 어울리기 때문이다.

우리는 각자의 취향대로 사진을 담은 뒤 빠르게 어부의 요새에 올랐다. 나는 기억 속 가장 뷰가 좋았던 곳으로 P를 데려갔으나 이미 사람들로 인산인해를 이루고 있었다. 하지만 좋은 사진을 위해서 기다림은 불가피한 것이라 했던가. 수십 분을 기다리자 사람들은 하나둘씩 빠졌고 우리는 태극기를 들고 사진을 찍기 시작했다. 태극기가 이목을 집중시킨 걸까, 커다란 카메라가 문제였던 걸까 점점 내 주위로 한국인 관광객들이 몰려들기 시작하더니 내 뒤로 줄을 서 사진을 찍어달라고 부탁하기 시작했다. 그렇게 수많은 사진을 찍어 준 뒤 집으로 돌아가려 하자 한 커플이 다가와 말을 걸었다. 그들은 신혼여행을 온 부부라며 자신들을 소개했고 사진을 찍어 주시면 자신들도 나와 P를 찍어 주겠다며 부탁을 해왔다. 나는 흔쾌히 수락한 뒤 열심히 사진을 찍어드렸고, 커플도 나와 P를 찍어 주겠다고 했다. 우리는 연인 사이가 아니라며 한사코 거절했지만 신랑분의 적극적인 권유로 세계 일주 중 처음이자 마지막으로 P와 함께한 사진을 남겼다.

같은 것을 좋아한다는 것은

휴대폰을 켜자 P에게 카톡이 하나 와 있었다. "나 혼자 온천 갔다 와볼게." 한국에서부터 그렇게 온천 타령을 하더니 결국 혼자 갔다. 겁도 많은 애가 얼마나 가고 싶었으면 아침부터 혼자 나간 건지 내심 기특하기도 했다. 덕분에 나도 그동안 찍었던 사진들을 정리하며 여유로운 시간을 보냈다. 오후 2시가 넘어서야 P에게 연락이 왔고 굴뚝 빵이라는 걸 먹다가 이제 숙소로 들어왔다고 했다. P는 저녁까지 개인적으로 시간을 보낸 뒤 마지막으로 어부의 요새에 다녀오자고 했고 우리는 7시가 넘어서야 만날 수 있었다. 9월의 기분 좋은 저녁 바람을 맞으며 길을 따라 걷던 중 난 마음에 드는 펍을 발견했고 P에게 말을 건넸다.

"어부의 요새 갔다가 여기서…."

"우리 조금 있다 여기서 맥주 한잔할까?"

이런 취향은 어찌나 잘 맞는지. 우리는 가게의 이름을 메모했고 다시 한 번 어부의 요새에 도착했다. 여긴 언제 와도 참 사람이 많고 예뻤다. 카메라를 들고 돌아다니니 오늘도 어김없이 사진 부탁이 쏟아졌다. 부탁을 거절하지 못 하는 내가 마음에 안 든 건지 무례하게 계속 부탁하는 사람들이 맘에 안 든 건지 P는 조용히 나를 불렀고 찡그린 표정으로 내게 말했다. "두 시간 동안만 돈 받고 찍고 그걸로 맥주 사줘." 참 실속 있는 애다. 이때는 그냥 웃어넘겼지만 이날 이후로 내게 사진을 부탁하는 사람은 한 명도 없었다. 이날 돈 받고 크게 한몫 챙길 걸 그랬다.

충분한 시간을 보낸 후 펍에 도착한 우리는 맥주를 한 잔씩 주문했다. 차분한 외관과는 다르게 정신없는 노래는 내 스타일이 아니었지만 복작거리는 사람들과 적당한 어수선함이 우리를 조금은 들뜨게 했다. 난 맥주를 마시며 첫 부다페스트 여행은 어땠냐며 넌지시 물었다. P는 내가 왜 그렇게 이곳의 야경을 찬미했는지 이제야 알겠다며 너무 행복했다고 대답했다. 나의 계획이 맘에 안 들면 어쩌나 우려하는 마음도 있었는데 다행이었다. 난 이어 내가 자는 동안 무얼 했는지, 온천은 어땠으며 굴뚝 빵이라는 건 맛있었는지 P의 오늘을 물었다. P는 그걸 왜 이제야 묻냐는 듯 재미있어 죽겠다는 듯한 표정으로 이야기를 시작했다. 설 연휴 때 내 얘기를 듣던 그 표정이었다. 온천이 어땠는지 굴뚝 빵이 어땠는지는 시끄러운 음악과 사람들의 목소리에 묻혀 잘 듣지 못했지만 행복한 표정으로 뭔가 열심히 설명하는 걸 보니 온천은 훌륭했고 굴뚝 빵도 맛있었나 보다. P는 설명이 다 끝난 듯 내게도 자신이 데려간 식당은 어땠으며 혼자가 아닌 함께하는 여행은 어떤 느낌이었냐며 나의 어제를 물었다. 나 역시 열심히 설명했지만 내 말이 끝나는 타이밍과 P가 고개를 끄덕이는 타이밍이 엇갈린 걸 보면 못 알아들었던 거 같다. 시끄러운 음악 소리 밑으로 깔리는 특별한 것 없는 대화. 문장 사이를 관통하는 선선한 바람. 맥주잔의 물기가 그저 축축하게만 느껴지지 않는 여름밤. 잊지 못할 2023년 9월 20일이 지나가고 있었다.

지나가 버린 것들

숙소로 돌아오자 또 다른 짐이 놓여 있었다. 곧 나이가 꽤 많아 보이는 할아버지 한 분이 들어오셨다. 한국인처럼 보여 "안녕하세요."라고 인사를 건넸으나 돌아온 대답은 "곤방와."였다. 할아버지는 84세 일본인이며 대학교의 교수로 지내셨다고 본인을 소개했다. 같은 동양인이라 반가웠던 건지 할아버지는 내게 어디서 왔는지, 왜 왔는지, 누구랑 왔는지 이것저것 물어보셨고 나는 하나하나 대답해 드린 뒤 할아버지께 질문했다.

"나이도 많으신데 혼자 여행하는 게 무섭지는 않으세요?"

할아버지는 대답했다.

"난 평생을 일만 하면서 살았어. 이제서야 처음으로 날 위해 쓰는 시간이 생겼는데 무서울 게 어디 있겠어. 내가 지금 무서운 건 더 많은 것을 해보지 못한 채 죽을까 봐 그게 무서워. 추억 없는 노년보다 무서운 건 없어."

할아버지는 이 말을 끝으로 잠시 외출하셨고 나는 책상에 앉아 남은 사진들을 보정하기 위해 노트북을 켰다. 추억 없는 노년보다 무서운 건 없다는 할아버지의 마지막 말이 자꾸 떠올라 불쾌한 기분마저 들어 사진에 집중할 수가 없었다. 문득 엄마가 떠올랐다. 내가 어릴 적부터 엄마는 내가 무얼 하든, 어딜 가든 그저 조심하라는 말만을 하며 응원해 주었다. 엄마의 당부가 항상 똑같았던 건 어휘의 한계가 아니라 늘 변함없는 마음에서 비롯된 게 아닐까. 21살 강원도 철원으로 입대를 지원했을 때도, 23살 전역 후 혼자서 첫 세계 일주를 떠날 때도, 25살 호주로 워킹홀리데이를 떠날 때도, 그리고 지금 두 번째 세계 일주를 떠날 때도 그저 조심해서 다녀오라는 말뿐 이유는 묻지 않았다. 그건 아마도 자식을 향한 노파심이라는 울타리가 행여 자식이 경험하게 될 세상의 확장을 막는 철조망이 될까 염려하는 마음이었을 것이다.

엄마는 어릴 적부터 참 많은 걸 희생하며 살아왔다. 책임감보단 책가방이 무거울 나이 19살, 넉넉지 않은 형편으로 엄마는 작은이모를 위해 대학 진학을 포기했다. 그렇게 어린 엄마의 어깨엔 책가방이 아닌 책임감이 자리잡았다. 결혼 후에는 30년 동안 나와 형만을 바라보다 한없이 좁아진 엄마의 세상에 노년을 지탱해 줄 추억이라는 게 남아있기는 할까. 엄마의 희생으로 나는 추억이 있는 노년을 보장받았지만 나를 위해 속절없이 흘려보낸 엄마의 계절을 좀먹고 쌓아 올린 이 추억을 훗날 난 그저 웃으면서 돌아볼 수 있을까. 부모는 자식을 위해 목숨도 걸 수 있다지만 목숨을 걸지 않는 선에서는 엄마의 인생도 중요하지 않을까, 엄마의 노년은 지금 어디를 걷고 있을까. 엄마의 생일을 확인하기 위해 책상 위 달력을 넘기다 손가락을 베었다. 시간은 생각보다 날카로웠다. 기다려 주지 않고 흘러간 세월이 미웠지만 지나간 시간에게 이유를 묻는 건 멍청한 일이었다. 세수를 하기 위해 화장실로 갔다. 거울 속에는 우승제가 아닌 못난 엄마 아들이 있었다. 인생이라는 건 도대체 뭘까. 밤 11시 50분, 오전과 오후 그 사이, 비가 참 많이도 내리는 밤이었다.

뮌헨 & 베를린

원숭이도 나무에서 떨어진다

무대 위로 향하는 열차

헝가리에서 보냈던 눈부신 날들을 뒤로하고 두 번째 목적지인 독일 뮌헨으로 떠난다. 난 맥주도, 축구도 좋아하지 않을 뿐더러 독일에 가게 된다면 동선이 뒤죽박죽 꼬이기 때문에 단호하게 거절했지만 P의 거친 항쟁으로 어쩔 수 없이 독일을 동선에 추가했다. P가 이토록 독일을 원했던 이유는 브라질 리우의 삼바 축제, 일본 삿포로의 눈꽃 축제와 더불어 세계 3대 축제로 불리는 옥토버페스트 맥주 축제가 독일의 뮌헨에서 열리기 때문이다.

우리는 간단하게 햄버거로 끼니를 해결한 뒤 기차역으로 이동했다. 역은 생각보다 컸고 내부는 사람 반 비둘기 반이었다. 기차를 타기 위해 플랫폼과 전광판을 둘러봤지만 아무리 찾아봐도 뮌헨으로 향하는 기차는 보이지 않았다. 나는 역 중앙에 있는 벤치에 P를 앉혀둔 뒤 역무원을 찾아가 플랫폼을 물었다. 그는 기차 출발시간이 많이 남은 터라 표시가 안 됐을 뿐 시간이 다가오면 전광판에 표시가 될 거라며 대답했다. 뒤를 돌아보자 10분

남짓 사이에 무슨 일이 있던 건지 P는 비둘기에게 둘러싸여 있었다. 난 무서워하는 P를 위해 빠르게 비둘기들을 쫓아냈고 비둘기들이 가방을 뺏으려 했지만 지켜냈다고 자랑스레 말하는 P를 무시한 채 기차를 기다렸다. 오후 1시, 기차가 도착했고 우리는 좌석에 앉았다. 기차표는 입석이었으나 좌석이 비어 있으면 어디든 앉아도 된다는 얘기를 들었기에 잠시나마 편하게 갈 수 있었다.

기차를 타는 일은 국적을 불문하고 괜스레 사람을 설레게 했다. 창밖에 보이는 건 곧게 자라난 나무들뿐이었다. 늦여름 부는 건들바람은 여린 나뭇잎들을 흔들었고 강가에 비친 구름들은 물결에 떠밀려 갔다. 9월 중순, 가을이 오는 듯싶다가도 아쉬워 떠나지 못하는 여름은 잎사귀의 치맛자락을 붙잡고 조금만 더 옷을 늦게 갈아입어 주기를 바라고 있었다. 왼쪽에 있는 굳게 닫힌 창 어딘가에 보이지 않는 틈이 있었는지 살바람이 들어와 내 머리칼을 흔들었고 난 어젯밤 휴대폰으로 옮겨둔 부다페스트의 사진을 훑어보았다. 1시 13분의 부다페스트와 6시 54분의 부다페스트는 결코 같을 수 없었으나 우연히 찍힌 사람들의 표정은 모두 행복해 보였다. 잠시 창밖을 본 사이 잠금 모드가 된 휴대폰 검은 화면 위로 내 표정이 비쳤다. 내 표정도 사진 속 그들과 다르지 않다는 게 좋았다.

기차는 이름 모를 역에서 한 번 정차했고 배낭을 멘 여행자 한 명이 내렸다. 스물셋 마지막으로 탔던 스펀으로 향하는 기차가 생각났다. 그때의 기차는 시간이 지나 눅눅해진 이름 모를 과일 같은 형태로, 혹은 축축한 초록색 같은 감정으로 기억한다. 그때의 기차가 연극 무대였다면 난 이름 모를 단역으로 앉아 있다가 하차했다. 혼자서 여행할 때는 무대의 구석에 있었지만 P와 함께 여행하는 지금의 난 연극의 주인공이 된 것 같았다. 오직 나를 위해 기차가 왔고, 오직 나를 위해 뮌헨으로 떠나는 듯했다. 행복이었다.

지난밤 맥주와 위스키를 섞어 마시던 P는 이미 쇄골에 턱을 박은 채 자고 있었고 땀으로 젖은 등이 조금씩 말라 가자 나도 잠에 들었다. 시간이 얼마나 지났을까 누군가 툭툭 치는 손길에 잠이 깼고 외국인 두 명이 티켓을 보여주며 본인들의 자리라고 말하고 있었다. 우린 길거리에 나앉은 부랑자처럼 기차의 연결부 통로로 자리를 옮겼다. 창밖을 보니 'Prague'라고 쓰여 있었다. 첫 세계 일주 당시 부다페스트에서 프라하로 가기 위해 버스를 탄 적이 있었는데 버스에는 프라하가 아닌 다른 글자로 적혀 있어서 당황했던 적이 있다. 버스 기사에게 아무리 "프라하?"라고, 물어도 이해를 못해 잘못 탄 건가 싶었지만 했지만 옆에 있던 한국인이 'Prague'가 프라하라고 알려줬던 기억이 있다. 아직 체코라면 뮌헨까지는 몇 시간이나 더 남은 상황이었다. 화장실 앞에 쪼그려 앉은 P는 이어폰을 꽂은 채 〈무한도전〉을 보고 있었다. 여행을 떠날 돈이면 한국에서 편한 차를 타고 좋은 호텔에서 퇴사 생활을 즐기고 있을 텐데 왜 이 힘든 길을 따라 나와서 머리도 못 감고 맨발에 슬리퍼 차림으로 화장실 앞에 앉아 있는지 참 의문이었다.

오후 8시가 넘어서야 뮌헨 중앙역에 도착했지만 우리는 한 번 더 기차를 타야 했다. 축제가 열리는 중앙역 근처의 숙소는 모두 예약이 꽉 찬 상태였기에 우리는 뮌헨에서 30km 정도 떨어진 프라이징에 숙소를 잡았기 때문이다. 역무원에게 물어물어 어렵사리 탄 기차 안은 옥토버페스트와 막차의 영향 때문인지 온통 취객으로 가득했다. 커다란 배낭을 짊어진 우리는 이리저리 치이고 인종차별을 당하며 50여 분을 더 간 끝에 프라이징에 내릴 수 있었다. 기차에서 내려 숙소로 가는 길을 검색했지만 갑자기 인터넷이 되질 않았고 이는 P의 휴대폰도 마찬가지였다. 하지만 불행 중 다행으로 역에는 와이파이가 설치되어 있었고 숙소는 역에서 빠져나와 직진만 하면 도착할 수 있었다. 9시간 동안 아무것도 못 먹고 25kg의 배낭을 메고 한참을 걷고 있으니 부다페스트의 첫날이 생각이 났다. 뒤따라오는 P는 오늘도 망령이 되어 있었다. 우리는 20분 정도를 걸어 숙소에 도착했고 샤워를 한 뒤 로비에서 컵라면과 맥주 네 병을 샀다. 난 P와 함께 가볍게 맥주를 한잔하며 축제에 관한 얘기를 나눴지만 내일이 문제였다. 데이터가 되지 않아 축제 장소로 찾아갈 방법이 없었다. 하지만 온갖 고생으로 곤죽이 되어 있던 우리는 맥주 두 병에 취해 사고를 멈췄고 그냥 '사람 많은 곳으로 걷다 보면 나오겠지.'라는 단순한 생각을 하며 잠이 들었다.

축제의 현장으로

너무 피곤했는지 11시가 넘어서야 일어났다. P는 나보다 먼저 깬 듯 아침부터 〈무한도전〉을 보고 있었다. 옥토버페스트를 기다린 게 맞는지 싶을 정도로 P는 느긋했다. 일찍 일어났으면 나를 깨우든지 먼저 씻든지. 준비가 오래 걸리는 P에게 먼저 씻으라며 소리쳤지만 P는 "5분만."을 외치며 침대에서 나올 생각이 없었다. 답답했던 나는 결국 먼저 씻었고 P를 집어 던지다시피 욕실로 밀어 넣었다. 늦게 일어난 것치곤 빠르게 준비를 끝낸 우리는 숙소 밖으로 나와 어제 걸었던 그 길을 따라 역으로 향했다. 날씨는 푸르렀고 한적한 길에는 목가적인 평화가 흐르고 있었다. 왜 이딴 곳에 숙소를 지어놨냐며 욕을 하면서 걷던 어제와는 다르게 오늘은 왜 이리 예뻐 보이는지. 역시 모든 건 마음가짐의 차이인가 보다.

우린 기차를 타고 뮌헨 중앙역에 도착했고 오늘 역시 발 디딜 틈 없이 사람이 많았다. 다행인 점은 아직 이른 시간이라 취객은 많지 않았다. 앞도 잘 보이지 않는 인산인해 속 나를 놓칠까 무서웠던 P는 내 팔을 부러트릴 듯 잡고 늘어졌다. 난 서로를 놓치더라도 6시까지 역 안에 있는 버거킹에서 만나자며 P를 안심시켰다. 혼잡한 역을 빠져나온 우리는 계획했던 대로 사람들이 많이 이동하는 쪽으로 따라 움직였다. 거리엔 전통의상인 드린들과 리더호즈를 입은 독일 사람들이 가득했다. 한참을 걸어도 보이지 않는 축제 현장에 우리는 밥을 먼저 먹기로 했다. 메뉴는 크게 고민할 필요가 없었다. 왜인지는 모르겠으나 이 거리엔 온통 인도 음식점밖에 보이지 않았기 때문이다. 주위를 둘러보던 우리는 손님이 가장 많은 식당으로 들어갔다. 이때 이 식당을 절대로 들어갔으면 안 됐다.

식당은 웨이팅이 있을 정도로 인기가 많았고 오픈 키친이라 위생도 믿음이 갔다. 10분 정도가 지나자 종업원이 자리를 안내해 주었다. P는 주방 쪽을 바라보며 앉았고 나는 P의 맞은편에 앉았다. 메뉴는 닭고기와 양고기뿐이었기에 튀겨 먹을지 구워 먹을지만 고르면 됐다. 난 닭을 별로 좋아하지 않기에 양을, P는 양은 몽골에서 질릴 만큼 먹었다며 닭을 골랐다. 손님이 많아 음식이 나오기까지 시간이 꽤 많이 걸렸는데 주방 쪽을 바라보던 P의 표정이 점점 굳기 시작했다. 이유를 묻자 P는 조용히 주방 쪽을 가리켰다. 주방 쪽을 한참 바라보자 P의 표정이 굳은 이유를 알 수 있었다. 주방 직원들은 음식과 함께 나오는 인도 전통 빵 난을 던지다 못해 패대기치듯 접시에 처박고 있었고, 맨손으로 머리를 긁고 음식을 옮기는가 하면 코를 판 손으로 고기를 집어 접시에 올려놓기도 했다. 차라리 오픈 키친이 아니었다면 몰랐을 텐데 왜 주방 뚜껑 다 따놓고 저러고 있는지 이해가 되지 않았다. 우리가 먹을 음식도 더럽게 나오면 먹지 않을 심산으로 주방을 뚫어져라 쳐다봤지만 우리 음식은 난만 패대기칠 뿐 별문제 없이 나왔다. 찝찝함을 지울 수 없었지만 배가 고팠기에 양고기를 한입 크게 베어 물었다. 생각보다 훌륭한 맛에 한 번 놀라고 양고기에서 삼겹살 맛이 나 두 번 놀랐다. 그래 알고 먹으면 세상에 먹을 수 있는 게 몇 개나 있을까. 다행히 P도 맛있어했고 우린 식사를 마친 뒤 다시 길거리로 나왔다.

축제는 다음에

이젠 어딜 가도 사람이 많았기에 사람이 많은 곳으로 가는 작전은 포기했다. 그래서 이번엔 전통의상을 입은 사람들이 많은 쪽으로 걷기 시작했고 결과는 대성공이었다. 드린들과 리더호즈를 입은 사람들을 따라 조금 걷다 보니 우리는 옥토버페스트 축제의 현장에 도착했다. 현장에는 정말 빼곡하게 사람들이 들이차 있었고 음주로 인한 사고를 방지하기 위해 수많은 경찰이 배치되어 있었다. 어디를 가도 풍기는 술 냄새 덕분에 먹지 않아도 벌써 취기가 오르는 듯한 기분이었다. 술이 주를 이루는 축제라 어른이 가득할 것이란 생각과는 달리 아이들도 상당히 많았다. 놀이 기구, 선물가게, 디저트 가게 등 볼거리가 참 많은 게 우리나라 야시장과 비슷했다. 사람들이 너무 많아 정신없다가도 높게 부유하고 있는 행복과 오후 3시 축제 현장이 주는 유대감은 본 적 없는 사람들과 앞으로 보지 않을 사람들의 행복을 진심으로 빌어주게 만들었다. P도 신이 난 듯 선물 가게에서 장난감을 구경하고 머리띠를 써보는 등 여태껏 보인 적 없는 천진한 모습을 보였다. 그 모습을 보는 것도 재미있었지만 우리의 목표는 맥주. 이런 애송이들 놀이터에서 시간을 낭비하고 있을 수 없었다. 난 이상한 캐릭터의 모자를 뒤집어쓰고 있는 P의 손목을 붙잡고 맥주 부스로 향했다.

옥토버페스트는 호프브로이, 아우구스테너, 파울라너 등 10여 개의 빅 부스와 20여 개의 스몰 부스로 이루어져 있었다. 부스의 중앙에는 높이 솟은 무대가 있었고 무대에선 밴드들이 노래하며 악기를 연주하고 있었다. 가요는 아닌 듯했고 전통민요 같았는데 굉장히 신나는 노래들이었다. 우리나라로 치면 아리랑 록 버전 같은 느낌이려나. 모든 빅 부스를 둘러본 우리는 맥주를 한잔하기 위해 가장 마음에 들었던 아우구스테너의 부스로 다시 돌아왔다. 하지만 예약을 하지 않아 테이블에 앉을 수 없던 우린 다시 거리로 나와 비교적 자리가 많은 스몰 부스를 향해 걷기 시작했다. 인파를 헤치며 부스로 향하던 중 P는 갑자기 숙소로 돌아가자며 날 불러 세웠다. P의 표정은 굉장히 좋지 않았고 땀을 흘리며 숨도 쉬기 힘들어하는 듯했다. P는 예전부터 사람이 많은 곳에 가면 어지럼증을 호소하곤 했는데 축제 속 많은 인파 때문에 증세가 발병한 듯 보였다.

난 빠르게 P를 데리고 축제 현장을 빠져나왔고 결국 우리는 맥주 한잔 못 먹고 옥토버페스트를 떠나야 했다. 동선을 망쳐가며 꾸역꾸역 넣은 독일인데 사람 많은 곳에 오래 있지도 못할 거면서 맥주 축제는 왜 오고 싶다고 한 걸까. 숙소로 돌아가는 길 내내 화가 나 참을 수가 없었다. 하지만 아픈 사람한테 화를 낼 수도 없는 노릇이었다. 혼자 삭히는 게 분해 집으로 가는 길에 맥주를 참 많이 샀다. 숙소로 돌아온 P는 조금 괜찮아진 듯 맥주를 조금씩 마셨고 자기 때문에 축제를 즐기지 못해서 미안하다며 사과했다. 화가 조금 누그러든 나는 간이라도 봤으니 됐다며 다음에 꼭 다시 오자며 약속했다. 그렇게 우리의 첫 번째 옥토버페스트는 숙소에서 축제 현장 사진을 보며 맥주를 마시는 블루투스 옥토버페스트가 되어 끝이 났다.

축제 하나만을 바라보고 온 뮌헨에서의 일정은 고작 2박 3일이었기에 우린 빠르게 떠날 채비를 했다. 이번 목적지는 베를린. P와 함께 호주 워킹홀리데이 생활을 했던 제니퍼를 만나기 위해서다. 비행깃값이 상당히 비쌌기에 버스를 타고 이동하기로 했다. 아침부터 배도 아프고 몸살 기운이 있었지만 버스에 화장실이 있었기에 안도하며 탑승했다. 이동 시간은 약 8시간. 부다페스트에서 뮌헨까지 7시간이 걸렸는데 독일 내에서 도시 간 이동을 하는데도 8시간이 넘게 걸린다. 새삼 독일 땅덩어리가 얼마나 큰지 체감이 됐다. 출발한 지 두 시간쯤 지나자 속은 점점 더 엉망이 되어갔고 열도 꽤 많이 나기 시작했다. 버스 안이 더운 건지 열 때문인지 땀이 비 오듯 흘렀고 이는 곧 탈수로 이어졌다. 다행히 버스는 중간에 잠시 정차했고 난 마트에 들러 물과 음료수를 산 뒤 다시 버스에 올랐다.

버스 안에서는 와이파이가 됐기에 P는 제니퍼와 꾸준히 연락을 주고받으며 제니퍼의 집 주소를 알아내었다. 버스는 8시간을 달려 우리를 베를린에 내려주었고 P가 알아낸 정보들로 제니퍼의 집으로 가기만 하면 됐다. 팔다리에 힘이 빠져 산송장처럼 P를 따라 걷다 보니 헤매지 않고 제니퍼가 사는 아파트에 도착했지만 상세 주소를 받기 전 버스에서 내려 정확한 층과 몇 호인지는 알아내지 못했다고 했다. 당장이라도 숨이 끊어질 것 같던 나는 모든 층에 있는 호출 버튼을 눌러봤지만 제니퍼는 나오지 않았다. 30분 정도가 지나도 아무런 소식이 없자 스트레스가 극에 달한 나는 아파트를 올려다보며 제니퍼의 이름을 목 놓아 부르짖었다.

한참을 불렀을까? 외국인 한 명이 창문을 열고 무슨 일이냐 물어왔다. 난 죽어가는 목소리로 휴대폰을 빌릴 수 있겠냐며 물었고 잠시 후 외국인은 맥주 두 병을 들고 내려왔다. 그는 터키 사람이라고 자신을 소개했으며 날도 더운데 하나씩 먹으라며 나와 P의 손에 맥주를 쥐여주며 흔쾌히 휴대폰을 빌려주었다. P는 SNS로 여러 차례 메시지를 보내고 전화를 걸었으나 모르는 번호라 그런지 제니퍼는 받지 않았다. 10분쯤 지나자 제니퍼에게 전화가 왔고 그녀는 기차역에서 우리를 기다리다가 연락이 안 되어 다시 집으로 돌아오고 있다고 말했다. 전화를 끊고 몇 분 후 저 멀리 제니퍼가 보였고 우리는 터키 친구에게 감사 인사를 한 뒤 제니퍼의 집으로 들어갈 수 있었다. 제니퍼는 나와 P를 위해 케밥을 사 왔지만 속이 난장판이었던 난 제니퍼가 사준 케밥과 터키 친구가 준 맥주 그 어느 것도 먹을 수는 없었다. 수년 만에 만난 P는 신난 듯 제니퍼와 회포를 풀었고 다행히 남는 방이 있어 나는 먼저 몸져누웠다. 아무리 생각해도 지난밤 먹은 맥주 때문에 이렇게 아플 리가 없었다. 이틀간 내가 먹은 거라곤 인도 음식점에서의 양고기와 아침에 먹은 치즈버거뿐이었다. 오늘 아침 같은 햄버거를 먹은 P가 멀쩡한 걸 보면 이 모든 문제는 인도 음식점에서 먹은 양고기 때문이라는 결론이 나왔다. 물갈이 하나도 견디기 힘들었는데 몸살까지 걸려버린 나는 9월 한여름에 전기장판을 틀고 줄줄 흐르는 식은땀과 함께 엄마를 찾으며 잠이 들었다.

지옥의 물갈이

밤새 구토와 설사를 반복한 나는 해가 뜰 때쯤에는 바닥까지 쥐어짜진 치약처럼 곯아 있었다. 마지막으로 시계를 본 게 새벽 4시였던 거 같은데 몇 시에 잠든지도, 아니 애초에 잠이 들긴 했던 건지도 기억이 가물가물 했다. 오늘은 아침 일찍 제니퍼와 함께 베를린 여행을 하기로 했으나 손가락 하나 움직일 힘이 없던 난 오늘 아침 눈을 뜬 것만으로도 감사해야 할 몸 상태였다. 난 속된 말로 똥 빼고 못 먹는 게 없을 만큼 가리는 음식이 없고 29살 평생 음식 알레르기나 물갈이 같은 건 경험해 본 적이 없다. 하지만 인도 놈들은 밥에다 뭔 짓거리를 한 건지, 사람을 산 채로 절구통에 넣고 빻아도 이렇게 아프지는 않았을 거다. 내가 많이 걱정됐는지 P는 나가기를 주저했지만 난 하루 종일 화장실 변기 물 내리는 소리만 듣고 싶은 게 아니라면 얼른 나가라며 등을 떠밀었다. 등쌀에 떠밀린 P는 이마에 물수건을 올려주며 돌아올 때 꼭 약을 사 오겠다고 한 뒤 제니퍼와 함께 집을 나섰다.

P가 나간 이후 내 하루는 생지옥이었다. 열은 내려가지 않았고 근육통이 너무 심해 허리를 펼 수도 없었다. 먹은 것도 없는데 뭐가 그리 나오는지 속도 위아래로 난장판이었다. P는 잘 놀고 있는 듯 어딘가 이동할 때마다, 뭔가를 먹을 때마다 연락을 해왔고 옥토버페스트에서 본 전통의상인 드린들을 입은 사진도 보내왔다. 둘 중 한 명이라도 잘 놀고 있어서 다행이었다. 오후 7시쯤 복통과 울렁거림이 잠시 멎자 배가 고파진 난 주방을 둘

러보다 신라면 하나를 발견했고 제니퍼에게 양해를 구해 라면을 끓였다. 얼큰한 라면이라 그런지 먹어도 속은 멀쩡했고 난 국물까지 다 마신 뒤 정확히 10분 뒤에 다 토했다. 꼬박 하루를 굶고 먹은 게 아까워서라도 참으려 했지만 10분이 딱 한계였다. 뜨겁고 매운 걸 먹고 쏟아내니 속과 목이 타들어 갈 듯 아팠고 락스를 마신 것처럼 목을 움켜쥐고 몸부림치고 있을 때 P와 제니퍼가 돌아왔다.

P와 제니퍼는 하루 종일 쏟아냈을 나를 위해 이온 음료와 약을 건네주었다. 정말로 약이 효과가 있었는지는 모르겠지만 제니퍼의 세심한 배려와 P가 새벽까지 돌봐준 덕분에 조금은 나아진 상태로 독일을 떠날 수 있었다. 결국 베를린에서 남긴 사진은 단 한 장도 없고 기억나는 것은 제니퍼가 내어준 방의 천장과 화장실뿐이다. 한 도시의 기억이 통째로 없는 것은 많은 아쉬움이 남는다. 하지만 만족감이나 기념품 등 무언가를 가지고 돌아오는 것만이 아니라 여행이 아니라 무언가를 남기고 오는 것 또한 여행이지 않을까. 그게 물건이 되었건 사람이 되었건 아쉬움이 되었건 내가 남기고 온 모든 것들이 언젠간 나를 다시 그곳으로 돌아가게 해주리라 믿는다. 만약 언젠가 다시 독일로 여행을 오게 된다면 그 이유는 이날의 아쉬움 때문일 것이며 그땐 아무리 배가 고파도 인도 음식은 먹지 않으리라 다짐했다.

6년 만이네요, 할머니

운수 좋은 날

가끔 유럽 애들이 일 처리를 하는 모습을 보면 돌려차기로 목을 부러트려 버리고 싶을 때가 있다. 오늘이 바로 그런 날이다. 아침부터 프랑스 파리로 이동하기 위해 베를린 국제공항으로 왔다. 촉박하게 도착했지만 마감시간이 지나지는 않았기에 무거운 배낭을 메고 부리나케 카운터로 달려갔다. P가 먼저 발권을 받은 뒤 짐을 보냈고 내 차례가 되자 승무원은 잠시 기다려 달라고 말했다. 마감 시간이 거의 다 되도록 아무 말이 없자 나는 승무원에게 언제까지 기다려야 하냐 물었고 돌아온 대답은 마감 시간이 다 되어 티켓을 발권해 줄 수 없다는 것이었다. 네가 기다리라며. 화가 난 P가 소리를 지르고 난리를 치길 수 분. 그제야 인심 쓰듯 표를 발급해 준 것도 화가 났지만 수하물은 마감되어 끝끝내 보낼 수가 없다고 했다. 정말 다 목을 부러트리고 싶었지만 비행기 탑승이 우선이었기에 우린 게이트로 향했다. 20kg이 넘는 내 짐을 기내에 실어줄 리가 없다며 걱정스러운 마음으로 도착했지만 여기 승무원은 눈이 없는지 아무런 제재 없이 날 들여보내 줬다. 하지만 불운은 베를린 공항에서 끝나지 않았다.

우리는 무사히 파리 샤를 드골 공항에 도착했다. 짐을 모두 기내에 싣고 탔던 나는 따로 짐을 찾을 필요가 없었기에 P의 짐이 나오기를 같이 기다렸다. 하지만 10분, 20분이 지나도 P의 배낭은 나오지 않았고 결국 해당 항공편의 모든 짐 배출이 다 끝날 때까지 P의 배낭은 나오지 않았다. 혹시 기다리면 나올까 나는 컨베이어 앞에서 계속 자리를 지켰고 불안해진 P는 해당 항공사의 사무실로 찾아가 따지기 시작했다. 항공사 직원들은 베를린에서 짐을 싣지 않은 것 같다며 파리 숙소의 주소와 이메일을 적어 놓으면 다음 주 중으로 짐을 보내주겠다는 개소리를 늘어놓았다. 하지만 그곳엔 이미 주인을 잃은 캐리어와 배낭들이 쌓여 있었고 여기서 주소를 적고 돌아간다면 자신의 짐도 저 속에 묻혀 영원히 찾지 못하게 될 거란 걸 짐작한 P는 자신의 짐을 가지고 올 때까지 여기서 나가지 않겠다고 소리를 질렀다. 그렇게 2시간쯤 실랑이를 벌였을까. 직급이 높아 보이는 한 남자가 들어오더니 뭔가를 툭 던져놓고 갔다. P의 배낭이었다. 이놈들, 배낭을 가지고 있었으면서 지금까지 안 준 건가. 머리끝까지 화가 났지만 더 이상 싸움을 할 힘도 없던 P는 배낭을 챙겨 입국장으로 나왔다. 서러운 건지 화가 난 건지 P는 툭 치면 울 것 같은 표정으로 안에서 있었던 일들을 쏟아냈다. 이성을 잃고 폭주한 P는 마취총 없이 제압이 불가능했지만 적당히 맞장구를 쳐주고 욕해주니 서서히 안정을 되찾아 갔다. 나 역시 무슨 일인지도 모르고 사무실 밖에서 2시간을 함께 기다렸는데 날 위로해 줄 사람은 없었다. 파리의 도착은 서러웠다.

짐을 찾는 데 너무 많은 시간을 쓴 탓에 버스와 기차를 다 놓쳐버린 우리는 어쩔 수 없이 택시를 이용했다. 파리에서 머무를 숙소는 한인 민박이었다. 6년 전 파리에서 한 달간 지냈던 곳이며 따뜻한 조선족 할머니가 운영하시는 민박집이다. 많은 우여곡절이 있었지만 우리는 할머니가 계신 민박집에 무사히 도착했다. 현관에서 벨을 누르자 할머니가 나오셨고 나와 P를 반갑게 맞이해 주셨다. 할머니는 오랜만에 본 내게 왜 이렇게 살이 많이 빠졌냐고 걱정하시며 늦은 시간이지만 밥을 차려주셨다. 사실 파리를 다시 찾은 이유도 그저 할머니를 뵙기 위해서였다. 전역 4개월 전 친할머니가 돌아가시고 할머니의 빈자리가 컸던 내게 민박집 할머니는 친할머니 같은 존재가 되어주셨다. 오랜만에 만난 할머니는 머리가 희끗희끗 세었고 많이 수척해진 모습이었다. 프랑스 지인에게 할머니의 건강이 최근에 많이 안 좋아지셨다는 얘기를 들어 마음이 좋지 않았다. 할머니는 6년 전에는 혼자 와서 많이 외로워 보였는데 지금은 둘이라 그런지 행복해 보인다고 말씀해 주셨다. 순간 나를 힐끔 쳐다보는 P와 눈이 마주쳤지만 나도 할머니의 말을 딱히 부정하지는 않았다. 이날 하루에 일어난 사건 사고들만 봐도 행복과는 거리가 멀었지만 혼자인 것보단 역시 둘이 낫다. 둘이라고 해서 불행이 반으로 줄어드는 건 아니었지만 불행한 사람이 나 혼자가 아니라는 사실이 위로된다는 점이 좋았다. 사람은 역시 짝수일 때 빛난다. 나와 P는 그동안 있었던 일과 함께 여행을 오게 된 이유를 말씀드렸고 가벼운 얘기를 마친 우리는 각자의 방으로 들어갔다. 방에는 투숙객이 한 명 있었는데 어려 보이는 학생이었다.

이름은 다니엘. 19살이었으며 파리에서 학교를 다니는 학생이라고 자신을 소개했다. 문득 한국 이름도 궁금해져 물어봤지만 다니엘은 한국인이지만 태어나자마자 아프리카로 넘어와 남아공과 튀니지에서 유년 시절을 보냈고 파리에서 학교생활을 시작해 한국 이름은 없다고 했다. 뒤이어 나도 내 소개를 했고 여행하는 이유와 할머니와의 인연을 다니엘에게 말해주었다. 다니엘은 다음 목적지를 물었으나 프랑스 이후로 아무 계획이 없던 나는 고민 중이라고 대답했다. 그러자 다니엘은 자신이 자란 남아공과 북아프리카에 있는 튀니지라는 나라를 추천했다. 튀니지에는 자신의 아버지가 목사 겸 가이드로 지내고 계시니 혹시나 튀니지로 여행을 가게 된다면 아버지에게 말씀을 드릴 테니 편하게 말해달라고 했다. 뜻밖의 좋은 선택지가 생긴 나는 다니엘과 연락처를 교환했고 10살이라는 나이 차이가 무색할 만큼 급속도로 친해졌다. 다니엘과 나는 처음 보는 사이라고는 보이지 않을 만큼 수많은 대화를 나눴고 새벽 3시가 넘어서야 잠이 들었다.

파리에서 맞이하는 첫 아침. 할머니와 마찬가지로 6년 전 이 민박집에서 처음 알게 된 두 살 어린 동생 소정이를 만나기로 한 날이었다. 소정이는 20대 초반부터 프랑스에서 유학 생활을 시작했고 민박집 근처에 살고 있어 할머니와 자연스레 친해지게 되었다고 했다. 소정이는 현재 공부를 하며 할머니의 동생분께서 운영하시는 민박집 2호점의 일을 돕고 있다고 했다. 소정이와의 약속은 저녁이었기에 나와 P는 그전까지 에펠탑에 다녀오기 위해 숙소를 나섰다. 민박집의 위치는 6년 전과 바뀌었지만 여전히 7호선 빌레쥐프 역 근처였기에 지도를 보지 않고도 에펠탑을 찾아갈 수 있었다. 당장 어제 뭐 했는지도 잘 기억 못 하는 내가 이런 걸 기억하는 건 지금 생각해도 참 신기하다. 난 에펠탑으로 향하는 내내 P에게 에펠탑의 황홀함에 대해서 설명했고 P가 지겹다며 귀를 막을 때쯤 에펠탑 앞에 도착했다. 그런데 에펠탑의 상태가 좀 이상했다.

푸르렀던 잔디는 이등병 머리처럼 다 밀어버려 온데간데없었고 탑 주변에는 공사를 하는 듯 넓게 펜스가 처져 있었다. 당황한 나는 다니엘과 소정이에게 연락해 영문을 물었고 현재 에펠탑 주변은 2024년 개최하는 파리 올림픽 준비로 대대적인 공사가 진행 중이라는 대답이 돌아왔다. 난 조용히 P의 눈치를 봤고 P는 "에펠탑을 봤다는 게 중요한 거지."라며 피식 웃어 보였다. 우리는 에펠탑의 아쉬움을 뒤로하고 샹젤리제 거리를 걸으며 개선문까지 산책했고 약속 시간이 다 되어 와인과 맥주를 산 뒤 숙소로 향했다. 해가 다 지고 나서야 숙소에 도착한 우리는 현관 앞에서 비밀번호를 눌렀으나 문은 열리지 않았다. 그 잠깐 사이에 비밀번호를 바꿨나 싶어 할머니에게 전화를 걸어 문을 열어달라고 하자 할머니는 소정이와 옆 건물에서 나오시며 예나 지금이나 길 못 찾는 건 여전하다며 웃으셨다.

샤워를 마치고 나오니 다니엘도 수업이 끝나 숙소에 돌아왔고 나는 P와 소정이에게 양해를 구해 다니엘도 함께 술을 마시게 되었다. 낯을 많이 가리는 성격의 P였으나 붙임성이 좋은 소정이와 다니엘의 능글맞은 성격 덕분에 P도 편하게 어울릴 수 있었다. 나와 P는 여행자, 소정이와 다니엘은 유학생 신분이었기에 대화 주제는 자연스럽게 여행이 되었다. 소정이는 다음 주에 떠날 스위스 얘기를, 다니엘은 자신이 자란 남아공과 튀니지 얘기를, P는 첫 유럽 여행지인 헝가리 얘기를, 나는 여름휴가 때 다녀온 몽골 얘기로 식탁을 가득 채웠다. 경험한 적 없는 스위스와 아프리카 이야기는 또다시 나를 떠나고 싶게 만들었고 P의 시선으로 바라본 헝가리의 이야기는 지나온 여행지를 새로운 방식으로 사랑할 수 있게 만들었다. 보고 듣고 느낀 행복한 감정을 나눌 사람이 없어 한없이 쓸쓸했던 여행을 경험해 본 나는 서로 이야기를 나누는 이 시간이 너무 소중해 얼려서 간직하고 싶을 만큼 행복했다. 이날 작은 식탁에 모여 앉은 P, 소정이, 다니엘이라는 인연은 내가 여행하며 겪었던 수많은 불운 중 가장 큰 행운이었다.

여행 브이로그에 대하여

나는 유튜브 보는 걸 굉장히 좋아한다. 공포, 예능, 다큐, 시사, 뉴스 등등 종류를 불문하고 다 좋아하는데 유일하게 보지 않는 하나가 브이로그다. 이건 그냥 괜히 못 보겠다. 이유를 설명할 수는 없지만 왠지 융털까지 소름이 돋는 기분이다. 브이로그 찍는 분들을 비하하는 의도는 절대 아니다. 그냥 내가 그렇다. 여행을 떠나기 약 2주 전 난 프랑스의 어디를 가면 좋을지 유튜브로 검색하곤 했다. 하지만 다 어디선가 캡처해 온 사진에 텍스트만 넣은 무미건조한 영상들 혹은, 본인의 예쁜 모습만 담은 브이로그들 뿐이었다. 예쁜 척하는 여자가 아닌 프랑스 현지의 모습이 담긴 영상을 보고 싶던 나는 어쩔 수 없이 비교적 최근에 올라온 한 파리 브이로그 영상을 재생했다. 쓸데없는 장면을 스킵하다 보니 베르사유 정원에서 피크닉을 하는 장면이 나왔는데 생각보다 영상을 너무 예쁘게 담아 적잖이 놀랐다. 사실 유튜버가 예뻐서 계속 본 것도 있다. 그 뒤로도 이 유튜버의 영상을 몇 개 더 찾아본 나는 영상에 나온 베르사유와 지베르니를 파리 일정에 추가했다. 참고로 유튜버의 이름은 규진이다. 베르사유의 아름다움이 궁금하다면 한 번쯤 보는 걸 추천한다. 예쁜 사람이 예쁜 곳에 가면 그 시너지가 얼마나 엄청난지 느낄 수 있다. 맹세코 유튜버 규진 님과의 어떠한 금전적 거래도 없었으며 그저 지극히 개인적인 생각임을 밝혀두는 바이다.

대관절 이렇게 해서 가게 된 베르사유. 지난밤 와인을 너무 마신 탓에 숙취가 너무 심해 힘들었지만 가까스로 베르사유 정원에 도착했다. 폐장 시간을 2시간 남기고 도착한 우리는 서둘러 티켓을 사고 정원에 입장했다. 이곳도 에펠탑과 같이 올림픽 준비를 위해 공사가 예정되어 있었지만 다행히 우리가 갔을 때는 공사 전이었다. 베르사유 정원에 와서 가장 처음 해야 하는 건 정원 중앙에 있는 라토나 분수 위쪽에서 정원을 한눈에 내려다보는 것이다. 커다란 분수대와 넓은 정원에는 오리, 비둘기 등 새들도 정말 많았다. 좌우로 잘 정렬된 나무들과 시선의 끝에 보이는 커다란 대운하. 이렇게 사치스럽고 웅장한 정원이 세상에 또 있을까 싶다. 정원 곳곳에 설치된 스피커로부터 클래식 음악이 흘러나와 걷다 보면 판타지 소설의 등장인물이 된 듯한 느낌도 들었다. 이 아름다운 베르사유 정원에도 단점이 하나 있었는데 그것은 커도 너무 크다는 것이다. 여의도 면적의 세 배 크기라는 베르사유 정원은 전체를 둘러보려면 3시간은 족히 걸어야 했고 어떤 곳은 미로처럼 조성되어 있어 실제로 길을 잃는 사람도 많았다. 예전에는 이렇게 넓은 정원에 화장실이 하나도 없어 정원 곳곳에 인분이 가득했고 그 냄새를 없애기 위해 수천 그루의 오렌지 나무를 심었다는 얘기도 있다.

사진을 찍으며 천천히 걷다 보니 운하에 도착했고 작은 나룻배를 대여할 수 있는 곳이 나왔다. P는 배가 타보고 싶은 듯 나를 배 쪽으로 끌고 갔지만 정원의 폐장 시간이 얼마 남지 않아 나는 안 된다며 단호하게 거절한 뒤 P를 다시 대운하 쪽으로 이끌었다. 지금 생각해 보면 난 왜 안 된다고 했으며 P는 왜 내 말을 고분고분 들은 건지 모르겠다. 타고 싶었으면 혼자서 타고 나는 폐장 시간에 맞춰 P를 데리러 갔어도 됐을 텐데. 대운하의 중반 정도를 지나자 규진 님의 브이로그에서 봤던 피크닉을 즐기는 사람들이 보였다. 돗자리를 펴고 누운 사람도 있었지만 맨몸으로 잔디에 누운 사람들도 보였다. 이게 유러피언들의 여유인가 싶다가도 거위, 오리, 비둘기들의 똥밭에 누워 있다고 생각하니 자칫 멋있다고 느낄 뻔한 감정이 한순간에 자취를 감췄다. 개똥밭에 굴러도 저승보단 이승이 낫다지만 멀쩡하게 잘살고 있는 지금 똥밭에 누울 필요성은 느끼지 못했기에 우리는 얌전히 벤치에 앉아 똥밭 위의 피크닉을 바라보다 폐장시간에 맞춰 정원을 빠져나왔다.

정원을 돌아보며 든 생각은 브이로그도 아무나 찍는 게 아니라는 것이다. 그냥 걸어 다니기만 해도 땀이 줄줄 흐르고 힘든데 쉴 새 없이 떠들고 카메라까지 들고 다니려면 어지간한 체력으로는 안 되겠다. 또 너무 현실적인 사람도 브이로그에 어울리지는 않아 보인다. 브이로그는 세상을 비스듬한 시선으로 보며 숨겨져 있는 매력을 찾아 이야기하는 게 매력이라고 생각한다. 하지만 나 같은 사람이 한다면 이처럼 여유로운 베르사유에서 똥 타령이나 하고, 너무 더워서 땀을 싸는 지경에 이르렀다는 둥 매를 버는 소리만 하다가 악플에 상처 받고 유튜브를 접을 것 같다. 베르사유 정원을 우습게 보다 큰코다친 P는 이후 정원 얘기만 하면 학을 뗐고 결국 우리는 이후 일정에서 지베르니를 지웠다.

파리지앵의 음주문화

처음으로 낮이 아닌 밤에 외출했다. 할머니의 아드님께선 파리 시내에서 하나뿐인 한국식 포장마차를 운영하셨는데 개업 2주년을 맞아 영업 종료 후 지인들끼리 축하 파티를 열기로 했다고 했다.(편의를 위해 삼촌이라 칭하겠다.) 나와 P는 감사하게도 할머니께서 삼촌에게 얘기를 해주셨기에 소정이와 함께 파티에 참석할 수 있었다. 소정이와 우리는 지하철역에서 만나 삼촌이 운영하는 술집으로 이동했다. 낮과는 다른 쌀쌀한 날씨에 실내로 들어가고 싶었지만 실내는 이미 만석이었기에 우선 야외에 놓인 테이블에 앉았다. 우리가 도착한 시간은 10시. 파티는 1시부터 시작이었기에 우리는 가볍게 맥주를 한 잔씩 마시기로 했다. 자리에 앉아 술을 주문하고 기다리자 삼촌께서 반갑게 맞아주셨다. 삼촌은 6년 전 민박집에서 나를 본 기억이 있다고 말씀하셨고 지금은 바쁘니 파티가 시작되면 많이 챙겨주겠다며 가게 안으로 돌아가셨다.

추위를 견디며 평소처럼 일상 대화를 이어가던 중 가게의 입구 쪽에서 익숙한 실루엣이 보였다. 다니엘이었다. 출발 전 같이 가자고 연락했지만 중요한 약속이 있다며 거절하더니 여기서 술 약속이 있었나 보다. 난 담배를 피울 겸 재떨이가 있는 입구 근처로 이동했다. 다니엘은 한국 친구들과 대화하고 있었는데 친구들이 한국어로 얘기를 하면 다니엘은 불어로 대답하는 신기한 상황이었다. 자연스럽게 불어를 쓰는 모습이 멋있었지만 굳이 저렇게 불편하게 대화해야 하나 싶었다. 한참 동안 듣다 보니 불어치고는 익숙한 단어들이 많이 들렸다. 알고 보니 다니엘은 그냥 술에 취해 혀가 꼬부라진 것뿐이었다. 담배를 다 피우고 돌아오자 실내에 자리가 생겼고 우리는 실내로 이동해 본격적으로 술을 마시기 시작했다. 한국 포장마차인 만큼 가게 내부에서는 BTS 노래가 흘러나오고 있었고 여기저기 따라 부르는 외국인들이 많이 보였다. 술을 마시다 보니 프랑스의 음주문화가 궁금해진 나는 주위를 관찰하기 시작했다.

내가 생각하는 파리의 음주문화는 점잖게 와인을 마시거나, 축구를 보며 가볍게 맥주를 한두 잔 즐기는 정도였지만 이 시끄럽고 혼잡한 한국 포장마차에서 소맥을 말아먹어도 그 자태를 유지할 수 있을지 궁금했다. 난 취기가 조금 오른 남자들을 표적으로 삼은 뒤 소정이에게 그들이 무슨 대화를 나누는지 물어봤다. 소정이는 잠시 듣더니 축구 얘기를 하고 있다고 했고 이 남자들은 만취해서 가게를 나설 때까지 축구 얘기로 언쟁을 벌였다. 취기가 조금 오른 나는 화장실을 가기 위해 2층으로 향했다. 화장실은 남녀가 구분되어 있었고 남자 화장실은 사용 중이었기에 밖에서 잠시 기다렸다. 곧 남자 화장실 문이 열렸고 한 여자가 나왔다. 여자는 만취한 듯 씩 웃어 보이더니 1층으로 내려갔고 화장실 안에는 그 여자가 두고 간 듯 휴대폰 하나가 놓여 있었다. 볼일을 다 본 뒤 문을 열자 휴대폰을 찾으러 온 듯 보이는 여자가 문 앞에 서 있었고 나는 휴대폰을 돌려주었다. 술 마시면 뭔가를 두고 가는 건 한국과 비슷했다.

손을 씻기 위해 밖으로 나가자 누군가 세면대 위에 토를 해놨었고 어떤 여자는 계단에 앉아 울며 전화를 하고 있었다. 전화하던 여자 입가가 지저분한 걸로 봐서는 이 여자가 범인인 듯했다. 흘러나오는 노래에 맞춰 누군가는 춤을 추고 있었고 고래고래 소리를 지르는 사람도 있었다. 파리지앵이고 나발이고 사람 사는 건 다 똑같았다. 아비규환이던 화장실에서 빠져나와 자리로 돌아가던 중 다니엘과 눈이 마주쳤고 난 다니엘을 우리 테이블로 불렀다. 처음 봤을 때도 멀쩡해 보이지는 않았지만 테이블로 불렀을 때의 다니엘은 목젖 바로 밑까지 술이 차오른 상태였다. 다래끼가 심하게 난 것처럼 눈도 제대로 뜨지 못했고 침을 튀기며 뭔가 열심히 떠들었지만 나중에는 본인이 무슨 말을 하고 있는지도 모르는 듯했다. P와 소정이는 다니엘을 다시 일행들에게 돌려보냈고 다니엘은 휘청거리는 다리로 화장실로 올라갔다. 그 당시 다니엘의 상태라면 그 전쟁터 같은 화장실에서도 충분히 존재감을 뽐냈을 것으로 생각된다.

시간이 흘러 영업시간이 끝났고 삼촌과 지인들만이 남아 조촐하게 파티를 시작했다. 사실 말만 파티지 각자의 일행들끼리 따로 술을 마셨다. 모르는 사람과 함께 둘러앉아 먹는 건 우리 셋 모두의 성격상 맞지 않았기에 이게 더 나았다. 다니엘도 삼촌과 친분이 있었는지 집에 가지 않고 가게에 남아 있었다. 삼촌은 우리 테이블로 오셨고 마음껏 먹으라며 안주와 소주 등을 가져다주신 뒤 나와 소정이의 근황을 여쭈어보셨다. 짧은 대화가 끝난 삼촌은 파리에 온다면 언제든지 놀러 오라고 말씀하셨고 나와 P, 소정이는 감사하다며 인사를 드렸다. 파티는 새벽 3시가 넘어서야 끝이 났다. 우리는 계산을 위해 카운터로 갔지만 삼촌은 돈은 받지 않겠다며 그냥 가도 좋다고 하셨다. 아무리 적게 봐도 15만 원은 넘게 나왔지만 삼촌의 배려에 행복하게 취할 수 있었다. 이후 인사불성이 된 다니엘이 택시에 타는 것까지 확인한 우리는 각자의 숙소로 되돌아갔다. 다시 또 파리에 갈 수 있을지는 모르겠지만 그때는 삼촌에게 대접할 수 있는 근사한 내가 되어 있기를 기대해 본다.

지도도 나침반도 없기에 좇아온 꿈

무언가를 기다리는 일

공항에서 그리스행 비행기를 기다린다. 편도로만 여행하는 내가 공항에 와 있다는 건 그 나라, 혹은 도시를 완전하게 떠난다는 것을 의미했기에 공항에서는 최대한 많은 것을 눈에 담고 그 나라의 마지막 느낌을 기억하려고 애쓰는 편이다. 나는 할머니에게 작별 인사와 함께 '행복하세요.'라고 메시지를 보냈고 이윽고 할머니에게 답장이 왔다.

"네, 행복할게요. 조심히 가요. 우승제 씨 또 오세요."

처음 알았다. "행복하세요."라는 인사의 참된 대답은 "행복할게요."라는 사실을.

새로운 곳으로 떠난다는 것은 시간이 지나도 익숙해지지 않는다. 익숙한 곳을 떠난다는 불안감과 마주한 적 없는 새로운 곳에 당도한다는 설렘이라는 양가적 감정이 주는 괴리감은 항상 편하지만은 않았다. 파리에서의 일정을 하루 남기고 아테네행 비행기표를 결제했을 때는 큰 숙제를 끝낸 기분이었다. 분명 언젠가는 파리를 떠나야 했지만 그날을 정하는 일이 나에게는 큰 어려움이었다. 프랑스의 다른 도시들을 둘러보지 못한 게 아쉬웠지만 오랜 기간 머물다간 돈에 쫓길 듯했고 빠르게 다른 곳으로 이동하자니 시간에 쫓기듯 여행하는 것 같아 마음이 편치가 않았다. 하지만 시간보다는 돈이 더 없었기에 우린 빠르게 파리를 떠났다. 지금 난 파리가 그립다. 아니 파리가 그리운 건지, 파리에서 보냈던 시간이 그리운 건지 잘 분간이 되지는 않지만 그 둘은 크게 다르지 않을 것이다. 언젠가는 다시 그곳에서 그때 그 사람들과 함께할 나를 기대한다.

여행이 끝난 후의 삶은 무언가를 기다리는 일들로 가득하다. 책을 쓰는 현재의 난 휴일을 기다린다. 휴일이 되면 천안 고속도로를 지나 경부고속도로, 중부내륙고속도로를 통해 고향인 충주로 향한다. 평소처럼 친구들을 만나고 휴일이 끝나면 다시 세 개의 고속도로를 거쳐 천안으로 돌아온다. 그러고는 다시 신방동, 두정동을 지나 차암동에 있는 회사로 출근하고 퇴근 시간이 되면 다시 20분 정도의 거리를 달려 집으로 돌아온다. 출퇴근 시간이 겹쳐 차가 막힐 시간에는 시간이 조금 더 걸릴 뿐 현재 내 삶에 무언가를 오랫동안 기다리는 일은 많지 않다. 베이징에서 부다페스트로 향하는 비행기를 6시간 동안 기다리는 일도, 뮌헨에서 베를린으로 가는 버스를 8시간 동안 타는 일도, 25kg의 배낭을 메고 이스탄불에서 1시간 동안 숙소를 찾아 헤매는 일도 현재 내 삶에는 없다. 시간이 지날수록 이 이야기는 몇 년 전, 몇십 년 전 얘기가 되어 '그때는 그랬지.'라는 식의 얘기가 되어

잔향만 남은 추억거리가 될 것이다.

하지만 분명한 건 난 그곳에 있었다는 사실이다. 결국엔 부다페스트와 베를린에 도착했고 끝끝내 이스탄불에서 숙소를 찾은 난 2023년에 분명히 존재했다. 그 길었던 기다림과 최선을 다해 소비했던 내 젊음을 반추할 때면 그 기억들은 에게해의 짠 바다 내음처럼 향기로, 혹은 여름밤 부다페스트의 국회의사당처럼 높은 채도를 가진 이미지로 생생하게 떠오른다. 밥을 먹다가도 일을 하다가도 사진을 찍다가도 찬란한 시절의 기억들은 내게 속삭인다. 네가 한때 이곳에 있었노라고, 땅을 밟고 하늘을 삼키며 이역만리 땅 위에서 살아 숨 쉰 날이 있었노라고. 그 어떤 혼란 속에서도 쥐고 있을 이 기억들은 커다란 불행한 사고가 닥치지 않는 한 영원히 소실되지 않은 채 나와 함께 나이 들어갈 것이다.

아홉수

여행 중 가장 답답한 순간이 언제였냐고 묻는다면 아테네라고 자신 있게 말할 수 있다. 파리 다음 목적지를 고민하던 나는 가장 항공권이 가장 저렴한 아테네를 선택했다. 아테네부터는 숙소비를 아끼기 위해 같이 에어비앤비를 잡고 방을 나누어 쓰기로 했다. P는 적당한 가격과 적당한 위치에 있는 숙소를 찾아 예약했고 우리는 파리를 떠나 그리스 아테네에 도착했다. 이후의 여정은 순탄했다. 익숙하게 버스표를 사고 익숙하게 공항버스를 탄 뒤 익숙하게 P의 폰으로 지도를 켠 후 내가 앞장을 섰다. 도착한 숙소는 깔끔한 아파트였고 한국 아파트처럼 현관에서 비밀번호를 입력해야 출입이 가능한 구조였다. 나는 현관 앞에 서서 비밀번호를 물어봤지만 돌아온 대답은 '모른다.'였다.

P는 확약 메일 외에는 그 어떤 정보도 받지 못했다고 했다. 우리는 에어비앤비 고객센터에 전화해 상황을 전달했고, 에어비앤비 앱 내에 있는 메시지로 호스트가 정보를 전달했을 테니 메시지함을 확인하라는 답을 받았다. 하지만 대체 어떻게 예약을 한 건지 P의 휴대폰에는 에어비앤비 앱이 없었고 당연히 메시지함 같은 건 확인할 수 없었다. 여차여차하여 호스트의 메일 주소를 알아내 메일을 보내봤지만 역시나 답장은 오지 않았다. 숙소에 대한 정보를 전달받지 못했다면 먼저 물어봤어야 하는 게 아닌가. 답답해 화가 났지만 싸우게 되면 더 피곤해질 걸 잘 알았기에 난 말을 아낀 채 하염없이 줄담배를 피웠다. 누군가 안으로 들어가든 안에서 누군가가

나오든 뭐든 좋으니 문만 열려달라며 기다리길 1시간쯤, 한 중년의 부부가 현관문을 열고 나왔다. 난 기회를 놓치지 않고 부부에게 달려가 우리의 상황을 설명했다. 운이 좋게도 부부는 우리와 같은 호스트가 운영하는 에어비앤비의 투숙객이었고 부부는 호스트에게 전화해 상황을 전달해 주었다. 우리는 그제야 비밀번호를 전달받고 집으로 들어갈 수 있었다.

크고 작은 일들이 하루에 하나씩은 꼭 생기지만 어떻게든 꾸역꾸역 해결되는 걸 보면 참 신기하다. P와 함께하는 이번 여행의 가장 큰 장점은 항상 최악의 상황은 피해 간다는 것이다. 파리에서 P의 짐을 잃어버렸을 때도, 베를린에서 제니퍼를 못 만나고 있을 때도, 아테네에서 집에 못 들어갈 때도 어떠한 방식으로든 일은 해결되었고 최악의 상황은 면했다. 다만 가장 큰 단점은 차악의 상황이 너무 자주 발생한다는 것이다. 과장을 조금 보태서 숙소 밖으로 나가기만 하면 무슨 일들이 생겼다. 사건의 빈도도 문제였지만 사건이 해결되는 타이밍도 문제였다. 이 재앙과도 같은 다수의 사건은 항상 열받아서 다 때려 부수고 불 지르고 싶을 때쯤 해결이 되었다. 사건 사고와의 고혈압 줄다리기는 여행을 했던 3개월 내내 우리를 괴롭혔고 노화를 급속도로 촉진시켰다. 이 때문에 더 오래 할 수 있었던 여행을 빨리 끝마친 것도 있다. 억울한 점이 하나 있다면 이러한 사고들은 P가 혼자 있을 때는 놀라울 만큼 단 한 번도 일어나지 않았고, 나랑 같이 있을 때만 악령이라도 씐 듯 쏟아져 나왔다. 아홉수의 저주는 정말 있는 걸까, 그나마 항상 운이 좋은 편인 P와 함께라 이 정도로 그친 것이었다고 지금도 생각한다. 나 혼자 여행했다면 뮌헨쯤에서 객사했을 것이다.

기억의 편린

나와 같은 90년대생이라면 어릴 때 꼭 한 번쯤은 읽어봤을 책들이 있다. 그건 바로 『그리스 로마 신화』, 『무서운 게 딱 좋아』, 『메이플 스토리』 이 세 가지이다. 난 이중 『그리스 로마 신화』라는 책을 유독 좋아했는데 집에 전 권이 다 있었던 걸로 기억한다. 지금 생각해 보면 어린아이들이 읽기엔 자극적인 장면들이 참 많았다. 헤파이스토스의 불을 훔쳐 인간에게 준 프로메테우스가 붙잡혀 평생을 독수리에게 심장을 쪼아 먹히는 고문을 당하는 장면이라든가, 아마조네스의 여전사들이 전투에 방해가 된다는 이유로 자신의 유방을 칼로 도려내는 장면이라던가 말이다. 그림체만 아이들용이었지 묘사는 웬만한 고어 영화급이 아니었나 싶다. 내가 이 책을 좋아했던 이유는 이러한 자극적인 묘사가 아니라 신들의 멋진 전투 장면들이 참 많았기 때문이다.

현시대의 종교인들이 숭상하는 신의 이미지는 자애롭고 공평하며 평화를 중요시하는 느낌이지만 이 책의 신들은 서로 싸우고, 거인과 싸우고, 괴수와 싸우는 둥 툭하면 싸움질만 하는 학원물 같은 느낌이 컸다. 간간이 나오던 야한 장면은 덤. 그 시절 남자아이들의 대화의 8할 이상은 싸움이었다. 내가 다니는 초등학교, 중학교의 짱이 누구인지, 누구랑 누구랑 싸워 누가 이겼다느니, 옆 학교의 짱이 8:1로 싸워 이겼다느니 하는 그런 거 말이다. 대게 이러한 대화는 논리 따윈 엿 바꿔 먹고 목소리 큰 놈의 말이 맞는다는 식으로 흐지부지 마무리되곤 했는데 『그리스 로마 신화』는 정해진 서열과 지배층 피지배층이 확실하게 구분되어 있었으며 각 신들이 가진 무기와 고유의 능력들이 자세히 명시가 되어 있다는 점이 참 좋았다. 훗날 『그리스 로마 신화』는 애니메이션으로 방영되기도 했는데 제목이 아마 〈올림포스 가디언〉이었던 것으로 기억한다. 그 당시 주제곡을 가수 'god'가 불러 화제가 되기도 했다. 만화책과는 그림체가 많이 달랐고 늦은 시간에 방영했던 걸로 기억하지만 아이들에게 인기가 상당히 많았고 나 역시 아주 좋아했다. 어릴 적 우리 형과 나는 고대 유적을 참 좋아했는데 그 당시 나에게 제일 좋아하는 나라를 물으면 난 그리스라고 대답했고 형은 피라미드를 참 좋아했기에 이집트라고 대답하고 다녔던 기억이 난다.

경험한 적 없는 나라에 처음 도착하게 되면 새로운 환경이 주는 위화감과 낯선 언어의 압박에 휴대폰을 보며 숙소를 찾는 것에만 집중하게 되어 다른 생각을 못 하게 된다. 이후 숙소에 들어와 안도감을 느끼고 나서야 주변을 둘러볼 여유가 생긴다. 이때의 내가 그랬다. 힘들게 문을 열고 숙소에 들어오고 나서야 탄산처럼 톡 튀어 오른 기억의 편린들이 머릿속에 아스라이 번졌다. 이제야 실감이 났다. 그래, 난 그리스에 와 있었다. 어릴 적 그 자그마한 가슴이 애달프도록 그리던 그곳이었다. 그리스는 내게 어릴 적 엄마가 끝까지 읽어주지 못한 동화책 같은 나라였다. 이야기의 끝이 궁금했지만 글을 몰랐던 어린 내가 누군가의 도움 없이는 절대로 결말을 알 수 없던 그런 책. 하지만 지금은 그 시절로부터 20여 년이 흘렀고 글을 몰랐던 난 글을 쓰는 사람이 되었다. 이제 내가 할 일은 고개를 들고 늘 상상으로만 그치던 꿈을 두 눈으로 좇는 것뿐이었다.

다시 찾은 보물

그리스를 걷는다는 것은 곧 역사를 걷는 것이었다. 하지만 수천 년의 역사를 하루 만에 둘러보기엔 내 다리는 너무 미약했기에 오늘은 현대 문명의 이기의 힘을 빌리기로 했다. 우리는 가장 가까운 투어버스의 정류장인 신타그마 광장으로 향했다. 신타그마는 그리스어로 헌법이라는 뜻이다. 이곳은 1843년 최초의 헌법이 공포된 장소였고 현재 아테네 교통의 중심지인 만큼 참 많은 사람들이 있었다. 버스 정류장에는 검표원이자 버스표 판매상인이 두 명 있었다. P는 두 상인 중 한 명을 뚫어지게 쳐다보더니 그들 중 한 명을 가리키며 저 사람에겐 표를 사지 말자고 말했다. 이유를 묻자 P가 뚫어지게 쳐다본 상인은 네이버 블로그에 동양인 비하를 했다는 후기가 있었기 때문이라고 했다. 우린 또 다른 상인이었던 인상 좋은 아저씨에게 표를 산 뒤 버스가 오기 전까지 광장을 둘러보았다. 잠시 후 정류장에 한 버스가 정차하더니 한국인으로 보이는 어르신들이 우르르 내리기 시작했다. 자연스럽게 버스 근처로 발걸음을 옮기자 버스 앞 유리에 익숙한 글자가 보였다. '충주 효성교회' 우리 집 근처에 있는 교회였다. 세상 살다 보니 별일이 다 있다 진짜. 나는 버스에서 내리는 할머니들에게 다가가 나도 충주 사람이라며 반갑다고 너스레를 떨었다. 대화를 나누다 보니 투어버스가 도착했고 나는 할머니들에게 인사를 한 뒤 부리나케 버스에 탑승했다.

버스는 2층 버스였고 각 좌석에는 음성 가이드를 들을 수 있는 이어폰이 있었다. 버스의 외관에는 태극기가 그려져 있었지만 음성 가이드는 한국어를 지원하지 않았기에 영어 음성 가이드를 들었다. 하지만 억양도 너무 강했고 수천 년 역사의 깊이를 이해할 만큼 내 영어 실력이 좋지도 않았기에 이내 이어폰을 빼버렸다. 수십 개의 노선 중 우리가 가장 먼저 내린 곳은 파나티나이코 경기장. 최초의 올림픽 경기장이었다. 여행 때만 해도 24년에 파리 올림픽이 예정되어 있던 터라 많은 사람이 내릴 것이라 예상했지만 내리는 사람은 우리뿐이었다. 입구에 도착하자 수십 개의 태극기가 꽂혀 있는 경기장을 볼 수 있었다. 문재인 대통령이라도 방문하나 싶어 사람들에게 물어봤지만 그 누구도 태극기가 걸려 있는 이유를 알지 못했다. 경기장은 입장료가 필요했는데 성인은 10유로, 아이는 5유로였다. 오래된 경기장을 구경하기에 결코 저렴한 가격은 아니었다. 입구에 도착하기 전까지는 들어갈 이유가 없었으나 걸려 있는 태극기를 본 이상 망설일 이유도 없었다.

경기장 내부는 방송을 준비하는 듯 각종 음향 장비와 조명, 카메라 등이 설치되어 있었다. 수많은 태극기와 카메라 그리고 음향 장비까지, 내 추측은 이곳에서 BTS의 공연이 열린다는 것에 다다랐다. 우리는 BTS를 기다리며 경기장의 관중석으로 올라갔다. 관중석의 중앙에는 올림픽을 상징하는 오륜기가 있었으며 그 옆을 늠름한 태극기가 지키고 있었다. 관중석에 올라온 P는 메고 있던 작은 가방에서 무언가를 찾더니 잠시 후 꼬깃꼬깃 접어놓은 태극기를 꺼냈다. 준비성이 좋은 P 덕분에 우리는 부다페스트의 어부의 요새, 파리의 개선문에 이어 세 번째 태극기 사진을 찍을 수 있었다. 뒤이어 우리는 관중석의 아래쪽에 있는 선수들의 입, 퇴장 통로로 보이는 곳으로 들어갔다. 내부에는 올림픽 경기장으로 사용될 당시의 사진들이 걸려 있었고 모니터가 설치되어 있어 최근 선수들의 올림픽 경기 영상을 볼 수 있었다. 경기장으로 운영되던 시절의 사진과 경기 영상 등을 보고 있으니 올림픽 선수들의 결연한 의지가 느껴지는 듯했고 최초라는 단어의 상징성은 경이를 넘어 숭고함마저 느끼게 했다. 누군가에겐 역사에 남을 첫 승리를, 누군가에겐 치욕스러운 첫 패배를 남긴, 많은 이들의 희비가 엇갈린 파나티나이코 경기장이었다. 우린 1시간 정도를 머물다 경기장을 떠났지만 끝내 BTS는 오지 않았다.

우리는 다시 정류장으로 이동해 버스에 탑승했다. 두 번째 목적지는 제우스 신전. 그리스 신화에서 최강의 신으로 불리는 제우스를 숭배했던 신전이다. 버스는 박물관, 도서관 등 관심 없는 관광지들을 지나 제우스 신전에 도착했다. 아니 자세히 말하면 신전을 지나쳐 조금 더 간 후에야 내렸다. 끼어들기를 못 한 건지 원래 정류장이 먼 건지는 모르겠지만 우린 내려서 조금 걸은 뒤에야 신전 앞에 도착했다. 제우스 신전으로 들어가기 위해선 앞에 세워진 하드리아누스 개선문을 통과해야 했는데 이 문이 정말로 거대했다. 이 문을 중심으로 아테네의 구시가지와 신시가지가 나뉘었는데 이곳의 개선문에는 "이곳은 하드리아누스의 도시입니다."라고 쓰여 있었으며, 이후 방문한 아크로폴리스에 있는 개선문에는 이곳은 "테세우스의 도시입니다."라고 쓰여 있어 고대의 아크로폴리스 쪽은 그리스 아테네의 땅이었고 제우스 신전 쪽은 로마의 땅이었음을 알 수 있었다. 개선문을 지나치자 제우스 신전이 나왔다. 하지만 신전의 형태는 도저히 찾아볼 수 없었고 그나마 몇 개 남아 있는 신전의 기둥엔 철골이 덧대어져 펜스에 둘러싸여 있었다. 신전의 입장료는 8유로. 굳이 기둥만 남은 신전에 들어가기엔 아까운 금액이었기에 멀리서만 바라보기로 했다. 신들의 왕인 제우스를 모시던 신전인 만큼 기둥만 봐도 그 크기는 아크로폴리스에 있는 파르테논 신전을 훨씬 상회해 파손되기 전 신전의 규모를 유추해 볼 수 있었다. 제우스 신전을 빠져나오며 나는 다시 하드리아누스 개선문 앞에 섰다. 나는 아테네의 땅에서 한 번, 로마의 땅에서 한 번 개선문을 바라보았다. 난 역사 속 두 나라를 1분 안에 오고 갔다. 마치 책 속에 있는 듯한 기분이 들었다.

여행자들이 아테네에 방문하는 가장 큰 이유는 아크로폴리스를 보기 위해서가 아닐까. 아크로폴리스는 가장 높은 곳이라는 뜻으로 신들의 세상이라고 불리는 유적지이며 유네스코에서 첫 번째로 지정한 세계문화유산이라고 한다. 유네스코의 공식 마크가 아크로폴리스 내부에 있는 파르테논 신전을 모티브로 한 것을 보면 그 역사적 의미와 가치는 더 이상 설명할 필요가 없었다. 우리는 제우스 신전에서 아크로폴리스까지는 도보로 이동했다. 하드리아누스 개선문에서 아크로폴리스가 가까이 보였기 때문이다. 하지만 이는 잘못된 판단이었다. 아크로폴리스는 가까이 보였지만 신들의 세상이라 불리는 만큼 아테네에서 가장 높은 곳에 있었다. 우리는 땀에 절여진 채로 아크로폴리스에 도착했다. 미천한 인간의 몸으로 성역을 넘본 자들의 말로였다.

힘들게 도착한 우리는 매표소로 향했지만 매표소에서 돌아온 대답은 "Sorry, Finish."였다. 파나티나이코에서 여기까지 걸어 올라오는 데에 너무 많은 시간을 소비해 버린 것이었다. 내부까지 자세하게 볼 수는 없었지만 다행히 밖에서도 아크로폴리스는 보였고 그저 볼 수라도 있음에 감사하다며 자위했다. 영원할 것 같던 신들의 세상에도 시간은 흘러갔고 우린 낙조로 붉게 물든 세상을 내려다보기 위해 근처에 있던 필로파포스 언덕으로 올라갔다. 난 신화 속 이카루스가 끝끝내 닿지 못했던 신들의 세상에서 내 어릴 적 꿈을 내려다보았다. 아름다웠다. 다시는 보지 못할 유년 시절의 꿈을 오랫동안 눈에 담았다. 고작 10살, 그 작은 가슴에 묻었던 꿈을 스물아홉의 푸른 여름에 놓아주었다. 떠나보낸 삶의 날들이 다섯 자리가 되는 날이었다. 여행의 묘미는 생각보다 차가웠던 세상에 놀라 나의 가장 따뜻했던 기억 속에 숨어버린 동심을 다시 발견하는 데에 있었다. 난 그렇게 한참을 서서 이카루스가 평생을 바쳐도 보지 못한 풍경을 바라봤다. 오랫동안 간직해 온 꿈과의 이별을 직감한 아쉬움의 발로였다. 이날 들었던 노래의 가사가 아테네 여행 내내 귀에 맴돌았다.

그날에 난 너를 만나 잠시 아이가 됐고

이내 다시 너를 떠나 나는 어른이 되죠

찬란했던 시절이 모두 영원할 순 없기에

순수했던 마음은 여기에 남겨두고 가요

<엔분의일 - 만춘> 中에서

9월 말의 그리스는 미치도록 덥다. 동쪽으로 크게 펼쳐진 에게해의 시원한 바닷바람마저 없었다면 그리스의 푸른 국기는 붉은색이 되었을지도 모르는 일이다. 내가 사람 없는 시간에만 다니는 것일 수도 있지만 성수기임에도 거리에는 사람이 많이 보이지 않았다. 아마 모두 산토리니나 자킨토스 섬으로 여행을 간 듯했다. 오늘은 오랜만에 P가 맛집을 검색했다기에 함께 밖으로 나왔다. 오늘의 메뉴는 수블라키. 고기와 채소 등을 꼬치에 꽂아 만든 그리스의 전통 음식이다. P와 함께 여행하다 보니 구글 지도로 맛집을 찾는 방법을 배워 몇 가지 소개해 보려 한다.

첫 번째는 한국인의 리뷰가 많은 곳으로 가는 것이다. 밥에 살고 밥에 죽는 한국인들은 맛만 있다면 절벽 끝 낭떠러지에 있더라도 찾아가는 민족이다. 그런 한국인들의 리뷰가 없다면 한국인의 입맛에는 맞지 않는 곳이라는 뜻이다. 두 번째는 별점이 높은 곳보다는 리뷰가 많은 곳으로 가는 것이다. 별점이 높은 곳은 흔하지만 리뷰가 많은 곳은 흔치 않았다. 물론 별점 3.8 정도가 최소 기준치지만 리뷰 300개, 별점 4.2인 것보단 별점이 조금 더 낮더라도 리뷰가 많은 쪽이 항상 더 맛이 좋았다. 세 번째는 동행 중 입맛이 까탈스러운 사람이 있다면 그 사람을 따라가는 것이다. 그래야 싸움 안 난다. 초밥 먹자고 했는데 어쭙잖게 내장탕 먹고 싶다 등 이딴 소리 하면 바로 싸움 난다. 그리고 대개 입맛이 까탈스러운 사람들이 고른 식당이 십중팔구 맛이 좋다.

P를 따라 도착한 곳은 'Aspro Alogo'라는 노부부가 운영하는 작은 식당이었다. 내부는 만석이었지만 금방 자리가 생겨 앉을 수 있었고 우리는 돼지고기 수블라키와 소고기 수블라키, 토마토 샐러드를 주문했다. 수블라키는 토마토와 콘샐러드, 꼬치 요리가 한 접시에 담겨 나왔다. 한국의 돈가스 정식 같은 모양새였으며 맛 역시 훌륭했다. 꼬치의 맛은 미성년자분들이라면 잘 모를 수도 있지만 투다리에 파는 삼겹살 꼬치 같은 맛이었는데 소고기보단 돼지고기 수블라키가 훨씬 더 맛있었다. 맛있는 음식을 많이 접하지 못해 맛 표현이 저급해도 이해해 주길 바란다. 맛도 맛이었지만 양 또한 정말 엄청났는데 토마토 샐러드는 정말 온 동네 토마토를 다 따온 듯 그릇이 넘쳐흐를 지경이었다. 꼬치 여섯 개와 토마토 스무 개 정도를 순식간에 먹어 치운 우리는 터질 듯한 배를 움켜잡고 계산을 마쳤다. 사장님은 가게 문을 열고 나가는 우리를 잠시 불러 세웠고 "그리스의 여름은 상당히 더워요. 이걸 가져가요."라며 생수 두 병을 쥐어 주셨다. 우린 인류의 마지막 물을 얻은 듯 연신 감사 인사를 드린 뒤 밖으로 나왔다.

오늘 밖으로 나온 진짜 목적은 산토리니에서 입을 옷을 사기 위해서였다. 가난한 배낭여행자에게 쇼핑은 먼 세상의 이야기였지만 우리가 가진 옷은 어두운 색뿐이었고 이런 옷을 청량함의 상징인 산토리니에서 입는다는 것은 죄악이었다. 거리에 흐르는 목가적인 평화로움과는 반대로 옷 가게 사장님들의 표정은 밝지 않았다. 수십 년간 쌓인 내공으로 가게 밖에서 옷을 구경하는 사람들의 관심이 절대 구매까지 이어지지 않을 거라는 걸 본능적으로 아는 듯했다. 확실히 그들의 예상은 적중했고 관심이 구매까지 이어지지 않은 것은 우리도 마찬가지였다. 아테네에서 파는 옷들은 정말 화려하고 예뻤지만 그것이 오히려 커다란 단점이었다. 여성용 원피스와 드레스들은 너무 화려해 청룡 영화제에서나 입을 법했고 비싸면서 범용성이 적은 이 옷들은 절대로 여행자들의 구미를 당기게 할 수 없었다. 마음에 드는 옷이 없던 P는 이리저리 발품을 팔던 도중 마음에 드는 옷을 발견한 듯 어느 가게에 멈춰 섰고 원피스 하나를 집어 가격표를 확인했다. P가 고른 옷은 하얀색 원피스였는데 조금 짧긴 했지만 이 이상 아무리 둘러보아도 이보다 나은 옷은 찾을 수 없을 것 같았다. P는 나의 의견을 물었고 예쁘다는 대답을 듣자마자 옷을 구매했다.

이제 내 옷을 고를 차례였다. 사실 난 옷의 이응도 모르기에 P가 골라주는 옷을 살 생각으로 거리를 돌아다녔다. 그렇게 정처 없이 걷던 도중 어디선가 좋은 노래가 들려왔고 나는 자연스레 소리의 근원지를 찾아 걸었다. P는 어디 가냐고 물었지만 난 P의 말을 무시한 채 노래가 들리는 곳으로 계속 걸었다. 곧 어느 옷 가게에 도착했고 뒤이어 P도 가게로 들어왔다. 가게의 사장님은 나이가 70세 정도는 되어 보였는데 여느 옷 가게의 사장님들과 같이 무표정에 죽은 생선 눈을 하고 있었다. 나는 P에게 옷을 골라달라고 부탁한 뒤 스피커에 휴대폰을 밀착해 노래를 검색했다. 하지만 음질이 좋지 못한 탓인지 노래는 검색이 되지 않았다. 노래 제목이 너무 궁금했던 나는 눈치를 보며 사장님에게 다가가 지금 나오는 노래의 제목을 여쭈어봤다. "이 노래가 마음에 드는가? 좋은 귀를 가졌구나." 내 질문을 들은 사장님의 눈이 순간 반짝였다. 노래는 〈Keb'mo – Good Strong Woman〉

이라는 노래였다. 경쾌한 그리스의 오후에 참 잘 어울리는 노래였다. 사장님은 어린 시절로 되돌아간 듯 빛나는 눈동자로 'Keb'mo'는 자신이 젊었을 적 가장 좋아했던 가수라며 〈Good Strong Woman〉말고도 1집과 2집 앨범의 모든 곡이 명곡이니 같이 들어보지 않겠냐며 날 자신의 노트북 앞으로 데려갔다. 할아버지는 앨범을 설명하는 내내 가슴 벅찬 표정을 지어 보였고 할아버지의 눈 속엔 새로운 70년이 빛나고 있었다.

난 그렇게 옷은 하나도 보지 않은 채 할아버지와 'Keb'mo' 메들리만 20분 넘게 들었다. 그 사이 P가 셔츠 하나를 골라왔다. 셔츠는 예뻤고 나는 사장님에게 몇 가지 노래를 더 추천받은 뒤 옷을 결제했다. 사장님은 가게 밖까지 나를 배웅했고 "Goodbye good strong boy."라며 인사했다. P도 은근히 노래가 마음에 들었는지 그리스를 여행하는 내내 〈Good Strong Woman〉을 흥얼거렸다. 동경이 가진 가장 위대한 힘은 천진난만한 아이의 잔망을 노인에게도 부여한다는 것이 아닐까. 아직도 이 노래를 들으면 잠들지 않아도 꿈을 꾸는 듯한 할아버지의 벅찬 표정이 떠오르곤 한다.

산토리니

포카리스웨트는 어디에 파나요?

명절이 싫은 이유

“나 나나나 나 나나나~ 날 좋아한다고~”

대한민국 광고에 삽입된 CM송 중 가장 유명한 노래이지 않을까. 바로 이온 음료 포카리스웨트 광고에 삽입된 〈두 번째 달 – Blue breeze blow〉라는 노래다. 중독성 강한 노래만큼 화제가 되었던 것이 광고의 촬영 장소이다. 푸른 바다와 파란색 지붕이 인상적인 아름다운 흰색 도시, 그곳은 바로 이제는 너무 유명해져 버린 산토리니다. 아테네에서만 머물기엔 그리스 주변에는 예쁜 섬이 너무나도 많았다. 그중 자킨토스 섬과 산토리니를 두고 많이 고민했는데 개인적으로는 자킨토스 섬이 더 매력적이었지만 다음 이동을 위해 공항이 있는 산토리니를 선택했다.

우린 산토리니로 떠나기 위해 아테네 국제공항으로 이동했다. 오후 4시쯤 여유롭게 공항에 도착해 수속 카운터로 향했고 P가 먼저 티켓을 발권받았다. 뒤이어 내 여권을 받은 승무원은 뭔가 잘 안 되는 듯 나에게 잠시 기다려달라고 말했고 약간의 시간이 흘렀다. 승무원은 나에게 확약 메시지와 예약 번호를 보여줄 수 있겠냐 물은 뒤 내 휴대폰을 확인했다. 확인이 끝난 승무원은 멋쩍게 웃으며 예약이 되어 있긴 하지만 오늘이 아닌 내일 날짜로 되어 있다고 말했다. 순간 P의 표정이 썩어 문드러지는 걸 느꼈다. 어제 그렇게 두세 번씩 확인했는데 결국 이런 결말이다. 다행히 해당 항공편에는 빈자리가 많이 남아 있었고 난 65유로를 더 내고서 비행기표를 다시 사야 했다. 어이가 없던 건 P의 항공권도 내가 예약했고 내 것도 내가 예약했는데 날짜를 다르게 했다는 점이다. 혼자 웃겨서 낄낄거리고 있자 P의 잔소리가 날아왔다. 비행기의 이륙부터 이어진 잔소리는 산토리니에 도착할 때까지 끝나지 않았다.

공항을 빠져나온 우리는 택시를 타고 빠르게 숙소로 이동했고 오늘도 역시 숙소에 들어가지 못했다. 시간이 늦어 리셉션 직원이 퇴근해 버린 것이었다. 예약할 땐 리셉션 운영시간 같은 건 적혀 있지도 않더니. 어이가 없었지만 쉽게 들어갈 수 있을 거라는 생각도 안 했기에 큰 타격은 없었다. 우린 오늘도 담배를 피우러 나온 같은 숙소의 투숙객들에게 직원의 연락처를 받아 통화를 했고 40분이 넘게 기다린 끝에 체크인할 수 있었다. 산토리니는 휴양지인 만큼 지나온 여행지들보다 숙소의 가격이 비싼 편이었지만 돈이 아깝지 않을 만큼 제값을 톡톡히 했다. P가 예약한 숙소는 붉은색 대리석으로 이루어진 동굴 콘셉트의 숙소였는데 카파도키아의 괴레메 마을이 떠오르기도 했다. 산토리니와 괴레메 마을 사이에 어떠한 유착관계가 있는지는 잘 모르겠지만 숙소엔 큰 자쿠지도 있었고 일출이 눈앞에서 보이는 훌륭한 곳에 있어 굉장히 마음에 들었다. 사실 자쿠지라는 걸 처음 경험해 봐서 좋았다.

숙소의 구경을 마친 난 잠시 휴대폰을 확인했고 메시지함에는 추석 잘 보내라는 아빠의 문자가 와 있었다. 정신없이 여행하다 보니 시간이 어떻게 가는지 몰랐고 오늘이 추석이라는 걸 산토리니에 도착해서 알았다. 여행하랴, 예약하랴, P 챙기랴 신경 쓸 게 많아지니 시간도 두 배로 빠르게 흐르는 듯했다. 전역한 이후로는 추석을 가족과 보낸 기억이 별로 없다. 일부러 그랬던 건 아니었지만 연휴에는 늘 여행 중이었다. 직장인이 길게 떠날 수 있는 날은 여름휴가와 명절 연휴뿐이었기에 어쩔 수 없기도 했다. 어쩌다 보니 20대의 마지막 추석 역시 여행하며 보내게 되었다.

장기 여행 중 가장 외로운 시간이 있다면 연휴 시즌이다. 연휴 때는 가족이나 친구끼리, 단체로 여행을 많이 다니기에 혼자서 여행을 해오던 내게 그들을 마주하는 명절은 가장 외로운 날들이었고 그들 모두가 한국어를 쓴다는 점은 외로움을 배가시켰다. 나는 몇 년 전부터 나를 포함해 여섯 명의 소꿉친구들과 계모임을 하고 있다. 나이가 들수록 서로 바빠져 자주 만나지는 못하지만 꼭 만나는 날이 바로 추석과 설 연휴이다. 6년 전 혼자 여행할 때도 친구들과 영상통화를 하며 외로워했지만 올해도 어김없이 친구들에게 영상통화를 걸어 외로움을 찾아 먹었다. 전화하다 보면 친구들은 여행을 다니고 있는 나를 부러워했지만 난 한국에 있는 친구들을 부러워했고, 서로의 이야기를 끊지 않고 잘 들어주었지만 서로를 이해하지 못하는 아이러니한 상황이 연출되었다. 우리의 대화는 소통하며 이해되는 것이 아닌 불통되며 경청하는 처음 보는 방식의 대화가 되어 있었다. 통화의 내용이 어찌 되었든 여행 중 친구들과의 전화는 끊고 나면 늘 공허했다. 하지만 침대에 뻗은 채 와인을 마시자며 징징거리는 P를 보고 있노라면 이번 여행은 아무래도 좋다는 생각이 들었다.

광고는 광고일 뿐

세계에는 3대 노을 명소가 있다고 한다. 인도네시아의 코타키나발루, 필리핀의 보라카이, 그리고 그리스의 산토리니이다. 오기 전에는 몰랐지만 알게 된 이상 오늘 나의 목표는 산토리니에서 노을을 보는 것이 되었다. 산토리니에는 크게 두 가지의 여행지가 있는데 하나는 피라 마을, 하나는 이아 마을이다. 제주도에서 제주시와 서귀포시를 나눠 여행하듯 피라 마을은 산토리니의 번화가이자 유흥거리가 있는 마을이고 이아 마을은 앞서 말한 포카리스웨트 광고의 촬영지인 파란 지붕이 인상적인 건물들이 몰려 있는 마을이다. 산토리니의 노을 명소는 이아 마을에 위치했기에 우리의 목적지는 자연스럽게 이아 마을이 되었다.

정오가 지나 준비를 마친 나와 P는 아테네에서 힘겹게 산 옷을 입고 버스 정류장으로 향했다. 숙소가 언덕에 자리한 탓에 정류장을 오갈 때 오르막 내리막 반복되는 길이 힘들었지만 이아 마을까지는 버스로 40분 정도밖에 걸리지 않았다. 도착한 이아 마을은 정말 징그럽게도 사람이 많았다. 실제로 사람들이 거주하는 마을에 기념품 가게를 짓고 숙박업소를 만들어 원래도 좁았던 마을이 더욱더 좁아졌고 사람들로 빼곡히 채워진 골목들은 동맥경화로 막혀버린 혈관 같았다. 면적 대비 인구 밀도로 보면 옥토버페스트보다도 한 수 위였다. 우린 사람들에 치이고 밀리며 좁은 골목들을 지나 조금 트인 삼거리에 도착했다. 앞에 놓인 갈림길 왼쪽엔 바다가 보였고 오른쪽은 사람들이 넘쳐흐르는 오르막길이었기에 더위에 지친 난 바다가 보이는 왼쪽 길로 향했다. 걷다 보니 사람들이 줄을 서서 찍는 예쁜 장소가 나왔고 나는 P를 찍어 주기 위해 뒤를 돌아봤다. 없다. 내 뒤엔 아무도 없었다. 그 넓은 곳에서 펼쳐진 옥토버페스트에서도 P를 잃어버리지 않았었는데 이 좁아터진 이아 마을에서 P를 잃어버렸다. 하지만 어디서 엇갈렸는지조차 알 수가 없었기에 찾으러 갈 생각도 들지 않았다. 그래서 그냥 〈Good Strong Woman〉을 들으며 혼자 돌아다녔다. 어차피 숙소도 같고 P도 어른이니 별일 있겠나 싶어 걱정은 되지 않았다.

구석구석 이아 마을을 돌아다니며 느낀 점 중 하나는 파란색 지붕을 가진 건물들이 많지 않다는 것이다. 내가 기억하는 광고 속 이아 마을은 온통 파란색 지붕으로 덮인 마을이었는데 파란색 지붕을 가진 건물들은 손에 꼽을 정도로 적었다. 기억이 왜곡된 것일까 상상과는 달라 많이 아쉬웠다. 두 번째, 신혼여행지로는 굉장히 별로라는 것이다. 신혼여행 하면 꼭 거론되는 곳 중 하나가 산토리니인데 나도 오기 전까지는 참 좋은 곳이라고 생각했다. 하지만 며칠을 지내다 보니 신혼여행지로는 적합하지 않다는 생각이 지배적으로 변했다. 일단 사람이 너무 많다. 유명한 여행지는 어디든지 사람이 많겠지만 여긴 좁아터진 곳에 사람도 미어터지니 사진은 고사하고 골목에서는 움직이는 것조차 내 의지대로 할 수 없다. 그리고 참 시끄럽다. 일몰 이후 가로등 불이 켜진 이아 마을도 상당히 예쁘기에 늦은 시간까지 돌아다니는 여행객이나 술을 마시는 사람들 때문에 조용한 밤을 보내기도 힘들다. 마지막으로 이아 마을의 숙소는 대부분 프라이빗 풀을 포함하고 있는데 절벽에 만들어진 마을인 만큼 지형의 높낮이가 들쑥날쑥한 이아 마을의 특성상 높은 곳에서 내려다보면 숙소들의 프라이빗 풀이 다 보인다. 가끔 높은 위치에서 나쁜 마음을 먹고 확대해서 수영하는 모습을 촬영하는 사람도 있다고 하니 프라이빗하다고 볼 수도 없다. 장거리 비행을 와서 사람에 치여 죽느니 싸고 가까운 동남아 휴양지로 가는 게 좋을 것 같다는 생각이 들었다. 물론 지극히 개인적인 생각이니 무시해도 좋다.

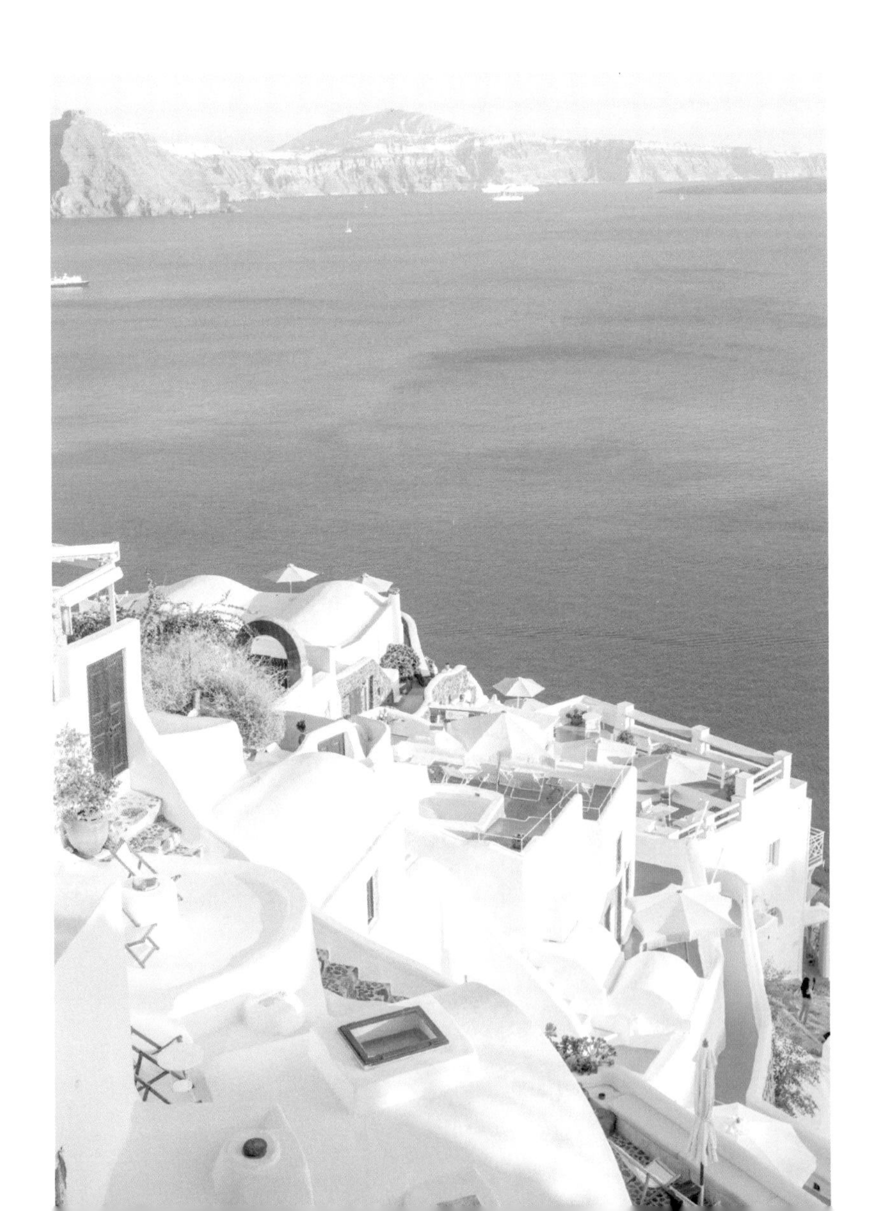

무더운 날씨에 생수로 병나발을 불며 걷다 보니 화장실에 가고 싶어졌고 나는 왔던 길을 되돌아 화장실을 찾아 헤맸다. 하염없이 걷던 중 저 멀리서 눈에 익은 원피스와 긴 생머리의 뒷모습이 보였다. 왠지 P인 것 같았지만 날도 더운데 굳이 뛰고 싶지는 않았다. 터덜터덜 걸어가며 확인해 보니 P가 확실했고 나는 손을 흔들며 P의 이름을 불렀다. P도 내 목소리를 들은 듯 내 쪽을 쳐다봤고 마주 보며 손을 흔들었다. 시력이 0.2인 내가 그 먼 거리에서 어떻게 한눈에 P를 알아본 건지는 아직도 모르겠다. 같이 여행하며 오랫동안 P를 지켜본 나만이 가진 특권이었으려나. 마침 P도 화장실을 다녀오는 길이었기에 난 P에게 화장실 위치를 물은 뒤 잽싸게 다녀왔다. 우린 각자 돌아다니며 봤던 멋진 장소로 서로를 데려가 사진을 찍으며 이아 마을을 즐겼다. 시간은 흘러 6시가 되었지만 아직 끝나지 않은 여름은 해를 떨어트릴 생각을 하지 않았다. 결국 우리의 체력은 해보다 빠르게 떨어졌고 우린 집으로 돌아가는 버스 안에서 세계 3대 노을을 볼 수 있었다. 나는 그렇다 쳐도 나이도 어리고 운동도 열심히 하는 P는 왜 이렇게 체력이 저질인지 모르겠다. 여행하면서 불필요한 것까지 닮아가는 것 같았다. 숙소로 돌아와 샤워를 마친 우리는 다음 목적지인 이집트로 향하는 비행기 티켓을 사기로 했다. 하루하루 지날 때마다 바뀌는 비행기 티켓 가격에 호되게 당해본 기억이 있는 나는 빠르게 예약했지만 P는 힘들었는지 내일 예약하겠다며 씻자마자 잠들어버렸다.

누가 죄인인가

다음 날 아침 P는 일어나자마자 비행기 티켓을 예매하려 항공사 사이트에 들어갔지만 내가 지난밤 예약한 항공편은 조회가 되지 않았다. 아마 매진이 된 듯했다. P는 크게 당황했지만 오늘 하루 시간이 있으니 취소하는 사람을 기다려 보자며 P를 안심시켰다. 여행하기 위해 이동하는 버스 안에서도 P는 휴대폰만 쳐다보고 있었지만 항공권은 조회되지 않았다. 불안해하는 P를 위해 같이 검색을 해보니 하루 늦게 출발하는 비행기 편이 괜찮은 가격으로 있었다. 저녁까지 기다려도 같은 표를 살 수 없다면 산토리니에서 혼자 1박을 더 한 뒤 이 항공편을 타고 오면 공항으로 마중을 나겠다고 했다. 같이 기다려 주고 싶었지만 환불이 불가능한 표를 샀기에 비싼 비행기표를 버릴 수도 없는 노릇이었다. 난 최선의 방법을 제시했지만 P는 멘탈이 나갔는지 내 말은 들은 체도 하지 않고 휴대폰만 바라봤다. 시간이 지나자 P는 체념한 듯 웃으며 본인은 다른 나라로 가겠다고 했고 나는 "아쉽지만 어쩔 수 없지."라고 답한 뒤 버스 안에서 잠이 들었다. 여행 시작 전부터 서로 가고 싶은 나라가 엇갈린다면 각자 여행하기로 약속했기에 난 P의 말에 크게 개의치 않았다.

우린 마지막으로 이아 마을을 한 번 더 다녀온 뒤 숙소 앞 식당에서 저녁을 먹었다. 밥을 먹던 중 P가 내게 조심스레 버스 안에서 무심했던 내 모습에 서운했다고 얘기했다. 난 최선의 방법을 제시해 주고 잠이 든 건데 대체 언제 남일 얘기하듯 했다는 건지 이해가 안 갔다. 기분이 나빴지만 얘기가 길어지면 싸움으로 번질 걸 직감한 난 “그래?”라고 짧게 되물은 뒤 대화를 끝냈다. 난 길게 얘기하는 걸 좋아하지 않는다. 말이 길어지면 해석이 갈리고 오해가 생겨 싸우게 되는 상황을 많이 겪어봤기 때문이다. P는 기분이 상한 듯 밥을 먹는 내내 한마디도 하지 않았고 대화 없는 냉전은 숙소까지 이어졌다. 소파에 누워 유튜브를 보고 있자 P는 적막을 깨고 내게 할 말이 없냐고 물었다. 정말로 할 말이 없었다. 난 내일 이집트로 향하는 데에 아무런 문제가 없었고 잘못한 것도 하나 없었다. P는 내가 기분이 나쁠까 수십 번 고민한 끝에 어렵게 꺼낸 말을 무시하듯 끊어낸 것도, 다른 나라로 가겠다고 하자 미련 없다는 듯 “어쩔 수 없지.”라고 대답한 것도 기분이 나쁘다고 말했다. 쉬지 않고 쏘아대는 P의 모습에 참지 못한 난 결국 닥치라고 소리를 지르고 말았다.

모든 일은 예약을 미룬 P의 행동에서 비롯되었으며 방법을 제시해 줬음에도 들은 척도 않던 건 P 본인이었다. 원하는 여행지가 다르면 헤어지기로 한 것도 사전에 약속이 되어 있었기 때문에 나에겐 단 한 톨의 귀책사유도 없었다. P는 소리 지르지 말고 얘기하라고 했지만 이미 꼭지가 돌아버린 난 조곤조곤 얘기할 수 있는 상태가 아니었다. P가 기분 나빴다고 해서 내가 잘못한 일이 아니었고 소리를 지른다고 해서 내 말이 틀린 것도 아니었다. 앞으로 혼자 여행해야 한다는 게 무서워서인지, 처음 보는 화난 내 모습에 당황한 건지 P는 결국 울음을 터뜨렸다. 울면 진 건데. 난 나보다 한참 어린 여동생에게 욕을 하고 울리고 나서야 화를 가라앉혔다. 나는 우선 울고 있는 P를 어르고 달랜 뒤 앞으로 어떻게 할 것인지 물었다. P는 한 번 더 확인해 본 뒤 표가 없으면 내 의견대로 하루 뒤에 출발하겠다고 답했다. 난 P와 함께 비행기표를 검색했고 운이 좋게도 누군가가 예약을 취소한 건지 표를 살 수 있었다. 이렇게 P의 비행기표 해프닝은 여자애한테 소리 지르고 울리는 쓰레기가 되고 나서야 끝이 났다. 오늘도 비행기표를 사지 못하는 최악의 상황은 피했으나 박 터지게 싸우는 차악의 상황은 피하지 못했다.

음악과 여행의 상관관계

난 살면서 사람을 이롭게 하는 절대적인 세 가지가 있다고 생각하는데 하나는 음악이고 나머지 두 개는 독서와 여행이다. 이 세 가지만 꾸준히 하고 잘 알아도 어디 가서 무식하다는 소리는 안 들을 거라고 확신한다. 난 어릴 때부터 음악을 참 좋아했다. 음악에 재능이 있다거나 음악을 공부했다는 게 아니라 그냥 듣는 걸 좋아했다. 어렸을 적 우리 집에는 커다란 라디오가 하나 있었다. 어느 날 엄마는 친구에게 선물을 받았다며 CD를 하나 가져왔고 그날 이후로 우리 집의 라디오에서는 24시간 노래가 흘러나왔다. CD는 가수의 앨범이 아니라 여러 가지 히트곡들을 모아놓은 것이었는데 그 당시 인기 있었던 〈JK 김동욱 – 미련한 사랑〉, 〈김범수 – 보고 싶다〉, 〈김종서 – 겨울비〉 등의 노래들이 담겨 있었다.

난 CD를 들으며 음악에 관심이 생기기 시작했고 대중가요만 듣던 난 머리가 커가며 고등학생 때는 피아노곡과 뉴에이지에 관심이 생겼고 20대 초반에는 인디음악과 대만 노래를 즐겨 들었다. 20대 중반에는 팝과 재즈를 즐겨 들었으며 글을 쓰는 지금은 일본 노래에 빠져 있다. 잔잔하고 조용한 음악을 좋아하기에 시끄러운 락이나 욕설이 난무하는 힙합은 잘 듣지 않는 편이다. 난 음악이 여행에 미치는 영향은 상당히 크다고 생각하는 편이다. 여행의 만족도는 날씨에 많은 영향을 받는데 아무리 예쁘고 좋은 곳에 가더라도 악천후로 인해 여행에 제약이 생기게 된다면 돌아온 뒤 단톡방에는 "이번 여행은 망했어."라는 메시지로 도배되어 있을 것이다. 하지만 기록적인 폭설이 내린다거나 태풍이 오는 등 이동에 제한이 생기는 특수한 상황이 아니라면 음악은 적당한 기상악화 정도는 상쇄시킬 힘을 갖게 된다.

음악은 비가 오는 날에는 나를 첫사랑과 키스를 나누던 〈노트북〉의 라이언 고슬링 또는 쏟아지는 빗속에서 결혼식을 올리던 〈어바웃 타임〉의 레이첼 맥아담스로 만들어 줄 수도 있고, 눈이 오는 날이면 연인과 함께 첫눈을 맞던 〈러브 스토리〉의 라이언 오닐, 혹은 끝없이 펼쳐진 새하얀 눈밭에서 옛 연인의 안부를 묻던 〈러브 레터〉의 나카야마 미호로 만들어 줄 수도 있다는 것이다.

수년 전 〈백예린 – Square〉라는 노래의 라이브 영상을 본 적이 있다. 초록색 원피스를 입고 있는 무대 영상인데 백예린 팬이라면 이 정도만 말해도 어떤 영상인지 짐작이 갈 것이다. 영상 속 백예린은 살랑살랑 봄바람을 맞으며 노래했고 무대 뒤엔 야자수가 보였기에 막연히 제주도라고 생각했었다. 이후 시간이 흘러 얼마 전 유튜브 알고리즘에 다시 뜬 이 영상을 봤을 때 영상에 달린 댓글을 보고 적지 않은 충격을 받았다. 영상을 처음 봤을 때 봄바람인 줄 알았던 바람은 기상악화로 인한 비바람이었고 중간중간 비추던 빛은 조명이 아니라 번개였으며 뒤의 야자수라고 생각했던 것은 찢어진 천막이었다는 것을 수년이 지난 지금에서야 알게 된 것이다.

이처럼 음악은 내 시선의 범위 안에 있는 그 어떤 평범한 것에도 보이지 않는 서사를 입혀줄 수 있는 강력한 힘을 가지고 있다. 난 일할 때를 제외하곤 항상 음악을 틀어두는 편이다. 밥을 먹을 때, 출퇴근할 때, 사진 찍을 때, 심지어 잘 때도 작게 음악을 틀어놓고 잔다. 이는 여행을 할 때도 마찬가지인데 여행지에서는 되도록 그 나라의 노래를 들으려고 노력하는 편이다. 일본에서 초밥을 먹고 베트남에서 쌀국수를 먹듯 여행지에서 현지의 노래를 듣는 것도 그 여행지를 더 재밌게 즐길 수 있는 방법이라 생각하기 때문이다. 그래서 요즘에는 더 다양한 나라의 음악을 찾아서 듣게 되는 것 같다. 가끔 음악을 듣다 보면 특정 여행지가 생각나곤 한다. 아직도 〈아이묭 – Marigold〉를 들으면 기차를 타고 기타센쥬역을 지나던 도쿄가 생각이 나고 〈주걸륜, 장혜매 – 不該〉라는 노래를 들으면 스펀에서 천등을 날리던 내 모습이 눈앞에 그려진다. 타임머신이 개발되지 않은 지금 음악은 유일한 시간 여행 수단이 아닐까라는 생각을 한다. 물론 음악이 여행을 가능케 하는 것은 아니지만 음악이 없다면 여행도 별 볼 일 없을 것이다.

3

전쟁,
그 해악이 망쳐버린 모든 것

아프리카

어디가 제일 좋았냐고 묻는다면

다시 한 번 아프리카

이번 세계 일주에서 이집트 여행이 가지는 의미는 꽤 컸다. 유럽을 여행하며 서쪽으로만 이동하던 우리가 처음으로 남쪽으로 이동했다는 게 첫 번째 이유였고 두 번째는 드디어 대륙을 이동했다는 점이다. 아무리 해외여행이 대중화되었다지만 한국에서 아프리카를 가본 사람이 얼마나 될까. 방학이나 여름휴가 때 "유럽 여행이나 다녀올까?"라고 얘기하는 사람은 많아도 "아프리카나 잠깐 다녀올까?"라고 말하는 사람은 많지 않을 것이다. 나 역시 아프리카는 모로코밖에 가보지 못했기에 이번 이집트 여행은 나를 꽤 고무시켰다. 세 번째는 유럽의 살인적인 물가를 벗어났다는 점이다. 한 푼이 아쉬운 배낭여행자에게 독일, 프랑스 등 유럽의 높은 물가는 상당히 곤혹스러웠기에 비교적 물가가 저렴한 아프리카와 동남아에서 오랫동안 머무를 계획이었다.

산토리니에서 이집트로 바로 갈 수는 없었기에 우리는 다시 아테네로 이동했고 아테네에서 이집트로 향하는 비행기를 타야 했다. 한국 여권으로 이집트를 여행하려면 비자가 필요했는데 인터넷으로 신청한 뒤 비자를 발급받는 방법과 카이로 공항에서 비자를 구매하는 방법이 있었다. 인터넷으로 신청하는 방법은 시간이 조금 소요됐기에 우리는 현지에서 구매하는 쪽을 택했다. 출국 심사를 받은 뒤 게이트로 향하자 게이트 앞에는 딱 봐도 성격이 안 좋게 생긴 승무원 한 명이 탑승객들의 비자를 확인하고 있었다. 줄은 빠르게 줄어들어 금방 우리 차례가 되었다. 나는 현지에서 비자를 구매하겠다고 얘기했지만 승무원은 비자가 없으면 입장할 수 없다는 말을 되풀이했다. 내가 알고 있는 정보가 잘못된 건가 싶어 다시 검색해 봤지만 이집트 비자는 분명히 현지에서 구매할 수 있었다. 나는 재차 가서 따졌지만 승무원은 막무가내였고 다른 승객들의 비자를 검사해야 하니 잠시 옆으로 빠져 있으라고 할 뿐이었다. 잠시 후 흑인 남성 한 명도 승무원과 언쟁을 벌였는데 여권 사진이 본인이 아닌 것 같다며 입장이 불가하니 옆으로 빠져 있으라는 내용이었다. 또 잠시 후 중국인 한 명도 우리와 같은 이유로 입장을 제지당했다. 하지만 이후 줄을 선 유럽 사람들과 다른 백인들은 비자가 없어도 제재 없이 게이트에 입장했다. 누가 봐도 흑인과 동양인을 향한 인종차별이었다. 이렇게 대놓고 하는 경우는 또 처음이라 당황스러웠지만 방도가 없었다.

탑승객이 점점 몰려들자 어디선가 승무원 한 명이 달려와 비자 확인을 도왔고 우리는 새로 온 승무원에게 있었던 일을 설명했다. 얘기를 차분히 들은 승무원은 우리 모두를 게이트 안으로 들여보내 주었고 저 사람은 원래 그런 사람이니 그러려니 하라는 식으로 말하며 멋쩍게 웃어 보였다. 돌려차기로 목을 부러트려야 할 녀석이 여기도 있었다. 비행은 순탄했다. 비행기는 지중해를 가로지르며 서쪽으로도 이동했고 남쪽으로도 이동했으며 거대한 사하라 사막을 날아 카이로 국제공항에 도착했다. 비자는 입국 심사장에서 한화 3만 5천 원 정도에 구매할 수 있었고 스티커 같은 걸 여권에 붙이는 방식이었다. 비자는 출국 시에도 검사하니 떨어지지 않게 주의하라는 공항 직원의 당부를 들으며 입국장으로 빠져나왔다.

저녁이라 그런지 이집트는 생각만큼 덥지 않았고 우린 우버를 타고 예약한 숙소로 이동했다. 밤의 카이로는 참 화려했다. 진짜 금인지는 모르겠지만 금색으로 도배된 건물들이 휘황하게 빛나고 있었고 화려하게 화장한 여자들이 길을 채우고 있었다. 30분 정도를 달리자 택시 기사의 내비게이션은 도착을 알렸지만 숙소로 보이는 건물은 그 어디에도 보이지 않았다. 기사는 답답했는지 창문을 내려 길거리 사람들에게 숙소 이름을 말하며 위치를 물었고 사람들은 택시 오른편에 있는 건물 하나를 가리켰다. 건물은 발로 세 번 정도 걷어차면 주저앉을 듯 허름했고 폐가를 넘어 흉가처럼 보이기도 했다. 우린 택시에서 내려 사람들이 가리킨 건물로 들어왔다. 건물은 7~8층은 되는 듯 꽤 높았는데 엘리베이터가 없어 상당히 힘들었다. 4층쯤 올라가자 리셉션으로 보이는 곳이 나왔고 우리는 빠르게 체크인을 한 뒤 방을 안내받았다. 숙소는 평범했으나 몇 시간 전까지 머무르던 산토리니의 숙소와 비교되는 것은 어쩔 수 없었다.

우리는 짐을 풀고 샤워를 한 뒤 간단한 저녁거리와 맥주를 사러 밖으로 나왔다. 택시에서 본 거리와는 다르게 숙소 앞의 밤거리는 꽤 무서웠다. 우리 숙소는 식당과 카페가 늘어선 거리에 자리 잡고 있었는데 야외 테이블에 앉아 있는 사람들은 모두 시샤(물담배)를 하고 있었다. 무슬림들이라 술은 마시지 않았지만 어두운 피부색과 그보다 더 짙은 다크서클을 가지고 있었으며, 진한 쌍꺼풀로 인해 모두 눈이 퀭해 보였다. 이 거리에 동양인은 나와 P뿐이라 우리가 지나갈 때마다 거리의 모든 사람들이 고개를 돌려 쳐다봤다. 수백 개의 퀭한 눈동자, 어디선가 풍겨오는 대마 냄새, 시샤의 연기로 뿌예진 카이로의 밤거리는 사일런트 힐 그 이상의 담력이 필요했다. 빠르게 숙소 앞을 벗어나자 밝은 번화가가 나왔고 여기는 또 다른 담력을 필요로 했다. 카이로의 모든 보행자들은 무단횡단을 밥 먹듯이 했는데 애초에 제대로 작동하는 신호등도 몇 개 없었다. 하지만 신호등이 작동한다고 해서 무단횡단을 하지 않는 것도 아니었다. 치일 듯 말 듯 아슬아슬하게 건너는 카이로 사람들의 모습은 서커스단을 방불케 했다. 영원히 이 횡단보도를 건널 수 없을 것 같았다. 우린 자동차가 꼬리물기를 하듯 현지인이 건너면 그 사람 뒤에 바짝 붙어 따라가는 방법을 택했고 먼저 건너는 사람이 없으면 우리는 절대 먼저 건너지 못했다. 하지만 인간은 적응의 동물이라 했던가. 나중엔 결국 적응해서 차가 코앞까지 와도 끄떡도 하지 않았다. 부끄러운 얘기지만 살면서 이렇게까지 무단횡단을 많이 해본 적이 없다.

그렇게 길을 건너 이집트에 몇 없는 바틀 샵으로 향하자 이번엔 집시들이 달라붙기 시작했다. 초등학생 정도로 되어 보이는 아이들이었는데 노머니를 외치며 무시하면 대부분이 떨어져 나갔지만 유독 끈질긴 한 녀석이 있었다. 이 녀석은 우리가 바틀 샵에 도착해 맥주를 살 때까지 우리 곁을 떠나지 않았고 배가 고프다며 맥주를 담은 봉투까지 건드리기 시작했다. 계속해서 무시하자 이 녀석은 말없이 따라오기만 했는데 그때 P가 집시에게 욕을 하며 소리를 질렀다. 알고 보니 이 녀석이 조용히 내 옆을 따라 걸으며 내 주머니에서 지갑을 빼내려 하고 있었다. 내가 욕을 하며 소리를 지르자 이 녀석은 그제야 도망갔고 불안해진 P는 나를 붙잡고 빠른 걸음으로 숙소로 돌아왔다. 진심으로 집시와 소매치기들이 다 죽었으면 좋겠다고 생각했다. P는 산토리니에서 날 놓쳤을 때 사실 너무 무서웠다며 카이로에서는 절대 자신을 두고 가지 말아 달라고 부탁했고 난 알겠다며 약속했다. 우린 카이로에 머무는 내내 하루도 안 빠지고 맥주를 사러 갔고 항상 집시들과 함께했다. 집시들이 들러붙을 때마다 우린 고함을 지르며 욕을 퍼부었고 너무 짜증 나는 날엔 때리는 시늉을 하기도 했다. 그러자 집시들 사이에서는 나와 P의 성격이 굉장히 안 좋다고 소문이 난 듯 3일 차쯤부터는 아무도 들러붙지 않아 편하게 돌아다닐 수 있었다.

세상에서 가장 맛있는 것은

세상에는 수천수만 가지의 요리가 존재하며 나라별로 고유한 문화와 환경으로 인해 만들어진 고유 음식이 있다. 우리나라의 김치, 터키의 카이막, 멕시코의 타코 등이 그 대표적인 예이다. 그렇다면 이 수많은 음식 중 가장 맛있는 건 뭘까. 참 많은 후보가 있을 것이다. 우리나라의 투플러스 한우가 최고일 수도 있고 세계 3대 진미라고 불리는 캐비어, 푸아그라, 송로버섯이 될 수도 있다. 매운 음식을 좋아하는 사람이라면 신길동 매운 짬뽕이 세계 최고라고 말할 수도 있다. 하지만 내가 29살 평생 먹어본 음식 중 제일 맛있었던 건 엄마가 끓여준 된장찌개도 아니고 행군이 끝나고 먹던 컵라면도 아닌 이집트에서 먹은 '따진'이라는 음식이다.

지난밤 집시들을 피하느라 맥주만 사고 요깃거리를 사지 못한 우리는 굶주린 채 잠들었고 굶주림에 지쳐 잠에서 깼다. 빈속에 알코올을 들이부은 대가는 혹독했다. 속은 아스팔트에 갈린 듯 쓰렸고 머리는 빠루에 얻어맞은 듯 멍했다. 배고파서 움직일 힘도 없다는 말은 이럴 때 쓰는 말이었다. P도 굶어 죽고 싶지는 않았는지 눈을 뜨자마자 조용히 맛집을 검색했고 주섬주섬 옷을 갈아입더니 날 이끌고 밖으로 나갔다. 카이로의 낮은 지난밤이 무색할 정도로 평화로웠다. 아니 평화고 나발이고 사람 자체가 없었다. 시샤를 하며 우리를 쳐다보던 수십 명의 사람들도 한여름 모기떼처럼 쫓아오던 집시들도 다들 아오지 탄광으로 끌려가기라도 한 듯 코빼기도 보이지 않았다. 대신 그 빈자리들을 개들이 채우고 있었다. 개가 어찌나 많은지 식당으로 가는 길의 반이 개였다. 말 그대로 개판이었다. 다행히 녀석들은 사람에겐 관심이 없는 듯 우리를 신경도 쓰지 않았지만 한 마리 한 마리가 흉기로 먼저 제압하지 않으면 팔 다리 하나쯤은 내줄 각오를 해야 할 만큼 거대했다. P는 살아 숨 쉬는 모든 것들을 무서워할 정도로 겁이 많아 개들이 지나갈 때마다 상반신과 얼굴은 사후경직이라도 온 듯 딱딱하게 굳어 다리만 빠르게 움직였다. 흡사 호두까기 인형을 보는 것 같아 가는 길이 지루하지는 않았다.

P가 데려간 식당의 이름은 '피쉬앤칩스'라는 이름의 파란색 간판이 눈에 띄는 작은 식당이었다. P는 검색할 때부터 메뉴를 정하고 온 듯 연어와 새우 요리를 시켰고 나는 '따진'이라는 음식이 맛있다는 리뷰를 발견하여 먹어보기로 했다. 해산물 요리가 주메뉴인 만큼 이 가게 근처에는 여러 마리의 고양이들이 있었고 사장님과 직원은 그런 고양이들에게 항상 음식을 나누어 주었다. 손님의 발밑에서 같이 밥을 먹는 귀여운 고양이들의 모습을 볼 수 있다는 것도 이 가게의 장점 중 하나였다. 고양이들을 구경하다 보니 음식이 나왔고 그제야 왜 고양이들이 이 가게로 몰려드는지 알 수 있었다. 내가 고양이였어도 매일 출근 도장을 찍었을 정도로 냄새가 너무 훌륭했다. 처음 보는 음식인 따진은 치즈 그라탕과 흡사한 모습이었는데 속에는 새우와 생선이 들어가 있었다. 필요 이상으로 굶주려 있던 우리는 음식 사진 같은 건 안중에도 없었고 김이 펄펄 나는 음식을 입에 쑤셔 넣기 시작했다. 난 살면서 종교를 믿어본 적이 없지만 이때만큼은 극락을 다녀온 듯했다. 처음 먹어보는 따진은 감히 세상에 견줄 만한 음식이 없을 정도로 맛

있었다. 확실하지는 않지만 안에 들어가 있던 생선은 구운 연어인 듯했으며 위에 얹어진 까르보나라 같은 하얀 소스가 정말 맛있었다. 아테네의 수블라키를 설명할 때도 말했지만 난 정말 맛 표현을 못 한다. 나도 맛있는 걸 맛있다고 밖에 표현할 수 없는 나 자신이 개탄스럽다. 따진은 내가 먹은 하얀색 소스의 따진과 토마토소스를 이용한 붉은색 따진이 있었는데 둘 다 먹어본 결과 개인적으로 하얀색이 훨씬 더 맛있었다. 또 항상은 아니었지만 따진을 주문하면 꽃게 모양으로 담은 귀여운 게살 볶음밥이 같이 나왔는데 이 볶음밥과 같이 먹을 때 따진은 더욱 빛났다.

난 음식 중에서도 면 요리, 특히 짜장면과 냉면을 병적으로 좋아하는데 따진은 내 머릿속에서 이 둘을 지워버릴 정도로 천상의 맛이었다. 신이 이집트를 보필하려 하늘을 돌아다니다 흘린 보물이 있다면 그것이 따진이 아닐지 하는 생각이 들 정도였다. 입맛 까다로운 P도 맛있다고 극찬할 정도이니 내 기준 이 정도의 설명이면 할 만큼 했다고 생각한다. 우린 카이로에 머무는 5박 6일 동안 이 가게를 다섯 번이나 왔다. 도착한 날 빼고 떠나는 날까지 하루도 안 빼고 다 왔다는 소리다. 피쉬앤칩스에 올 때마다 나는 따진만 주문했고 P는 새우 요리만 주문했다. 이 가게가 특히 새우 요리를 참 잘했다. 여행을 다니며 미슐랭 식당을 몇 번 가본 적이 있는데 아직도 왜 피쉬앤칩스가 미슐랭 별을 부여받지 못했는지 아직도 의문이다. 책을 읽는 독자분들이 혹시 카이로를 여행하게 된다면 꼭 가보는 걸 추천한다. 이 식당 하나만 바라보고 카이로에 와도 될 정도의 가치를 지닌 식당이다.

은하와 아영이

나에겐 본 적 없는 오래된 친구가 한 명 있다. 이름은 사라, 이집트 사람이다. 사라는 우연히 SNS를 통해 알게 되었고 한국과 K-POP을 너무 좋아해 나에게 먼저 연락을 걸어온 친구였다. 사라는 한국을 너무 좋아해 은하라는 한국 이름을 만들었으며 K-POP 가수 중 특히 스트레이키즈를 아주 좋아했다. 산토리니에서 카이로로 넘어오기 전 사라에게 이집트로 여행을 가게 됐다며 연락했다. 사라는 믿지 않았지만 카이로 공항에서 사진을 찍어 보내자 그제야 내 말을 믿으며 기뻐했다. 운이 좋게도 사라는 카이로에 살고 있었고 아직 학생인 사라를 위해 우린 주말에 만나기로 했다. 시간이 흘러 주말이 되었고 우리는 피라미드 앞에서 만나기로 했다. P는 본 적도 없는 외국인을 믿어도 되는 거냐며 걱정했지만 지금껏 알아 온 사라는 그럴 만한 사람도 아니었고 처음 보는 외국인을 만난다는 건 사라 입장에서도 마찬가지였기에 별로 걱정은 되지 않았다. 약속 시간이 빠듯해 우린 우버를 이용해 피라미드의 입구에 도착했다. 사라는 카이로의 중심지에서 조금 떨어진 곳에 살고 있었기에 기차를 타고 가고 있으니 조금만 기다려 달라고 했다. 잠시 후 사라는 매표소 앞에 도착했다는 메시지를 보내왔고 그렇게 난 처음으로 사라를 만났다.

사라는 지금껏 보았던 이집트 사람과는 다르게 굉장히 하얀 피부를 지닌 앳된 모습이었고 눈이 참 크고 예뻤다. 사라는 친구를 한 명 데리고 왔었는데 이름은 타샤드, 나이는 스무 살이었고 보이시한 스타일에 굉장히 잘생긴 여자아이였다. 난 P에게 사라를, 사라는 우리에게 타샤드를 소개해주며 간단한 인사를 나눈 뒤 피라미드로 입장했다. 사라와 타샤드 모두 카이로에 살았지만 피라미드는 처음 와본다며 신나 했다. 입구에서 가장 유명한 쿠푸왕의 피라미드까지는 거리가 좀 있었기에 말이나 낙타 등이 끄는 마차를 타고 이동해야 했다. 걸어서 못 갈 정도는 아니었지만 숨이 턱 막히는 사하라 사막의 무더운 날씨는 걸음을 포기하게 만들었기에 우리는 마차를 타는 것을 택했다. 입구로 입장하자마자 수많은 호객꾼들이 몰려들었지만 현지인 두 명과 함께 있던 나와 P는 무서울 게 없었다. 사라와 타샤드는 몰려드는 호객꾼을 다 쫓아내 주었다. 사라는 돈 없으니 팁 필요 없는 호객꾼만 오라며 으름장을 놨고 우리는 이 조건을 승낙한 한 명의 마부에게 마차를 빌렸다. 여행할 때 현지인 친구가 있다는 건 그 어떤 천군만마보다 든든했다.

말들은 흙먼지를 일으키며 피라미드를 향해 달렸고 피라미드에 가까워질수록 그 압도적인 규모와 경이로움에 입을 다물 수 없었다. 인터넷을 보다 보면 종종 이런 글을 발견한다. 군대를 다녀온 남자라면 피라미드 정도는 인간이 만들 수 있음을 알 수 있다고. 다 개소리다. 군대도 다녀오고 피라미드도 다녀온 내가 할 수 있는 말은 피라미드는 절대 인간이 만들 수 없는 것이었다. 정확히 말하면 그 시대의 인간들이 피라미드를 만든다는 것은 불가능했다. 그러니 세계 7대 불가사의란 이름이 붙은 것 아니겠는가. 피라미드를 이루는 돌의 무게 중 가장 가벼운 게 2톤 정도이며 가장 큰 돌은 50톤에 달하는 것도 있다고 한다. 이런 돌을 맨몸으로 쌓아 올려 피라미드를 만든다는 것은 도저히 내 머릿속에 그려지지 않았다. 사라와 타샤드가 좋아하는 스트레이키즈의 노래를 들으며 떠들다 보니 어느덧 피라미드의 코앞까지 도착했고 마부는 잠시 우릴 내려주었다. 마부는 우리 넷을 피라미드 앞에 불러 세운 뒤 능숙하게 사진을 찍어 주었고 구경이 다 끝나면 알려달라고 말했다. 우린 서로 사진을 찍어 주기도 하고 다 같이 찍기도 하는 등 시간을 보낸 뒤 다시 마차에 탑승했다. 마차는 빠르게 다시 출발 지점으로 되돌아왔고 감사 인사를 하고 내리려는 우리를 마부가 막아섰다. 이유를 물어보니 사진을 찍어줬으니 팁을 달란다. 타기 전에는 그렇게 착한 척하더니 역시 그놈이 그놈이었다. 사라가 거세게 항의했지만 마부는 말이 통하지 않았고 팁을 안 주면 절대로 내릴 수 없다며 분위기를 험악하게 만들었다. 우린 어쩔 수 없이 팁을 지불했고 그렇게 나와 P는 현지인들과 함께 현지에서 호갱이 되었다. 이럴 때 보면 인간의 변검 솜씨에 참 놀라기도 하고 꼭 모든 인류가 사랑받아야만 하는 걸까라는 생각도 든다. 나가는 길에 스핑크스도 보았는데 피라미드는 생각보다 컸고 스핑크스는 생각보다 작았다.

신선했던 피라미드 탐방을 마치고 배가 고파진 우리는 밖으로 나왔다. 피쉬앤칩스에서 따진을 먹고 싶었지만 거리가 꽤 멀었기에 무엇을 먹을지 고민하던 중 사라가 이집트의 전통요리를 사주겠다며 한 식당으로 우리를

안내했다. 사라가 데려간 식당은 이집트 전통 음식인 코샤리 전문점이었다. 코샤리는 이집트 전통 음식으로 굳이 따지자면 면 요리였는데 마카로니와 파스타 면을 잘라 그 위에 토마토소스와 짜파게티 건더기 수프에 들어 있는 동글동글한 고기 같은 걸 마구 뿌려댄 음식이었다. 맛도 짜파게티와 비슷했다. 배가 고픈 나를 위해 사라는 내 것을 L 사이즈로 주문했고 나머지는 M 사이즈를 주문했지만 나를 제외한 셋 모두 다 먹지 못하고 남겼다. P는 코샤리가 입맛에 맞지 않았는지 먹는 걸 멈추고 메스꺼움을 호소했다. 덕분에 난 P와 사라가 남긴 것까지 다 먹어 혼자 코샤리 3인분을 먹었고 사라와 타샤드는 그런 나를 보며 뿌듯한 표정을 지어 보였다. 이후 우리는 사라를 따라 세계에서 가장 오래된 시장인 칸 엘 칼릴리 시장에 도착했다. 시장 입구로 들어가던 중 나는 무의식적으로 사라를 한국 이름인 은하로 불렀고 이에 타샤드는 은하가 뭐냐고 물었다. 은하는 사라의 한국 이름이라고 알려준 뒤 은하의 뜻을 설명해 주자 타샤드는 한국 이름이 있는 사라를 부러워하는 듯 보였다. P는 그런 타샤드를 위해 잠시 고민하다 아영이라는 이름을 지어주었다. 다행히 타샤드는 이름이 마음에 드는 듯 환하게 웃었고 우린 은하와 아영이와 함께 시장으로 들어왔다. 시장은 14세기에 지어져 굉장히 오래된 역사를 지녔으며 그 무구한 역사만큼 규모도 엄청났다. 우린 책과 옷, 각종 장신구와 기념품을 보며 앞으로 걸었지만 걸어도 걸어도 계속 시장 속이었다. 카이로 최대의 시장인 만큼 사람이 너무 많아 혹여나 P가 또 어지럼증을 호소할까 걱정했지만 사라와 타샤드가 함께 있어 P는 괜찮아 보였다. 오늘도 동양인은 많지 않았기에 어딜 가나 시선 집중이었다. 눈두덩이를 빨갛게 화장한 P를 보고 중국인으로 오해한 사람들은 "니하오."라며 인사하기도 했고 머리에 두건을 쓰고 다닌 나를 보고 "곤니찌와."라고 인사하기도 했다. 난 'KOREA ARMY'라고 크게 쓰여 있는 옷을 입고 다녔는데도 말이다.

볼 건 참 많았지만 살 건 없던 시장을 뒤로하고 사라는 마지막으로 카이로의 상징인 알 아자르 모스크에 우리를 데려왔다. 모스크의 입장은 매시 30분마다 이루어졌기에 우린 밖에서 사진을 찍으며 시간을 보낸 뒤 입장했다. 사원은 신발을 벗고 남녀가 따로 입장해야 했으며 여자는 히잡을 두른 채 입장해야 했다. 혼자 떨어진 나는 천천히 사원을 둘러보기 시작했다. 사원에는 혼자서 기도를 드리는 사람도 있었고 가족이 함께 모여 기도를 드리기도 했다. 그들의 긍엄한 자세에 감명받은 난 그들과 뒤섞여 기도를 드리기 시작했다. 태어나서 한 번도 종교를 믿어본 적 없지만 신앙심을 목숨처럼 생각하는 이슬람 문화에 대한 존중의 발로였다. 기도는 알 수 없는 음악에 맞춰 꽤 오랜 시간 이어졌다. 개중에는 우는 사람도 있었고 절을 하는 타이밍이 어긋나는 사람도 있었지만 모두 저마다의 방식으로 마음속 신을 알현하고 있었다. 아마 난 죽을 때까지 신앙심이라는 마음을 이해할 수 없겠지만 누군가 눈물을 흘릴 때 의지하며 기댈 곳이 되어준다는 사실 하나만으로도 종교의 가치와 존재의 이유는 설명이 되었다.

음악 소리가 꺼지고 기도가 끝나자 잠시 헤어졌던 친구들을 다시 만날 수 있었다. 다시 만난 P는 속이 너무 안 좋고 머리가 아프다며 울상을 지었고 이마에 손을 짚어보니 미열도 있는 듯했다. 그때 보안요원으로 보이는 한 남성이 다가와 알 수 없는 아랍어로 뭔가를 말하며 나와 P를 떨어트렸다. 타샤드에게 이유를 묻자 신성한 사원 내부에서는 남녀 간의 신체 접촉이 엄격하게 금지된다고 했다. 우린 힘들어하는 P를 위해 모스크를 빠져나왔고 빠르게 우버를 불렀다. 하지만 지난 밤 충전을 하지 않아 배터리가 없던 내 휴대폰은 택시 번호를 확인하기 전에 꺼져버렸다. P의 휴대폰은 우버 앱의 인증 번호를 받을 수 없어 사용할 수가 없었기에 사라와 타샤드가 이리저리 뛰며 택시를 잡아주었고 난 정말 고맙고 미안하다며 사과를 한 뒤 P와 함께 택시에 올라탔다. 숙소에 돌아온 P는 코샤리가 너무 입에 안 맞았지만 사라와 타샤드를 봐서라도 먹을 수밖에 없었다고 했다. 난 밖으로 나가 물과 음료를 사 왔지만 P는 물을 마시는 것조차 힘들어 했다. 나 역시 코샤리 이후 아무것도 먹지 못해 배가 고팠지만 죽어가고 있는 P를 두고 혼자 뭔가를 먹을 수도 없었기에 어쩔 수 없이 같이 단식을 하며 하루를 보냈다. 아, 혼자서 맥주는 마셨다. 늦은 밤 결국 P는 화장실에서 속을 다 게워 냈고 피골이 상접한 모습으로 화장실에서 나왔다. 안쓰러웠다. 나도 베를린에서 이런 모습이었을까 상상했지만 P는 나와 다르게 하루 만에 건강을 되찾았고 다음 날 피쉬앤칩스에서 새우 스무 마리를 도륙 냈다.

4대 강 이야기

프랑스에서부터 초밥 타령을 하던 P를 위해 초밥을 먹으러 가기로 했다. P는 한 끼를 먹더라도 맛있는 곳으로 가자며 휴대폰을 켜 구글맵에 검색하기 시작했다. P의 손가락은 빠르게 움직였고 그렇게 찾아낸 곳은 카이로

힐튼 호텔에 있는 마키노라는 일식당이었다. 29살 평생 호텔로 밥을 먹으러 가는 것이 처음이라 호텔에서 밥만 먹고 나올 수 있다는 것도 처음 알았다. 한 푼이라도 더 아껴 하루를 더 연명해도 모자란 배낭여행에서 호텔이라니. 이게 배낭여행인지 효도 관광인지 의문이 들었지만 어차피 다 먹고 살자고 하는 짓이니 그러려니 하기로 했다. 우리는 우버를 타고 달려 힐튼 호텔 앞에 도착했다. 내가 입구에 들어서자마자 호텔 직원은 "곤니치와."라고 인사를 건넸다. 나는 아직 인사를 받지도 않았지만 직원은 아무 말 없이 바로 마키노로 안내해 주었다. 하지만 나도 이제 일본인 대접이 제법 익숙해져 "곤니치와."라고 인사를 한 뒤 직원의 뒤를 쫓았다.

호텔이라기에 뭔가 다를 줄 알았지만 내부는 평범한 일식당과 다르지 않았다. 우린 라멘을 하나씩 시켰고 P가 노래를 부르던 모둠 초밥도 함께 주문했다. 초밥은 맛있었지만 라멘은 상당히 짰다. 이집트에서 파는 일본 음식은 이집트 사람의 입맛에 맞춘 건지 일본 사람의 입맛에 맞춘 건지 알 수 없었지만 일단 한국인에게는 맞지 않았다. 난 음식의 맛보단 배를 채우는 것에 의의를 두는 편이라 식당에서 단 한 번도 클레임을 걸어본 적이 없다. 하지만 비싼 값을 낸 대가가 바닷물 라멘이라니, 짜증이 솟구쳐 직원에게 따지고 싶었지만 오늘도 참았다. 한마디 보태고 싶을 때 참는 것도 어른의 덕목이 아니겠는가. 우린 밥을 먹는 둥 마는 둥 하며 바다 향기가 물씬 풍기는 라멘을 뒤로한 채 빠르게 식당을 나섰다. 우버를 부르기 위해 앱을 켜자 지도에 커다란 물줄기가 보였다. 나일강이었다. 이집트에 오면서 왜 나일강을 볼 생각을 못 했을까. 날씨는 조금 더웠지만 우리는 소화도 시킬 겸 나일강 근처를 천천히 걸으며 산책했고 나일강 주변을 서성이다 보니 지나온 각 나라를 대표하는 강에 처음 도착했을 때의 기억들이 하나씩 떠올랐다.

한국의 한강이 주는 느낌은 첫 느낌은 여유였다. 내가 처음 본 한강의 이미지는 피크닉, 데이트, 운동 등 언제나 사람들이 편하게 찾아와 연인 혹은 친구들과 소일하는 쉼터 같은 공간이었다. 한강이 주는 여유는 목가적인 평화로움에서 오는 여유도 있었지만 경제적인 풍요로움에서 오는 여유도 있었다. 인생은 한강 뷰 아니면 한강 물 아니겠는가. 따사로운 햇살 속 한강에서 피크닉을 즐기는 여유도 좋지만 한강 조망권이 있는 아파트에서 한강을 내려다보는 경제적인 여유도 한강 하면 빼놓을 수 없는 이미지였다.

프랑스 파리의 센강을 처음 보고 떠오른 단어는 사랑이었다. 센강을 처음 알게 된 건 군대에서 듣게 된 〈10CM – 스토커〉라는 노래 때문이었다. 이 노래의 뮤직비디오가 센강의 아홉 번째 다리인 퐁네프를 배경으로 한 〈퐁네프의 연인들〉이라는 영화였기 때문이다. 노래와 뮤직비디오가 잘 어울려서인지 아니면 그냥 노래가 좋아서였던 건지는 잘 모르지만 뮤비를 본 후 나는 〈퐁네프의 연인들〉을 다운로드해서 보게 되었고 그렇게 센강을 처음 접했다. 실제로 센강을 마주한 건 2017년 9월 늦여름이었다. 난 처음 마주하는 센강의 모습이 청명한 하늘보단 불그스름한 노을에 젖은 모습이길 바랐기에 일부러 일몰 시각에 센강을 찾았다. 강에 도착하자 가로등 불이 하나 둘씩 켜지기 시작했다. 바토무슈가 붉게 물든 센강 위를 가로지르자 거리의 악사들은 색소폰을 연주했고 센강의 다리 위에 서 있던 사람들은 아무 말도 하지 않은 채 그저 강을 바라보고 있었다. 그 순간 아름다운 센강을 바라보고 있던 모든 사람들이 느낀 감정은 사랑이었을 것이라 확신한다. 그 당시 혼자 여행하고 있던 내게 사랑이라는 것은 결코 내 것이 될 수 없는 감정이었기에 더 짙게 느껴졌던 것 같다. 아직도 색소폰이 울려 퍼지던 센강의 황홀경을 잊을 수 없다.

일본 도쿄의 스미다강이 준 느낌은 차분함이었다. 스미다강은 일부러 찾아간 것이 아니라 걷다가 지쳐서 쉬어간 곳이 알고 보니 스미다강이었다. 첫 일본 여행은 2017년 12월 중순이었다. 내 첫 세계 일주의 마지막 나라이자 마지막 도시였다. 4개월 동안 혼자서 여행하다 보니 몸도 지치고 외로움에 마음도 지친 상태였다. 12월 도쿄의 거리는 한창 크리스마스 준비로 분주했고 수많은 인파와 설레는 캐럴 소리는 구태여 내가 혼자라는 사실을 더욱 상기시켜 주었다. 내가 외로움을 피할 수 있는 방법은 이어폰으로 귀를 틀어막아 캐럴 소리라도 듣지 않는 것뿐이었다. 난 사람들을 피해 발길을 옮겼고 조금은 한적한 장소에 도착해 벤치에 앉아 이어폰을 꽂은 채 눈앞에 있는 강을 바라봤다. 이어폰에서는 〈Utada hikaru - first love〉라는 노래가 흘러나오고 있었다. 추운 날씨였지만 강은 얼지 않았고 차분하고 또 고요하게 흘렀다. 거센 물살 없이 유유하게 흐르는 강을 보며 내 삶도 이렇게 흘러갔으면 좋겠다며 기도했다. 너무 과분한 행복 없이, 감당 못 할 정도의 큰 불행도 없이 잔잔한 행복들과 이겨낼 수 있을 정도의 불행을 겪으며 평범하게 살고 싶었다. 어쩌면 우리가 하는 모든 노력은 평범한 사람이 되기 위한 발버둥일지도 모른다는 생각이 들었다. 말 없는 스미다강은 조용한 위로가 되어 그 자리에 오랫동안 날 머물게 했다.

영국 런던의 템스강은 에너지 그 자체였다. 런던의 날씨는 오락가락하기로 유명한 만큼 내가 도착한 날도 어김없이 비가 오고 있었다. 나는 숙소에 짐을 놓은 뒤 곧바로 타워브리지를 보기 위해 버스를 탔다. 잠깐 사이에 비는 그쳤으며 하늘에는 무지개가 펼쳐져 있었다. 난 타워브리지에 도착했고 템스강을 따라 걸었다. 강에는 조정 연습을 하는 듯 카약들이 떠 있었고 버스커들은 〈Tony orlando – Tie a Yellow Ribbon Round the Ole Oak Tree〉를 부르고 있었다. 아이들은 아치형의 무지개를 줄넘기 삼아 뛰어놀았고 조정선수들은 힘차게 노를 저었다. 그날 무지개 걸린 템스강이 내게 전해준 건 천진한 아이들의 웃음소리와 조정선수들의 힘찬 함성이 내뿜는 넘치는 에너지였다.

이처럼 그동안 마주한 강이 주는 느낌은 밝고 긍정적인 느낌이었지만 나일강을 마주하고 처음 느낀 감정은 외로움과 쓸쓸함이었다. 강가에 사람이 한 명도 없어서 그런지 나일강은 왠지 모르게 초라해 보였고 맑은 날임에도 강의 색은 한없이 탁했다. 나일강의 길이는 6,700km 정도로 아프리카 대륙의 절반 정도를 가로지르는 세상에서 가장 긴 강이다. 그 길이만큼 오래된 역사를 지녔으며 과거 이집트는 나일강의 물줄기를 따라 문명을 이룩했을 정도로 나일강은 이집트의 행복이자, 역사이며 존재의 이유였다. 하지만 찬란했던 문명은 쇠퇴했고 과거의 영광은 힘을 잃은 채 나 같은 배낭여행자들 사이에서는 최악의 나라라는 불명예스러운 수식어만 남아 있을 뿐이었다. 30분 정도를 산책한 P는 "별거 없네. 가자."라고 말하며 앞장섰고 우린 다시 숙소로 발길을 돌렸다. 그 오래된 역사와는 반대로 나일강은 이제 누군가에겐 별 볼 일 없는 탁한 물줄기일 뿐이었다. 강물이 부서지는 소리가 비통한 탄식처럼 들렸던 건 기분 탓이었을까. 내가 본 나일강은 그저 세상에서 가장 오래되고 긴 외로움 딱 그 정도였다.

어디로 갈 것인가

여행을 다니면서 가장 귀찮은 게 하나 있다면 바로 예약이다. 산토리니에서 P의 비행기표 해프닝 이후로 모든 예약은 내가 도맡아 했는데 이게 여간 귀찮은 일이 아니었다. 수시로 바뀌는 비행기표 가격과 버스, 기차 가격에 24시간 휴대폰을 붙들고 있어야 했는데 이게 나에겐 생각보다 큰 문제였다. 난 휴대폰을 6년째 사용하고 있는데 오랫동안 사용한 탓에 배터리 성능이 58%까지 떨어져 있었다. 덕분에 아무것도 하지 않아도 휴대폰 배터리가 빠르게 닳았는데 비행기와 숙소 등을 검색하다 보면 갑자기 휴대폰이 뚝 하고 꺼져버리는 일이 빈번하게 발생했다. 카이로에서 P가 물갈이로 고생한 날 우버를 불렀을 때도 휴대폰이 꺼져 탑승하지 못해 위약금을 물었는데 이렇게 위약금으로 날린 돈만 몇만 원은 됐다.

무언가를 예약하는 것도 참 귀찮은 일이었지만 그보다 귀찮은 게 목적지를 정하는 일이었다. 난 벌레가 나오든 침대가 무너지든 어디서든 잘 자기 때문에 숙소는 위생을 중요시하는 P에게 맡겼으나 국가를 정하는 건 언제나 내 몫이었다. 호주 워킹홀리데이와 필리핀 어학연수를 제외하면 해외여행 경험이 전무했던 P에게 세상은 열어보지 않은 보물 상자들이었고 한 나라를 여행한다는 건 그 상자들을 하나씩 열어보는 일이었다. 내가 고른 목적지가 P에겐 그 나라의 첫 기억이자 마지막 기억이 될 수도 있었기에 목적지를 고르는 것은 최대한 신중하게 정할 수밖에 없었다.

나라를 고르는 데에는 여러 기준이 있었는데 첫 번째는 가격이었다. 가격은 거리하고도 관련이 있었는데 당연히 가까우면 쌌고 멀면 비쌌다. 물가가 비싼 유럽에서는 최대한 비행깃값이 싼 곳으로 이동해 짧게 체류하며 최대한 많은 나라를 경험해 보려 했다. 가격이 싸다면 비행기로 1시간이면 갈 거리를 버스로 8~9시간씩 이동하기도 했지만 여행 중후반부터는 비싸더라도 시간이 적게 걸리는 편을 택했다. 두 번째는 친구가 있는 곳으로 가는 것이었다. 20대 중후반인 우리가 앞으로 이처럼 오랜 기간 여행을 갈 기회가 없음을 알고 있었기에 이번 기회에 외국에 살고 있는 친구들을 최대한 많이 만나고 오고 싶었다. 덕분에 파리 민박집의 할머니, 소정이, 제니퍼, 사라를 만날 수 있었고 독일에선 운이 좋게도 제니퍼에게 숙식도 제공받을 수 있었다. 현지에 있는 친구에게 도움을 받는 것만큼 여행 경비를 아낄 수 있는 좋은 방법도 없다. 세 번째는 치안이다. 혼자였다면 크게 신경 쓰지 않았을 부분이지만 P와 함께하는 이번 여행에서는 가장 중요한 부분이었다. 모든 곳이 그러지는 않겠지만 동양인 여성을 향한 성추행, 폭행 사고 및 인종차별로 인한 범죄 뉴스를 많이 접했기에 절대 간과할 수 없는 부분이었다. 특히 이집트에서 집시들을 만난 이후로 P가 불안해하는 모습을 자주 보여 더욱 신경 쓸 수밖에 없었다. 네 번째는 가고 싶은 곳으로 가는 것이었다. 사실 이 항목이 여행에서 목적지를 고를 때 가장 우선시되는 사항이겠지만 우리 여행에선 앞서 말한 세 가지를 먼저 충족한 뒤 가장 마지막에 고려되는 사항이었다.

나와 P가 공통적으로 가고 싶었던 곳은 미국, 스위스, 쿠바가 있었지만 낭만을 쫓기엔 현실은 시궁창이었다. 한정적인 돈으로 여행하려면 현실을 직시하는 것이 가장 중요했기에 적당한 선에서 타협해 나온 여행지가 지나온 곳들과 앞으로 가야 할 곳들이었다. 훗날 이 책이 잘돼서 큰돈을 벌게 된다면 그 돈은 오롯이 스위스 여행에 투자할 것이다. 내 다음 목적지가 스위스가 될지 집 앞 소주방이 될지는 지금 이 책을 읽고 있는 여러분들에게 달렸다는 말이다. "재밌었어?"라고 물어본다면 마음속 깊은 곳에서부터 우러나온 온 진심을 담아 "응. 재밌었어!"라고 대답할 수 있는 스위스 여행을 다녀올 테니 여러모로 잘 부탁하는 바이다.

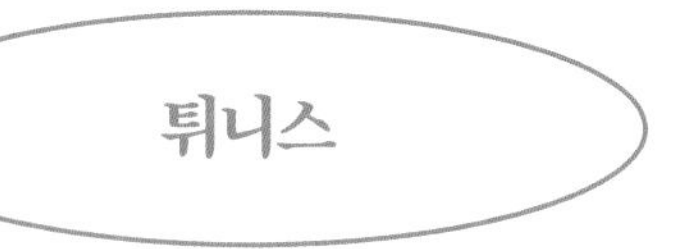

아파했지만 또 아파도 되는 기억들

튀니스 카르타고

카이로에서의 일정이 이틀 남았을 무렵 슬슬 다음 목적지를 정해야 했다. 염두에 둔 곳은 모로코와 리비아였지만 이 시기에 모로코에는 진도 6.8의 강진이 일어나 많은 사상자가 발생하는 안타까운 사건이 있었고 P는 그런 모로코에 가는 것을 무서워했기에 모로코는 제외되었다. 남은 것은 리비아였는데 검색해 본 결과 리비아는 여행금지 국가로 지정되어 있었기에 가고 싶어도 갈 수 없었다. 마땅한 선택지가 없어 고민하던 중 파리에서 만났던 다니엘이 추천해 준 튀니지가 생각이 났다. 난 다니엘에게 연락해 튀니지의 물가와 치안 등을 물어봤다. 다행히 튀니지는 우리의 기준에 부합하는 여행지였고 P도 긍정적인 반응을 보여 우리의 다음 여행지는 튀니지가 되었다.

시간은 흘러 이집트를 떠나는 날이 되었고 사라와 타샤드에게 이집트를 떠난다는 인사를 남긴 채 튀니지로 향하는 비행기에 탑승했다. 이집트와 튀니지의 거리는 멀지 않았기에 우린 빠르게 튀니지의 수도인 튀니스에 도착할 수 있었다. 튀니스 공항의 정식 명칭은 '튀니스 카르타고 국제공항'이다. 뭔가 고대 유적지 같은 멋진 이름이라 튀니스의 첫 느낌이 좋았다. 튀니지는 지중해와 붙어 있어 유럽인들 최대의 휴양지라고 불리는 나라였고 그 명성답게 아프리카라는 이름이 무색할 정도로 공항에 있는 사람 중 절반은 유럽 사람들이었다. 더운 날씨에 25kg의 배낭을 메고 돌아다니다 보니 살과 근육은 쭉 빠져버려 체력은 날이 갈수록 떨어졌고 그리스 이후엔 공항에서 이동할 땐 대부분 택시로 이동하게 되었다. 튀니스에서도 택시를 이용하기 위해 우버 앱을 켰지만 주변에 택시가 단 한 대도 없었다. 공항 밖에는 택시가 우글우글했지만 앱에서는 단 한 대도 보이지 않는 게 의아했던 나는 공항 직원에게 우버가 잡히지 않는 이유를 물어봤다. 직원은 튀니지에서는 우버가 아닌 볼트라는 앱을 사용한다며 친절하게 알려주었다. 나는 곧장 볼트 앱을 다운로드받은 뒤 택시를 잡아 숙소로 향했다. 이번 숙소는 무려 5성급 호텔. 카이로의 흉가 같던 숙소에 이골이 난 P가 정말 큰 맘을 먹고 예약한 숙소였다. 튀니지의 물가가 저렴한 건지, 오래된 호텔이어서인지 모르겠지만 5성급 호텔 1박의 가격이 7만 원도 안 했기에 가능한 일이었다.

택시는 이내 곧 하얗고 거대한 호텔에 도착했다. 입구에 도착하자 컨시어지가 짐을 들어주었으며 웰컴 드링크도 준비되어 있었다. 1박에 2~3만 원 하는 게스트하우스나 에어비앤비에서는 누릴 수 없는 호사였다. 로비에는 에어컨이 틀어져 있었고 좋은 향기가 났다. 드롭킥을 차면 무너질 것 같던 카이로 숙소의 잔상이 웰컴 드링크 잔의 물방울을 따라 흘러내렸다. 난 웰컴 드링크를 시원하게 원샷한 뒤 호텔 직원에게 여권을 내밀었다. 직원은 'Sir'이라는 단어로 나를 불렀으며 두 손으로 여권을 받고 두 손으로 여권을 돌려주었다. 소비자의 쾌락을 즐기고 싶었던 나는 한 손으로 여권을 건네받은 뒤 찡긋 웃어 보였다. 하지만 여유로운 제스처에 비해 내 행색은 뗏목을 잃은 원주민 꼴이었다. 체크인이 끝나고 직원은 카드 키를 건네주며 우리가 예약한 방이 최근 리모델링을 하여 정말 근사해졌으니 기대해도 좋다는 말을 덧붙였다.

부푼 기대를 안고 방문을 열자 내부는 직원의 말마따나 기대한 것 이상의 컨디션이었다. 카이로 숙소도 낡은 것뿐이지 결코 좁지는 않았는데 스탠다드임에도 불구하고 카이로의 숙소보다 세 배는 커 보였다. 침대도 성인 남자 네 명은 들어갈 만큼 넓었고 욕실의 크기가 카이로 숙소의 크기였다. 내부 공사가 끝난 지 얼마 되지 않아 와이파이 공유기가 설치되어 있지 않은 게 흠이었지만 가만히 앉아 호텔 벽을 보고 있는 것조차 재밌었기에 생활에는 전혀 문제가 되지 않았다. 난 호텔에 도착하자마자 짐을 풀고 샤워를 했다. 수압은 완벽했으며 수도꼭지를 왼쪽으로 약간 돌리면 물도 약간만 뜨거워졌고, 오른쪽으로 약간 돌리면 물도 약간만 차가워졌다. 문도 달려있지 않아 커튼을 치고 샤워하던 카이로 숙소는 머리에서 사라진 지 오래였다. 마지막으로 야외 수영장이 있다는 점도 참 좋았다.

튀니스는 모든 게 좋았지만 딱 하나 단점이 있다면 살면서 가본 곳 중 가장 더웠다. 날씨가 혐오스럽다고 느낀 적은 처음이었다. 전자레인지에 플라스틱을 넣고 돌리면 녹고 찌그러지듯 내 피부도 찌그러져 비명을 지르는 나날들이 계속되었다. P는 이런 곳에 올 것을 예상이라도 한 듯 수영복을 챙겨왔었고 우린 하루에 한 번씩 수영장을 이용했다. 난 수영은 하지 못했기에 발만 담근 후 P가 수영하고 노는 걸 보는 시간이 대부분이었다. 튀니스에서 머문 날은 고작 1주일이었지만 수영하며 태워 먹은 피부는 여행이 끝날 때쯤에서야 되돌아왔다. 우린 샤워를 끝내고 다니엘에게 잘 도착했다는 메시지를 보냈고 다니엘은 아버지에게 P의 연락처를 알려드렸으니 곧 연락이 올 거라고 했다. 잠시 후 다니엘의 아버지에게 연락이 왔다.(앞으로 편의를 위해 아버지라 부르겠다.) 아버지는 내일 시간이 괜찮냐며 여쭤보셨고 아무 계획도 없던 우리는 다음 날 아버지를 뵙기로 했다. 누군지도 모르는 사람이었던 다니엘이 며칠 본 것만으로 친한 동생이 되었고 이제는 다니엘의 아버지를 만나기 위해 아프리카 튀니지까지 왔다. 영화 소재로 써도 욕먹을 이 상황이 신기하다가도 어이가 없어 웃음이 났다.

아빠 어디가

피부병이 생길까 침낭을 덮고 자던 카이로와 달리 뽀송한 호텔 이불 위에서 맞이한 튀니스의 아침은 그 어떤 날보다 개운했다. 일론 머스크가 숙소 값 아껴서 부자가 된 것도 아닐 텐데 내가 왜 숙소에 돈을 아끼고 있는지 알 수 없었다. 숙박에는 조식이 포함되어 있었기에 P를 깨워 부랴부랴 지하 1층으로 내려갔다. 호텔에는 1층과 지하 1층 총 두 개의 식당이 있었는데 우리는 1층의 식당을 보지 못했었기에 야외 수영장으로 나가는 길에 본 지하 1층의 식당으로 왔다. 조식은 당연히 뷔페식이었지만 조식이라기엔 과할 정도로 화려하고 다양한 메뉴가 있었다. 음식의 7할 이상이 처음 보는 것들이었기에 우리는 뷔페에 있는 모든 음식을 하나하나 먹어봤다. 난 밥을 먹는 속도가 꽤 빠르기에 먼저 식사를 마친 뒤 P가 다 먹을 때까지 잠시 기다렸다. 식사를 마친 뒤 자리에서 일어나자 웨이터로 보이는 직원이 다가와 계산이 필요하다며 앞을 막아섰다. 우리는 조식이 포함된 숙박을 결제했다고 얘기했지만 조식을 먹는 식당은 1층에 있었고 지하 1층은 조식과는 상관없는 별개의 식당이었다. 우리는 아침부터 시원하게 8만 원을 긁으며 시작했다. 아버지와의 약속은 11시였기에 우리는 천천히 준비한 뒤 아버지를 만나기로 한 약속 장소로 향했다.

약속 장소에 도착하자 아버지는 마중을 나와 계셨고 악수와 함께 짧게 인사를 건네셨다. 아버지는 다니엘에게 얘기를 들었다며 아들을 잘 챙겨줘서 고맙다며 고개를 숙이셨다. 아버지는 우리를 차에 태웠고 운전하시며 튀니지에 관해 아는 것이 있는지 물어보셨다. 나는 약속 장소에 오기 전에 급하게 검색해서 찾은 시디 부 사이드를 알고 있다고 답했다. 사실 살면서 처음 들어본 곳이지만 아무것도 모른다고 하는 것도 예의가 아닌 듯했다. 아버지는 튀니스에는 관광지가 너무 많아 아는 곳 위주로 보여주기 위해 물어본 것이며 귀가 시간을 고려하여 가까운 곳들로 데려가 주겠다 하셨다.

가장 처음 도착한 곳은 카르타고 유적지였다. 공항에 도착했을 당시 카르타고 국제공항의 이름이 고대 유적지 같다고 생각한 것이 사실이었다. 카르타고 유적지는 고대 페니키아인들이 세운 도시였으며 현재 아프리카에 남아 있는 것 중 가장 큰 유적지였고 그 유명한 한니발 장군이 태어난 곳이기도 했다. 카르타고는 한 지역을 특정하는 것이 아닌 고대 도시의 이름이었기에 유적지는 튀니스 전역 여기저기 넓게 분포되어 있었다. 개중에는 목욕탕도 있었고 빌라, 극장, 음악을 위한 무대, 경기장도 있었다. 설명을 듣다 보니 아버지는 가이드를 넘어 전문가 수준의 지식을 갖고 계셨는데 사실 가이드와 목사뿐 아니라 역사 연구가로도 활동하고 계신다고 말씀하셨다. 전문가에게 설명을 들으며 관광지를 둘러보는 것과 배경지식 없이 둘러보는 것은 다른 차원의 이야기였다. 아테네에서도 이런 가이드가 있었으면 좋았을 텐데라는 아쉬움이 들었다. 카르타고 유적지는 다른 곳보다 유독 훼손이 심했고 안내판은 있으나 유물이 없는 경우도 있었는데 너무 넓다 보니 관리가 제대로 되지 않아 관광객이나 현지인들이 유적을 훼손하거나 유물들을 집으로 가져가 장식품으로 사용하는 몰상식한 경우가 많다고 했다.

열정적인 카르타고 강의와 함께 두 번째로 도착한 곳은 튀니스 고고학 박물관이었다. 하지만 아쉽게도 박물관은 내부 리뉴얼로 문을 닫은 상태였다. 아버지는 박물관이 아니더라도 주변에도 유적지가 곳곳에 남아 있다며 주위를 둘러보며 천천히 설명을 해주셨고 박물관 뒤편에 있는 어느 무덤 앞으로 우리를 데려가셨다. 아버지는 우리가 보고 있는 이 무덤이 프랑스의 왕 루이 9세의 무덤이라고 말씀하셨다. 프랑스의 왕이 왜 이 더운 곳까지 와서 묻혀 있나 싶었다. 분명히 아버지께서 설명을 해주셨지만 이것까지는 기억이 나지 않는다. 박물관 주변을 둘러본 뒤 우리는 가볍게 크레페로 끼니를 해결했고 마지막 목적지인 시디 부 사이드로 향했다.

시디 부 사이드는 튀니지에서 가장 유명한 관광지로 지중해와 맞닿은 작은 마을이다. 아프리카의 산토리니라고도 불리며 하얗게 도배된 마을과 온통 파란색으로 칠해진 지붕과 가게의 문은 산토리니보다 더 산토리니 같았다. 살인적인 더위였지만 거리는 붐볐고 사람들은 손에 흰색 꽃을 하나씩 들고 다녔다. 지금에서야 알게 된 건데 시디 부 사이드에서는 자스민 꽃향기를 맡으며 여행하는 문화가 있다고 한다. 이날 사람들이 들고 다니던 꽃이 아마 자스민이었지 않았나 싶다. 그늘 하나 없는 시디 부 사이드를 걷다 보니 아버지도 더우셨는지 바닷가 근처로 이동하자고 하셨다. 뒤를 따라 걷다 보니 이내 곧 끝없이 펼쳐진 지중해 바다가 보였다. 이렇게 새파랄 수가 있을까. 아니 파랑을 넘어 지중해는 푸른 형광빛을 띄며 그 자태를 뽐내고 있었다. 우리는 잠시 멈춰서 바다를 바라봤다. 눈에 들이차 넘실대는 지중해의 파도는 40도에 육박하는 불볕더위를 잠시 잊게 해주었다. 아버지는 지중해에 넋이 나가 있던 우리에게 마지막으로 갈 곳이 있다며 우리를 어느 조용한 카페로 데리고 갔다.

카페의 이름은 카페 데 나트. 바닷가에 있는 여느 카페들과는 다르게 시디 부 사이드의 중앙에 위치하여 바다가 잘 보이지도 않았고 손님도 우리뿐이었지만 아버지는 이 카페가 튀니지에서 가장 유명한 카페라고 하셨다. 카페 데 나트는 100년이 넘은 상당히 오래된 카페였으며 『어린 왕자』로 유명한 생텍쥐페리가 작품 구상을 위해 자주 와서 시간을 보내던 카페였다. 그 외에도 알베르 카뮈, 모파상, 앙드레 지드 등 시대를 대표했던 예술가들이 시디 부 사이드에서 활동하며 이 카페를 찾았다고 한다. 묘한 기분으로 100년 전 생텍쥐페리가 보았던 그 거리를 내려다보았다. 하늘을 투영하는 푸른 지중해와 가볍게 부는 바람과 만개한 꽃들이 만든 꽃비. 초록색 나뭇잎과 부겐빌레아의 분홍색 꽃잎, 두 개의 보색이 주는 강렬함과 새하얀

거리가 주는 포근함, 파란색 지붕과 하늘이 구분되지 않는, 쉴 새 없이 아름다운 이 거리를 보며 쓰인 글이 무엇일지 궁금했다. 분명 절대로 사랑 이야기였을 것이다. 그것도 이별 없는 사랑 이야기. 눈부신 시디 부 사이드의 거리에서 유일하게 이별할 수 있는 건 슬픔뿐이었다. 눈길이 닿는 곳마다 행복이 싹을 틔우는 시디 부 사이드에서 눈물이 허락된 공간은 그 어디에도 없었다. 아버지와 우리는 시원한 음료를 마시며 그 시절 활동한 예술가들에 대해 얘기를 나누며 카페 데 나트에서 시간을 보냈다. 카페에서는 〈Ella Fitzgerald – a night in tunisia〉가 흘렀고 이 노래는 우리를 예술가들이 활동하던 그 시절로 데려다주었다. 카페를 마지막으로 일일 튀니스 투어는 끝이 났고 우리는 아버지의 차를 타고 숙소로 향했다. 차의 왼편으로 멀어지는 한 시대를 풍미한 예술가들이 사랑했던 시디 부 사이드를 조금이라도 더 눈에 담기 위해 몸을 뒤치락거렸다.

아프리카에도 들국화는 핀다

아버지와의 강렬했던 투어를 마치고 호텔로 돌아와 엘리베이터를 잡았다. 잠시 후 문이 열렸고 엘리베이터 안에는 무슬림으로 보이는 모녀가 타고 있었다. 난 숙소가 있는 3층을 눌렀고 P와 시시콜콜한 대화를 나누고 있을 때 모녀 중 딸이 말을 걸어왔다. "한국인이세요?" 능숙한 한국어와 자연스러운 발음에 당황했지만 일단 그렇다고 대답했다. 무슬림 여자는 나를 일본인으로 착각해 말을 걸까 말까 하다 옷에 쓰여 있는 'KOREA ARMY'와 한국어를 듣고 한국인인 걸 알았다고 했다. 머리에 두건을 메고 다녀서 그런가 어딜 가나 일본인 취급을 받는다. 엘리베이터는 3층에 도착했고 우리는 모녀와 서로 짧은 인사를 나눈 뒤 방으로 들어왔다. 우리는 샤워를 한 뒤 잠시 낮잠을 잤고 해 질 무렵 다시 눈을 떴다. 배가 고팠던 나는 주섬주섬 옷을 갈아입었고 저녁을 먹기 위해 P를 깨웠다. P는 잠이 덜 깬 채 나를 따라 나왔고 우리는 다시 엘리베이터 앞에 섰다. 문이 열렸고 낮에 봤던 무슬림 여자가 혼자 타고 있었다. 우리는 다시 인사했고 그 여자는 우리에게 어디에 가냐고 물었다. 1층으로 밥을 먹으러 가는 길이라 대답하자 그 여자는 본인도 밥을 먹으러 가는 길인데 괜찮으면 같이 먹을 수 있냐고 물어봤다. 나는 별 상관없었기에 P를 쳐다봤고 P도 같은 여자라 크게 경계하지 않는 듯하여 셋이 함께 밥을 먹게 되었다.

테이블에 앉아 주문하기 전 무슬림 여자는 본인 소개를 했다. 이름은 알람. 나이는 P와 동갑이었고 리비아 사람이며 영국 맨체스터에서 의사로 일하고 있다고 했다. 알람은 영어와 한국어를 모두 모국어 수준으로 구사할 수 있었기에 우리의 취향을 물어 입맛대로 음식을 주문해 주었다. 나는 알람의 너무나도 자연스러운 한국어 발음에 감탄하며 한국 사람이냐고 물어봤다. 리비아 사람이라는 게 거짓말일 수도 있겠다고 생각했다. 알람은 어렸을 적 아버지가 한국에서 일을 하셨기에 자연스럽게 아버지를 따라다니며 한국어를 배웠다고 대답했다. 알람은 한국음악도 굉장히 좋아했는데 BTS나 블랙핑크처럼 최근 유행하는 K-POP이 아닌 들국화와 심수봉의 노래를 좋아한다고 했다. 특히 〈들국화 – 매일 그대와〉라는 노래를 좋아했다. 아마 이것도 아버지의 영향을 많이 받은 듯했다. 얘기를 나누다 보니 음식이 나왔고 우리는 와인도 한 병 주문하여 가볍게 술을 한잔했다. 예전에는 무슬림들은 술을 마시지 않는 줄 알았지만 호주 워킹홀리데이 당시 같이 살던 무슬림 친구가 돼지고기와 맥주를 달고 살았었기에 알람이 술을 마셔도 크게 놀라지는 않았다. 알람이 주문한 음식은 대부분 매운 음식이었는데 매운맛에 특화된 한국인인 내가 먹어도 매울 정도였다. 알람은 외국인답지 않게 맵부심이 상당했는데 핵불닭볶음면 정도는 우습다며 어깨를 으쓱했다. P 역시 매운 음식을 상당히 잘 먹는 편이었기에 알람과 음식 얘기를 하며 금방 친해졌다. 웃고 떠들다 보니 시간은 어느새 9시를 넘겼고 우린 이만 자리에서 일어나기로 했다. 알람은 같이 밥을 먹어줘서 고맙다며 저녁값을 모두 계산했고 내일 저녁도 함께 먹을 수 있냐고 물어봤다. 우리는 다음 날 이 호텔을 떠나 다른 숙소로 이동해야 했지만 흔쾌히 같이 먹기로 했고 SNS 아이디를 교환했다. 난 내일은 우리가 사겠다며 정말 잘 먹었다고 감사를 전했다. 마침 다음 날 대한민국과 튀니지의 축구 평가전이 예정되어 있었기에 내일 숙소에서 같이 축구를 보기로 약속한 뒤 알람과 헤어졌다.

다음 날 아침이 되었고 나와 P는 체크아웃을 한 뒤 예약해 둔 조금 더 저렴한 숙소로 이동했다. 숙소가 작아지는 것은 상관없었으나 수영장을 이용할 수 없다는 건 조금 슬펐다. 축구는 현지 시각으로 3시에 시작이었기에 알람에게 늦지 않게 숙소로 오라며 메시지로 주소를 보냈다. 하지만 3시가 되어도 알람은 오지 않았고 3시가 조금 넘어 어머니에게 일이 생겨 못 갈 것 같다며 답장을 보내왔다. 함께 축구를 보지 못한 게 아쉬웠지만 이후 알고 보니 축구는 1시 시작이었다. 차라리 알람이 오지 못한 게 다행이라는 생각이 들었다. 알람과의 저녁 약속까지는 4시간 정도가 남았었기에 우리는 이집트에서부터 밀린 빨래를 하기 위해 빨래방을 찾았다. 당시 우리나라가 평가전에서 튀니지를 이겼었기에 혹시 한국인인 걸 들킨다면 보복을 당할까 최대한 일본인인 척하며 밖으로 나왔다. 지도를 보며 도착한 곳은 빨래방이라기보단 세탁소에 가까웠는데 빨래는 무게별로 돈을 받았고 오늘 안에는 불가능하니 내일 점심에 찾으러 오라는 사장님의 얘기를 듣고 다시 숙소로 향했다. 약속 시간이 가까워졌지만 튀니지의 살인적인 더위에 나갈 생각이 들지 않았다. 하지만 우리는 은혜를 입었으면 보답을 해야 한다는 당연한 도덕도 모른 체할 시정잡배는 아니었기에 아침에 떠나온 호텔로 다시 이동했다. 알람과 P는 전날과 같이 매운 음식을 주문했고 난 매운 걸 못 먹으니 무난한 걸 시키라며 내 신경을 살살 긁었다. 자존심이 상한 난 똑같이 매운 음식을 주문했고 결과는 녹다운. 내 혀는 튀니지의 살벌한 매운맛을 견디지 못했다. 결국 물만 먹다가 음식을 다 남기고 말았다. 알람은 자신의 고향인 리비아에는 한국에 버금가는 매운 음식들이 정말 많다며 시간이 된다면 리비아 여행을 다녀오라고 말했다. 알람은 리비아가 여행금지 국가로 지정된 것을 모르는 듯했지만 굳이 알려줘야 할 이유도 없었기에 기회가 된다면 꼭 가보겠다고 대답했다. 나도 알람에게 만약 한국에 놀러 온다면 휴가를 내서라도 만나러 가겠다고 말했다. 마침 알람은 4월에 휴가가 있어 한국 여행을 계획 중이었고 나와 P 그리고 알람은 4월에 서울에서 만나기로 약속한 뒤 알람과의 두 번째 저녁 식사는 끝이 났다. 글을 쓰는 오늘의 날짜는 2023년 11월이다. 현재 알람은 SNS를 탈퇴해 생사 여부조차 알 수 없는 상태다.

강제 출국

왠지 모르게 평소보다 일찍 눈이 떠진 튀니지에서의 마지막 날이었다. P는 아직 자고 있는 듯했다. 웹툰을 보기 위해 휴대폰의 잠금을 풀자 수십 개의 메시지가 와 있었다. 메시지의 내용은 모두 생사를 묻는 내용이었으며 다니엘의 아버지에게도 메시지가 와 있었다. 이스라엘과 하마스의 전쟁이 심화되어 이슬람 문화권인 튀니지 곳곳에서도 시위가 발생했기에 더이상 튀니지도 안전지대가 아니니 어서 떠나라는 내용이었다. 사실 전쟁은 이집트에 있을 때부터 시작되었지만 그때는 걱정할 정도는 아니었기 때문에 크게 신경 쓰지 않았다. 메시지는 알람과 사라, 타샤드에게서도 와 있었고 가족과 소꿉친구들에겐 부재중 전화도 와 있었다. 이집트에 도착한 뒤부터는 귀찮아서 엄마와 친구들과는 연락을 하지 않았는데 이스라엘과 국경이 맞닿아있는 이집트에서 사고를 당했을까 걱정되었다고 한다.

뉴스 기사까지 찾아본 뒤 상황 파악이 된 나는 P를 깨운 뒤 차분하게 상황을 설명했다. 잠에서 깨자마자 전쟁 소식을 들은 P는 크게 놀란 듯했지만 창문 밖 풍경은 어제와 다를 것 없이 고요했다. 안전불감증이 한국인들의 위시적인 단점이라는 건 잘 알고 있지만 정말 아무 일도 일어나지 않을 것 같았다. 아니, 아무 일도 일어나지 않은 것 같았다. 담배를 피울 겸 밖으로 나왔다. 사람이 죽어 나가는 혼란스러운 휴대폰 속 세상과 비상식적으로 평화로운 내 시선 속 세상은 소름 끼칠 정도의 괴리감을 불러일으켰다. 복잡한 마음으로 담배를 피우고 있을 때 따라 나온 P가 걱정스러운 표정으로 내게 물었다. "우리 이제 어디로 가야 돼?" 아무것도 생각이 나지 않았다. 나는 일단 담배를 끄고 P를 데리고 방으로 들어와 다음 목적지를 고민했다.

7할 이상이 이슬람 문화권인 북아프리카는 무력시위가 벌어질 경우의 수를 배제할 수 없었기에 포기해야 했고 남아프리카로 내려가기엔 예방접종과 치안 문제가 걸림돌이 되었다. 고민 끝에 내가 내린 결론은 아프리카를 떠나는 것이었다. 전쟁으로 인해 사상자가 나온다는 것은 정말 안타깝고 슬픈 일이었지만 아프리카에서 누가 죽든지 말든지 그건 내 인생과는 전혀 상관없는 일이었다. 그저 이 백해무익한 전쟁이 내 여행을 망쳤다는 것에 참을 수 없이 화가 났다. 최소 한 달 이상, 혹은 4개국 이상을 여행할 계획으로 왔던 아프리카를 우리는 2주 만에 떠나야 했다. 내가 아프리카 여행을 얼마나 기대했는지 옆에서 지켜본 P는 "어쩔 수 없지. 더 좋은 곳을 찾아보자."라며 나를 위로했다. 어쩔 수 없다는 건 나도 알고 있지만 수긍한다는 것과 체념한다는 것은 다른 세상의 이야기였다. 두 단어의 간극에는 분노와 좌절만이 자리 잡을 뿐이었다. 속상한 마음에 담배를 연거푸 피운 후에야 조금은 평정심을 되찾은 난 악에 받쳐 다음 여행지를 천착하기 시작했다. 비행기표 가격의 문제로 남미와 북미는 제외했고 호주 역시 둘 다 워킹홀리데이 경험이 있기에 제외했다. 남은 선택지는 아시아로 넘어가느냐, 유럽으로 다시 돌아가느냐였지만 고민은 길지 않았다. 우리는 당연히 아시아로 넘어가기로 했다. 사실 다시 유럽으로 갈 수도 있었지만 유럽의 살인적인 물가와, 여름휴가로 떠났던 몽골이 아시아 여행은 뻔하다는 편견을 깨뜨려 준 점이 크게 작용했다.

이후 나라를 정하는 건 어렵지 않았다. P는 중국과 인도만 아니면 어디든 괜찮다 했기에 그 두 나라를 제외한 아시아의 모든 국가가 다음 여행지 후보가 되었다. 첫 번째 후보는 네팔이었다. P는 여행을 떠나기 전 스페인 순례길에 가보고 싶다고 말했었는데 순례길을 못 가게 된다면 해외에서 트레킹이라도 꼭 해보고 싶다는 말을 버릇처럼 했었다. 마침 나는 네팔에 현지인 친구가 살고 있었고 네팔에는 히말라야가 있어 트레킹도 할 수 있었다. 두 번째 후보는 터키였다. 터키는 한국인에게 우호적인 대표적인 나라였고 물가도 많이 비싸지 않았다. 특히나 P는 카파도키아에서 열기구를 보고 싶어 했는데 나 역시 청춘유리 작가님의 『오늘은 이 바람만 느껴줘』라는 책에서 카파도키아 사진과 글을 본 후 버킷리스트에 적어 놓은 곳이기도 했다. 세 번째 후보는 아제르바이잔이었다. 별다른 이유는 없고 여행 유튜버인 곽튜브가 아제르바이잔에 있는 러시아 대사관에서 일했었다는 이유로 P가 궁금해하는 곳이었다.

우리는 시답잖은 이유였던 아제르바이잔을 제외한 뒤 네팔과 터키 중 선택해야 했다. 나는 우선 네팔에 살고 있는 친구에게 전화를 걸어 네팔 여행에 대한 것을 물어봤다. 짧은 통화가 끝나고 얻은 답은 네팔은 포기하자였다. 네팔은 비자도 따로 발급받아야 했고 히말라야가 있는 포카라까지 가는 것도 결코 쉽지가 않았다. 마지막으로 우리가 가져온 얇은 천 조각 같은 옷들로는 절대 히말라야를 오를 수 없었다는 게 가장 큰 이유였다. 히말라야 트레킹을 할 수 없다면 굳이 네팔을 찾을 이유가 없었기에 자연스럽게 우리의 다음 목적지는 터키가 되었다. 비행기와 숙소 예약으로 정신없는 아침을 보내고 점심이 되자 우리는 전날 맡겨놓은 빨래를 찾으러 갔다. 세탁소로 가는 길은 황폐한 듯 싱그러웠다. 모로코의 메르주가같이 흙먼지가 휘날리는 황무지 같다가도 꾸역꾸역 어떻게든 자라난 이름 모를 나무들이 그늘이 되어주기도 했다. 현금인출기가 있는 커다란 마트를 끼고 좌회전, 운행이 되는지도 알 수 없는 기찻길을 하나 건너고, 들개들이 돌아다니는 공사 현장을 지나면 빨래방이 나왔다. 빨래방의 사장님은 오사마 빈 라덴을 닮았었는데 결제한 영수증을 보여주자 빨래를 건네주었다. 빨래에선 알 수 없는 냄새가 났는데 향긋한 섬유 유연제 냄새를 바란 건 아니었지만 그렇다고 이런 오래된 금속 냄새를 원한 것도 아니었다. 우리는 왠지 모르게 동전 냄새가 풀풀 나는 빨래들을 들고 숙소로 돌아와 짐을 싸기 시작했다. 빨래들을 정리하다 아테네에서 산토리니에 가기 위해 샀던 셔츠를 집어 들었다. 셔츠는 양쪽 소매가 심하게 쪼그라들어 있었다. 혹시나 해서 입어봤지만 옷을 건조기가 아니라 전자레인지에 넣고 돌리기라도 한 듯 전체적으로 줄어들어 팔을 넣는 것도 힘들었다. 셔츠를 들고 한숨을 쉬고 있자 P는 잠옷 바지가 없어졌다며 난리를 쳐댔다. 역시 빈 라덴 관상을 믿는 게 아니었는데. 소란스럽게 짐을 다 싼 우리는 떠날 준비를 마치고 침대에 자빠져 누웠다. 갑작스러운 이별을 받아들이기에 하루라는 시간은 결코 긴 시간이 아니었지만 우리는 빠르게 정리를 끝냈다. 아프리카에서의 마지막 밤은 빠르게 흘렀고 아침이 되었다.

무망했던 하루에 암순응되어 있던 내 머릿속은 동이 트고 활기참으로 가득한 공항에 도착해서야 다시 광순응하기 시작했다. 비행기에 몸을 실었다. 우린 그렇게 시디 부 사이드의 거리마다 은은하기 배어 있던 가벼운 자스민 향기와 어스름한 새벽을 깨우던 무거운 아잔 소리, 황폐한 환경에 힘들게 자라난 몇 그루의 나무들과, 흐드러지게 피어 꽃비를 흩날리던 부겐빌레아, 메마른 황무지와 하늘을 투영하던 푸른 지중해 등 온갖 이질적인 것들이 공존하던 튀니지를 떠났다. 언젠간 내가 아쉬움 가득한 이곳에서 마지막 발을 뗐던 힘만큼 다시 힘차게 이 땅을 밟을 그날을 그리며 저 멀리 작아지는 아프리카 대륙을 바라봤다. 2023년 10월 15일이었다.

4

돌고 돌아도
결국 도착한 곳은 행복이길

아시아

여행하지 않을 자유

일상에 찾아온 변화

가장 좋았던 여행지가 어디냐고 묻는다면 주저 없이 이집트라고 대답하겠지만 역설적이게도 가장 오랫동안 머문 나라는 터키였다. 여행지의 체류기간을 결정하는 데에 가장 큰 비중을 차지하는 것은 음식이라고 생각하는데 터키의 음식은 '싸다', '비싸다', '맛있다', '맛없다'라는 음식이 가질 수 있는 네 가지 경우의 수 중에서 '싸다'와 '맛있다'를 충족하는 곳이었다. 카이로의 피쉬앤칩스처럼 눈이 번쩍 떠지는 맛집이 있는 것은 아니었지만 대체로 다 중간 이상은 갔다. 이스탄불 공항은 말 그대로 아수라장이었다. 아시아와 유럽을 잇는 허브공항인 만큼 엄청난 인파가 몰려 있었는데 인천공항의 세 배 크기의 이스탄불 공항이 발 디딜 틈 없었으니 그 번잡함이 얼마나 대단했는지는 말 다 했다. 터키의 물가는 한국과 비슷하거나 조금 더 저렴한 편이었지만 공항의 물가는 살인적이었다. 대륙을 이동했기에 다시 심카드를 사야 했는데 15일짜리 데이터 무제한 심 카드가 6만 원 정도였다. 부다페스트에서 30일짜리를 4만 원이 안 된 가격에 샀던 걸 생각하면 이

건 사기라고 생각이 들 정도였다. 어떤 사람은 공항에 있는 버거킹에서 와퍼 세트 세 개를 주문했는데 8만 원 정도가 나왔다고 하니 공항의 가격 후려치기가 얼마나 심한지 알 수 있다. 얼이 빠지는 공항 물가에 밥 먹는 건 당연하게 포기했고 공항버스인 하바이스트 버스를 타기 위해 지하 1층으로 내려갔다. 공항에서 시내인 탁심 광장까지는 1시간이 소요된다고 쓰여 있었으나 버스는 50분 만에 도착했다. 교통체증이 심하기로 유명한 이스탄불에서 우리는 운이 좋은 편에 속했다.

숙소는 정류장에서 20분 정도 떨어진 거리에 있었고 한 개의 케밥 집과 두 개의 마트, 두 개의 바틀 샵이 5분 거리 내에 있는 훌륭한 위치에 있었다. 집주인도 상당히 친절했다. 도착시간에 맞추어 집 앞에 마중을 나와 있었고 간단한 안내를 도와주었다. 숙소는 욕실, 거실, 방 하나로 우리나라의 투룸과 같은 구조였는데 테라스가 있다는 점이 참 좋았다. 산 중턱까지는 아니지만 상대적으로 지대가 높은 곳에 있어 이스탄불의 시내가 내려다보였고 작은 테이블과 의자가 놓여 있어 이곳에서 매일 밤 맥주를 마셨다. 단점이 하나 있다면 맥주를 마실 때면 불빛을 보고 날아든 벌레들과 매일 밤 겸상해야 했으며 테라스의 난간에 비둘기와 까마귀를 비롯한 새들이 자주 날아와 신경전을 펼쳐야 했다.

이스탄불에서의 삶은 안온했으며 먹고 마시고 잠드는 게으른 날들의 연속이었다. 집 근처 5분 거리에 필요한 모든 것들이 다 있었기에 가능한 권태로운 나날들이었다. 주종을 가리지 않는 P 덕분에 여행하며 술을 참 많이 배웠는데 와인, 양주, 보드카, 칵테일, 테킬라 등 닥치는 대로 마셔보며 술맛을 알아갔다. 터키에서의 하루하루는 여행이라기보단 술 기행에 가까웠다. 터키에서의 일정은 5일 정도였으나 생각보다 더 오래 머물게 되었고 체류 기간이 길어짐에 따라 밥을 사 먹는 것에서 해 먹는 쪽으로 바뀌었는데 의외로 P는 음식 솜씨가 준수했다. P가 요리를 시작하면 나는 울면서 마늘과 양파를 까는 정도만 도우면 됐는데 눈물과 맛있는 요리의 등가교환이란 나에게는 남는 장사였다. 다만 P는 매운맛을 너무 좋아했기에 어떤 요리를 하던 양파, 마늘, 고추, 고춧가루 등을 아낌없이 넣었는데 처음 완성된 요리를 봤을 땐 실수로 재료를 쏟은 줄 알았다. 하지만 조금 맵다는 것 빼고는 입맛에 딱 맞았기에 불평불만 없이 잘 먹었다. 가장 기억에 남는 건 파스타였다. 술을 많이 마신 다음 날 배가 격하게 고팠던 P는 장을 봐둔 재료로 파스타 7인분을 만들었고 만약 남긴다면 다시는 요리를 해주지 않을 거라며 협박했다. P는 2인분 정도를 덜어갔고 남은 5인분은 모두 내 몫이었다. 5인분의 파스타는 한 접시에 다 담기지도 않았기에 팬 채로 먹어야 했는데 처음엔 자신이 없었지만 내 생각보다 난 훨씬 더 대식가였고 15분 만에 파스타 5인분을 거덜 내버렸다.

P가 해주는 요리도 맛있었지만 프랑스, 중국과 더불어 3대 미식 국가답게 터키의 음식들도 훌륭했다. 터키 하면 제일 먼저 생각나는 음식은 당연히 케밥이다. 우리나라에서는 흔히 고기와 야채를 또띠아에 싸 먹는 케밥을 먹지만 터키에서는 아다나 케밥이라는 걸 주로 팔고 있었다. 아다나 케밥은 고기와 야채가 따로 나오며 피타라는 빵과 함께 같이 먹는 케밥이었

다. 고기는 꼬치에 꽂는 것처럼 세로로 길쭉한 모습이었으며 뮌헨에서 나에게 물갈이를 선물했던 인도 요리가 딱 이렇게 생겼었다. 숙소 근처에는 Taken이라는 식당이 있었는데 이곳의 케밥이 기가 막히게 맛있었기에 카이로의 피쉬앤칩스와 더불어 우리의 최애 식당이 되었다. 터키는 유럽과 아시아의 경계에 걸쳐져 있는 만큼 아프리카와 유럽에서는 찾기 힘들었던 한식집이 몇 군데 있었는데 장기 여행자인 우리에게 한식이란 더 이상 먹고 싶은 음식 같은 것이 아닌 반드시 먹어야만 하는 필수 영양소 같은 무언가로 변질되어 있었다. 세상에서 가장 맛있었던 따진을 먹어도 P가 죽고 못 사는 초밥을 먹어도 해외에서 난다 긴다 하는 음식을 아무리 먹어도 한식을 갈음할 수는 없었다. 이탈리아 사람들이 커피를 아무리 좋아한다고 해도 커피에 코 처박고 숨 쉴 수는 없지 않은가.

파리 이후로 한식을 구경도 못 해본 우리는 진시황이 불로초를 찾는 심정으로 이스탄불을 이 잡듯 뒤져 후기가 좋은 한식당을 찾았고 이날 먹은 밥심으로 이후 방문한 조지아, 베트남, 태국, 대만, 일본을 거닐었다. 이마저도 안탈리아를 다녀온 후 이스탄불을 재방문했을 때의 얘기니 파리 이후 한 달 만의 한식이었다. 나는 여행을 짧게 하든 길게 하든 최대한 돈을 아끼며 여행하는 스타일이며 그중에서도 먹을 것에 돈을 쓰는 걸 극도로 아끼는 편이다. 교통비와 숙소비의 지출은 여행 중이라면 불가항력이지만 배고픔은 내 의지에 따라 얼마든 참을 수 있는 것이기 때문이었다. 가난해 봤기에 생긴 멍에 같은 버릇이지만 돈을 아낄 수 있다면 어떻게든 아끼는 게 맞다고 생각하며 살아왔다. 하지만 터키를 여행하면서부터 이 버릇은 점점 열어졌다. 먹고 싶은 게 생기면 참지 않고 먹었고 배가 불러도 궁금한 건 꼭 사 먹었으며 메뉴를 두세 개씩 시키는 날도 있었다. 한식을 먹었던 날을 기점으로 난 세상에서 제일 무력했던 시절 생긴 슬픈 버릇을 이스탄불에서 배설했다.

나태와 태만의 도시

10월 중순의 이스탄불은 흐린 날들의 연속이었다. 입고 다니던 옷은 반팔에서 긴팔이 되었고 제법 두툼해진 사람들의 옷차림과 짧아진 해로 가을이 왔음을 조심스레 짐작해 볼 뿐이었다. 더워서 돌아다니기 싫다 했던 그리스와 튀니지랑은 다르게 이스탄불의 날씨는 선선했음에도 불구하고 외출한 날이 손에 꼽을 정도로 적었다. 이유인즉슨 여행을 길게 하다 보면 여행 권태기가 온다고 한다. 장기 여행자의 대부분이 여행 3~6개월 사이에 권태기가 온다고 하는데 우리는 한 달 만에 권태기를 겪고 있었다. 평생을 살아오던 아시아를 떠나 동화 같은 유럽의 아름다움을 보았고 아프리카의 광활한 대자연을 누비려던 찰나에 다시 평생을 살아왔던 아시아로 와버렸다. 끊임없이 괄목할 만한 것들을 보며 여행에 흥미를 붙여야 할 순간에 맥이 끊겨버린 것이다. 분명 터키라는 나라는 충분히 매력적인 나라였다. 아시아와 유럽을 모두 품고 있었고 이슬람의 문화도 스며들어 있었지만 나쁘게 말하면 이도 저도 아니었다. 물론 세 가지 문화 모두 특색이 있고 아름답지만 그건 아시아, 유럽, 이슬람의 문화가 특색 있다는 뜻이지 우리는 터키만의 문화가 무엇인지 알 수도 없었고 알고 싶지도 않았다. 터키라는 나라를 비하할 의도는 절대 없지만 터키는 내게 까르보나라, 순두부, 코샤리처럼 이질적인 것들이 뒤죽박죽 섞인 알 수 없는 나라였고 아쉬움을 딛고 떠나온 아프리카의 나라들과의 비교 대상, 딱 그 정도뿐인 나라였다.

하지만 이러한 염세적인 생각에도 모든 여행지 중 가장 오래 머물 수 있었던 이유는 터키에는 여행하지 않을 자유가 있었기 때문이다. 우린 그동안 넉넉하지 못한 돈과 충분치 못한 시간으로 짧게는 3일 길게는 6일 정도 한 도시, 혹은 나라에 머무르며 쫓기듯 여행을 해왔기에 하루하루 사진을 남기고 무언가를 해야 한다는 강박에 빠져 있었고 이것은 시나브로 습관이 되어 있었다. 이렇게 부지런하고도 해로운 습관이 없었다. 결국 이 부지런함은 강한 반작용을 일으켰고 역으로 권태를 빠르게 촉진시키는 촉매가 되었다. 그렇게 밖으로 나가야 한다며 신호를 보내는 뇌와 움직이기 싫다는 근육들의 실랑이가 심화될 때쯤 터키에 도착한 것이다. 하루 종일 멍하니 침대에 누워있다 불현듯 생각이 들었다. 터키에 녹아 있는 아시아, 유럽, 이슬람의 문화는 아름다웠지만 이미 충분히 경험을 해봤던 것들이었고, 경험해 봤다는 건 더 이상 집착할 필요가 없다는 의미가 되었으며, 집착할 필요가 없다는 건 곧 자유라는 뜻으로 귀결되었다. 이는 단순한 자유를 넘어 심미적이고 괄목할 만한 것들을 위해 벌이던 탐닉의 잔치에 대한 파멸적인 집착으로부터의 해방을 의미했다. 집착이란 구속으로부터의 해방은 무겁던 카메라를 내려놓게 만들었고 내 눈은 자연스레 카메라의 뷰 파인더가 아닌 주변의 환경으로 향하게 되었다. 여유를 갖고 주변을 둘러보는 것은 세상의 해상도를 올려주었다. 거슬리던 저들의 속닥거림이 동양인 비하가 아닌 간지러운 사랑 고백임을 알게 되었고, 사람들의 옷차림이 아닌 소명을 다한 푸른 잎사귀의 투신으로 가을이 왔음을 알아차리게 되었다. 부지런함을 빙자해 우리를 좀먹던 강박과 집착이 사라진 이후 우리의 여행은 새로운 국면을 맞이했다.

테라스에 앉아 창밖만 바라보는 날도, 침대에 누워 유튜브만 보는 날도 있었으며, 하루 종일 술에 취해 있는 날도 있는 등 여유와 나태 사이의 그 무언가를 여행을 대하는 기본적인 태도로 견지했다. 여행자가 직업이었다면 우리는 직무 유기 혹은 근무 태만으로 징계를 피할 수 없었겠지만 무릇 여행은 내가 원해서 가는 것이며 재미와 휴식이 주체가 되는 행위인데 이것에 고초와 강제성이 동반되어야 할 이유는 그 어디에도 없었다. 터키는 가장 오래 머문 나라였지만 가장 아무것도 하지 않은 나라였으며 그럼에도 주변 사람들에게 정말 좋았던 곳이라고 떠들고 다니는 그런 알 수 없는 나라가 되었다. 난 아직도 터키에 대해 아는 거라곤 케밥과 터키 아이스크림뿐이며 터키의 매력이 무엇인지 묻는다면 아직도 대답을 못하겠다. 대체 뭐가 그때의 날 그렇게 터키에 오래도록 묶어뒀는지 아직도 모르겠다. 딱 한 번만 더 간다면 알게 될 것도 같은데 말이다.

기막힌 외출

나와 P는 〈무한도전〉을 참 좋아한다. 종영한 지 어느덧 5년 이상의 시간이 지났지만 아직까지도 이를 뛰어넘는 예능 프로는 없는 듯하다. 때는 2009년 〈무한도전 – 악마는 구리다를 입는다〉 특집에서 뉴욕에 있는 마담투소라는 곳이 나온 적이 있다. 마담투소는 밀랍으로 세계의 유명 인사들을 만들어 전시해 놓은 박물관인데 밀랍 인형의 퀄리티가 실제 사람이라고 해도 믿을 만큼 훌륭해 아직도 기억에 남아 있다. 마담투소는 뉴욕과 홍콩을 비롯해 세계 각국에 자리 잡고 있었는데 운이 좋게도 이스탄불에도 마담투소가 있었기에 우리의 첫 목적지는 마담투소가 되었다.

이스탄불에서의 첫 외출은 부슬부슬 비가 내렸다. 우산을 쓰기엔 얕은 빗줄기였지만 우산을 접기엔 우산 위로 떨어지는 빗소리가 제법 마음에 들어 한참을 쓰고 걸었다. 비가 오는 날씨는 이스탄불과 꽤 잘 어울렸다. 비는 왠지 모르게 희뿌옇게 보였던 이스탄불을 선명하게 만들었고 비에 젖어 채도가 높아진 모스크는 이집트나 튀니지에서는 절대로 볼 수 없던 모습이었기에 극도로 이질적이면서도 신묘한 느낌을 주었다, 무거운 아잔 소리까지 들렸다면 좋았겠지만 아쉽게도 아잔은 흘러나오지 않았다. 마담투소로 가는 길은 흐린 날과는 반대로 다채로운 행복들이 길 위를 메웠다. P가 좋아하는 케밥 집을 지나며 만난 가게의 사장님과 인사를 했고 과일가게와 마트를 지나며 오늘 저녁에 해먹을 메뉴와 필요한 재료에 대해 얘기했다. 카이로 길거리에 개들이 득실거렸다면 이스탄불의 길거리엔 고양이

들이 득실거렸다. 물론 P는 고양이마저도 무서워했지만 침 질질 흘리며 돌아다니는 개보단 얌전한 고양이가 낫다고 했다. 비 내린 이스탄불을 구경하며 걷다 보니 구글맵은 도착을 알렸고 우린 마담투소가 있는 이스티클랄 거리에 도착했다. 이스티클랄 거리는 이스탄불 시내 중심의 번화가였는데 이 거리는 대구의 동성로와 상당히 흡사했다.

우린 마담투소에 도착했고 입장료는 인당 한화 4만 원 정도였다. 〈무한도전〉에 나왔던 뉴욕의 마담투소와 같은지는 모르겠지만 이스탄불의 마담투소 역시 엄청난 퀄리티를 자랑했다. 입장하자마자 모차르트와 마릴린 먼로가 반겨주었고 특히 스티브 잡스와 스티븐 스필버그 감독은 살아 움직일 것 같아 소름이 끼치기도 했다. 내부로 조금 더 들어가 보니 메시와 호날두 등 축구 스타도 있었다. 호날두는 레알 마드리드 유니폼을 입고 있었는데 P는 여행에 레알 마드리드 유니폼을 가져왔으나 아침에 빨래를 한 터라 입고 나오지 못해 이 점을 상당히 아쉬워했다. 축구 스타들의 인형 옆에는 스크린 골프처럼 페널티킥을 찰 수 있는 미니 게임존이 있었는데 P는 게임이 해보고 싶은 듯 그 주변을 기웃거렸다. 하고 싶으면 눈치 보지 말고 하라며 P의 짐을 들어주자 P는 쭈뼛거리며 열 번 정도 공을 찼지만 두 번밖에 골을 넣지 못했다. 왜 머뭇거렸는지 이해가 갔다. 이후 한때 좋아했던 밥 말리와 P가 좋아하는 저스틴 비버를 지나 마지막으로 〈무한도전〉에서도 나왔던 디카프리오 인형을 본 뒤 마담투소를 빠져나왔다. 생각보다 규모는 작았지만 기대한 것 이상의 퀄리티라 상당히 만족스러운 경험이었다.

밖으로 나오자 어느덧 비는 그쳐 있었다. 이스티클랄 거리는 이스탄불의 번화가답게 수많은 식당과 카페, 옷 가게 등이 있었고 당연히 터키 아이스크림 가게도 많이 보였다. 나와 P는 터키 아이스크림을 먹어본 적이 없었기에 여행 온 김에 다 경험해 보자며 아이스크림 가게로 달려갔다. 아이스크림을 주문하자 가게의 사장은 동영상을 찍으라는 듯 손으로 제스처를 취했다. P는 사장 앞에 섰고 동영상 녹화 버튼을 누르자 사장의 발광이 시작되었다. 순식간에 아이스크림콘 두 개가 P의 입으로 들어갔다가 나왔고 1분 정도가 지나자 P의 코에는 딸기 아이스크림이 잔뜩 묻어 있었으며 입에는 휴지가 처박혀 있었다. 이 잔인한 농간은 2분가량 지속되었고 P는 말 그대로 영혼까지 털렸다. 본토의 손놀림은 한국에서 본 것과는 궤를 달리했다. 이제 내 차례였다. 난 P를 희생양 삼아 사장의 패턴분석을 끝냈고 어떤 수작을 부리더라도 아이스크림을 잽싸게 채갈 자신이 있었다. P는 비장하게 동영상 녹화 버튼을 눌렀고 난 그렇게 3분가량을 농락당했다. 입에 뭐가 수없이 들어왔다 나갔는데 너무 빨라 아이스크림인지 갈비탕인지조차 구분이 되지 않았다. 정신을 차려보니 내 입에도 휴지가 처박혀 있었고 사장은 고래잡이 수술 후 엄마가 돈가스를 사주듯 얼굴에 초코 아이스크림으로 난장을 벌이고 나서야 내 손에 아이스크림을 쥐여주었다. 옆에서 지켜보던 P와 가게 사장은 깔깔거리며 웃었고 뒤에서 지켜보던 구경꾼들도 킥킥거리며 웃고 있었다. 신종 인종차별 방법인가 하는 의문이 들었다. 우린 아이스크림을 먹으며 거리를 걸었다. 아이스크림은 부다페스트에서 먹은 젤라토같이 쫀득했으며 금방 녹아버려 손에 진득하게 달라붙었다.

목적지 없이 걷다 보니 이스탄불의 중심인 탁심 광장에 도착했고 때마침 알람에게 영상통화가 걸려 왔다. 알람은 잘 지내고 있냐며 안부를 물어왔고 자신은 아직 튀니지에 있다고 했다. 우린 터키에서 잘 지내고 있다고 대답한 뒤 전쟁의 여파는 없는지 다친 곳은 없는지 안부를 물었다. 알람은 몇 번의 시위가 있었지만 위험한 일은 없었고 자신도 5일 뒤 맨체스터로 돌아간다고 답했다. 우린 탁심 광장을 돌며 20분가량 알람과 통화를 했다. 사실 튀니지에서 그치는 인연인 줄 알았는데 이렇게 잊지 않고 전화를 해주니 따뜻해진 마음이 아이스크림처럼 녹아 맘속 어딘가에 달라붙은 기분이었다. 시간은 어느덧 8시를 넘겼고 우리는 집으로 돌아가기로 했다. 이상하게 오늘은 배가 많이 고프지 않았기에 P는 밥보단 간단한 안주를 만들어 술을 한잔하자며 마트에서 양파와 토마토, 계란을 샀고 이후 집 앞 바틀 샵에 들러 와인과 맥주를 샀다. 숙소에 도착한 우리는 빠르게 씻고 술 마실 준비를 했다. 난 눈물을 흘리며 양파를 깠고 P는 양파와 토마토 계란을 볶더니 순식간에 무언가를 만들어 냈다. 그냥 저 세 개를 넣고 볶기만 한 건데 이게 정말 기똥차게 맛있었다. 터키에 머무는 내내 P가 이 토마토 달걀 볶음을 참 많이 해주었는데 지금도 가끔 먹고 싶을 때가 있다. 나중엔 여기에도 마늘과 고춧가루를 왕창 넣어서 이것마저 매운 음식으로 변질됐지만 말이다.

테이블에 앉아 한 잔 두 잔 먹다 보니 와인은 금방 동이 났고 우린 와인병과 음식을 치우고 맥주를 들고 테라스로 자리를 옮겼다. 낮부터 잔뜩 껴 있던 구름은 평소보다 짙은 밤을 불러왔고 어두운 밤하늘 아래 내려다본 이스탄불의 야경은 어제보다 더욱 빛나고 있었다. 맥주를 마시며 담배를 하나 피웠다. 맥주는 시원했고 밤하늘처럼 짙은 담배 연기는 이내 곧 하늘과 융화되어 밤의 일부가 되었다. P는 여태껏 많은 나라의 많은 숙소를 지나쳐 왔지만 이 자그마한 숙소가 가장 마음에 든다고 했다. 배낭을 멘 채로는 올라오기도 힘든 계단과 좁아터진 현관문, 찢어진 호스 사이로 물이 질질 새는 샤워기, 자는 도중 창틀 보수공사를 해야 하니 집을 비워달라던 집주인까지. 난 첫인상과는 반대로 엉망진창이었던 이 숙소의 대체 어느 부분이 마음에 들었냐고 물었다. "숙소의 조건이 좋은 게 아니야. 그동안 여행하면서 본 오빠와 내 모습 중에서 이 숙소에서의 우리 모습이 제일 편하고 보기 좋아. 그래서 여기가 제일 마음에 들어." 뒤이어 P는 "집 밖으로 나온 순간부터 매시간이 여행이었는데 우린 왜 그렇게 사진을 찍어대고 유명한 곳을 보러 다니는 것에 목을 맸는지 모르겠어. 나 지금이 좋아. 터키에 오래 있고 싶어."라며 답했다. 나 역시 터키라는 나라가 마음에 들어가는 참이었기에 P의 말을 들은 이상 터키에 오래 있지 않을 이유가 없었다. 우리는 술을 마시며 소일하는 것이 전부였던 터키를 광적으로 찬미하며 늦은 시간까지 대화를 이어갔다. 이스탄불에서의 세 번째 밤이 지나고 있었다.

새우는 어디에서 오는가

P는 먹는 걸 참 좋아한다. 24시간 내내 뭔가를 입에 넣고 우물거리고 있는데 먹는 게 다 어디로 가는지 툭 치면 온몸이 골절될 듯이 참 말랐다. P가 한국에서 가장 자주 먹던 음식으로는 마라탕, 불닭볶음면, 회, 냉면 등이 있다. 회와 냉면을 좋아하는 걸로 보아 회냉면을 먹으면 자지러질 것 같지만 아직 먹는 걸 보지는 못했다. 해외에 와서는 입맛이 바뀌었는지 샐러드를 자주 찾고 있다. 밥을 사 먹을 때면 꼭 샐러드를 하나씩 시켰는데 마라탕과 불닭볶음면 등 자극적인 것만을 먹던 아이가 싱거운 풀을 맛있다며

뜯어먹고 있는 걸 보면 같은 사람이 맞나 싶은 생각도 든다. P는 체구에 비해 먹는 양도 참 많았는데 마주 앉아 먹는 걸 바라보고 있으면 별의 커비를 보는 것 같았다. P가 해외에서 맛을 들인 음식이 하나 더 있는데 그건 바로 새우다. 한국에서는 새우를 먹으러 가자고 한 적도, 먹는 걸 본 적도 없는데 어찌나 새우를 찾아대는지 새우의 등을 터지게 만드는 건 고래의 싸움이 아니라 P의 이빨이었다.

P의 새우 집착은 아마 카이로의 피쉬앤칩스부터였던 것 같다. 또 하나 알게 된 사실이 있다면 난 새우를 꽤 잘 까는 사람이었다는 것이다. 새우 요리를 시켜놓고 껍질을 까지 못해 느려터진 속도로 밥을 먹는 P가 답답했던 난 포크와 숟가락을 이용해 새우 껍질을 벗겨줬는데 생각보다 이것에 재능이 있었다. 난 여태껏 새우를 먹을 땐 껍질을 벗기는 것이 귀찮아 껍질째로 먹곤 했는데 이렇게 소질이 있는 줄 알았으면 시도나 해볼 걸 그랬다. 내가 새우를 까줄 때마다 P는 본인의 친오빠도 새우 껍질을 매우 잘 벗긴다며 새우를 잘 다루는 게 오빠들의 기본 소양이냐며 웃어대곤 했다. 카이로 이후 새우를 구경도 못 해본 P는 새우 금단현상을 겪고 있었고 아침에 토마토 달걀 볶음을 먹던 도중 토마토와 달걀은 이제 충분히 먹었다며 감바스를 해줄 테니 당장 새우를 사러 가자며 나를 끌고 밖으로 나갔다. 이땐 흔한 새우 하나 구하는 게 이렇게 어려운 일인지 알지 못했다.

가장 먼저 간 곳은 항상 가는 집 앞 마트 두 곳이었다. 하지만 집 앞 마트는 과일과 야채만을 파는 곳이었기에 해산물은 취급하지 않았다. 집 앞에서 살 수 있을 줄 알았던 예상은 빗나갔고 우리는 조금 더 먼 곳에 있는 마트로 이동해야 했다. 귀찮았지만 P는 이대로 돌아갈 표정이 아니었고 나 역시 감바스가 내심 궁금했기에 일단 P를 따라 터덜터덜 걸었다. 우린 마트로 가는 길에 오늘도 케밥 집 사장님을 만났고 사장님에게 새우는 어디서 살 수 있냐고 물었다. 사장님은 본인 가게엔 새우가 들어가는 메뉴가 없어 잘은 모르지만 시내 쪽에 있는 시장에서 팔 것 같다며 위치를 알려주셨다. 우리는 위치를 메모해 둔 뒤 지난날 마담투소에서 가는 길에 봤던 한 마트에 들렀다. 하지만 이곳에도 새우는 보이지 않았고 다시 이스티클랄 거리로 향했다. 가는 길에도 두 개의 마트를 더 들렀지만 새우는 만날 수 없었다. 벌써 다섯 개의 마트를 지나쳐 왔음에도 새우가 없자 나도 점점 오기가 생기기 시작했다. 도착한 이스티클랄 거리에는 고개를 돌리는 곳마다 레스토랑이 있었고 대부분 가게의 입구 앞에 메뉴판을 설치해 놓았기에 어떤 음식을 파는지 알 수 있었다. 가게 앞에서 메뉴판을 보고 있으면 종업원이 나와 친절하게 설명을 하고 입장을 유도했는데 나는 이 점을 이용해 새우 요리를 파는 가게를 찾아 일부로 메뉴판을 보는 척 연기했다. 이내 곧 종업원이 나왔고 나는 사실 새우를 사려고 하는데 파는 곳을 몰라 납품처 위치를 물어보고 싶다고 말했다. 하지만 종업원은 재료를 납품받는 곳까지는 알지 못한다고 친절하게 대답해 준 뒤 다시 가게로 들어갔다.

점점 짜증이 솟구쳤지만 이대로 돌아갈 수는 없었다. P도 짜증이 났는지 구글맵을 켜 케밥 사장님이 알려준 시장을 검색했다. 마침 우리가 있는 곳 바로 근처에 시장이 있었고, 우리는 지도를 따라 시장으로 이동했다. 시장

안에는 장신구, 공예품 등 다양한 물건을 팔고 있었다. 카이로에서 갔었던 칸 엘 칼릴리 시장이 옛 모습을 그대로 간직한 재래시장이었다면 이곳은 현대식 칸 엘 칼릴리 시장 느낌이었다. 공예품을 파는 곳들을 지나자 수많은 식당이 나왔는데 우리가 지나갈 때마다 가게 종업원들이 동물의 숲 NPC처럼 가게 앞으로 나와 "안녕하세요.", "곤니치와.", "니하오."라고 말을 걸며 실시간으로 우리의 국적을 바꿔댔다. 계속해서 길을 따라 걷자 우리가 원하던 수산물 시장이 보였다. 시장에는 생선을 비롯해 커다란 문어와 가재도 팔고 있었지만 진짜 새우만 없었다. 우린 시장을 구석구석 뒤진 끝에 새우를 찾았으나 장어처럼 거대한 블랙타이거 새우뿐이었고 우리가 원하는 자그마한 새우는 찾을 수 없었다. 우린 2시간 정도를 돌아다녔지만 새우의 수염도 볼 수 없었고 결국 난 오늘도 토마토 달걀 볶음에 와인을 마시며 이 글을 쓰고 있다. 대체 터키 사람들은 새우를 어디서 구해 오는 걸까.

안탈리아

눈을 깜빡이는 시간조차 아까웠던

행복의 연장

계획과는 달리 터키에서의 일정이 생각보다 길어져 다른 도시도 여행하기로 했다. 처음엔 P와 내가 원했던 카파도키아로 이동하려 했으나 점찍어 두었던 숙소는 이미 예약이 꽉 차 있었고 예약이 가능한 다른 숙소들은 가격이 너무 부담스러웠다. 1박에 10~20만 원을 오가는 숙소비를 감당할 형편이 아니었던 우리는 어쩔 수 없이 카파도키아를 포기할 수밖에 없었다. 난 SNS로 터키의 소도시들을 찾아보던 중 고등학교 동창이었던 수빈이 형이 터키의 안탈리아라는 도시에 머물고 있는 것을 알게 되었고 곧바로 형에게 메시지를 보냈다. 형은 신혼여행으로 형수님과 세계 일주를 하고 있었으며 현재 안탈리아에 한 달째 머물고 있었고 안탈리아가 너무 좋아 숙소를 한 달 더 연장할지 고민하고 있다고 했다. 난 안탈리아에 대해 물어보려 했지만 한 도시에서 두 달 이상을 체류하길 고민하는 형을 보니 더 이상의 질문은 사족이 될 뿐이었다. 대체 어떤 곳이길래 한 도시에 두 달이나 머문단 말인가. 궁금해서라도 내가 직접 가봐야 했다. 형과 연락을 마친 나는 P에게 안탈리아로 떠나자 했고 P는 아무것도 묻지 않은 채 휴대폰을 보며 "응." 이라고 대답했다. 이제 어련히 잘 정했겠지 싶은 듯한 표정이었다.

터키에서의 마지막 밤이 지나고 안탈리아로 떠나는 날이 되었다. 이 멋진 뷰를 가진 테라스에서 더 이상 맥주를 마실 수 없다는 게 아쉬웠다. P 역시 숙소와의 안녕을 많이 아쉬워했고 다음에 또 올 거라며 에어비앤비 앱에서 이 숙소를 즐겨찾기에 추가했다. 짐을 둘러메고 좁아터진 계단을 내려가 숙소 앞에 섰다. 이스탄불에서는 카메라 가방조차 메고 다니지 않았기에 오늘따라 유독 배낭이 무겁게 느껴졌다. 공항에 가기 위해 정류장에 도착하니 버스는 이미 도착해 출발을 기다리고 있었다. 짐을 싣고 정류장 옆에서 담배를 피우고 있자 유럽인으로 보이는 한 남성이 다가와 티라(터키 화폐)가 있으면 자신의 유로와 바꾸어 줄 수 있냐고 물었다. 공항으로 가는 버스는 현금으로만 결제가 가능했는데 주변에 현금인출기가 없어 현금을 구할 수 없는 모양이었다. 도와주고 싶었으나 나와 P도 버스 요금을 마지막으로 현금을 다 썼기에 해줄 수 있는 게 없었다. 남자는 정류장의 몇몇 사람에게 도움을 구했으나 현금을 구하지 못했는지 어디론가 뛰어가더니 이내 곧 시야에서 사라졌다. 15분 정도가 지나자 출발을 위해 기사님과 승객들이 탑승했고 버스 문이 닫힐 때쯤 사라졌던 유럽 남자가 버스로 뛰어 들어왔다. 어디선가 현금을 구해 온 모양이다. 그렇게 마지막 손님인 유럽 남자까지 태운 버스는 공항으로 출발했다.

이스탄불 공항은 도착했던 날과 같이 사람으로 붐볐다. 우린 빠르게 체크인을 하고 짐을 보낸 뒤 밥을 먹기 위해 공항을 돌아다니다 서브웨이를 발견했다. P는 한국에서 술을 마신 다음 날이면 꼭 냉면 아니면 서브웨이에서 샌드위치를 시켜 먹곤 했는데 여행을 나온 뒤 처음 보는 서브웨이를 P가 그냥 지나칠 리가 없었다. P는 나에게 제발 서브웨이에서 밥을 먹자며 애원했고 난 메뉴와 상관없이 배만 채우면 되었기에 그러기로 했다. P는 신난 발걸음으로 계산대 앞에 섰고 어떻게 먹을 거냐며 물었지만 난 서브웨이를 한 번도 먹어본 적이 없었기에 같은 메뉴로 해달라고 대답한 뒤 먼저 자리에 앉았다. P가 매운 음식을 좀 더 잘 먹는다는 것 외엔 우린 입맛이 전체적으로 비슷했기에 어련히 알아서 잘 시키겠거니 싶었다. 잠시 후 P는 본인 발 크기만 한 빵을 두 개 들고 왔다. 처음 먹어보는 서브웨이는 맛은 있었지만 그렇게 눈 뒤집혀 달려들 맛까지는 아니었다. P는 처음 먹어보는 나보다 더 맛있게 샌드위치를 먹은 뒤 직원에게 엄지를 치켜올렸다. 배를 채우고 공항을 조금 둘러보니 비행시간이 다가왔고 우린 비행기에 탑승했다.

이스탄불에서 안탈리아는 2시간이 채 안 걸렸지만 기내식도 나오고 썩 괜찮았다. 서브웨이에 기내식까지 먹은 난 식곤증이 밀려와 잠을 자려고 했지만 P는 심심하다며 계속 귀찮게 굴었다. P는 이렇게 무료할 때면 항상 "만약에~"라고 운을 떼며 상상 속에서나 일어날 법한 상황을 제시하며 이럴 땐 어떻게 행동할 거냐며 묻곤 했다. 한 달 반 내내 똑같은 질문을 하는 게 질리지도 않나 싶다가도 내가 역으로 질문을 할 때면 진지한 표정으로 고민하는 게 웃겨서 나도 마냥 싫지만은 않았다. P는 이번에도 만약 비행기가 추락한다면 어떻게 할 거냐며 물어왔고 본인은 탈출 방법을 머릿속으로 다 그려놨다며 으스댔다. 이륙한 지 30분쯤 지났을까 갑자기 비행기가 강하게 흔들렸다. 기체의 흔들림은 쉽게 멈추지 않았고 외줄을 타는 듯한 곡예비행은 수 분간 지속되었다. 머릿속으로 돌린 시뮬레이션에 이런 상황은 없었는지 P는 내 팔을 붙잡고 "무서워."를 연발했다. 하찮았다. 10분 정도가 지나자 흔들림이 멎었고 30분을 더 비행한 끝에 우리는 안탈리아에 도착했다. 비행기가 활주로에 무사히 착륙하자 기내에 있던 승객들은 일제히 박수를 치기 시작했다. 대충 살려줘서 고맙단 의미로 기장에게 보내는 박수인 듯했는데 비행기에서 내릴 때까지 P가 팔을 놓지 않아 난 박수를 칠 수 없었다.

공항에서 숙소까지는 굉장히 가까웠기에 오랜만에 버스를 이용하기로 했다. 숙소는 큰 병원 앞에 있는 고층 아파트였으며 한국의 평범한 20평대의 아파트였다. 거실에 기역 자로 놓인 소파가 눈에 띄었으며 조금 멀긴 하지만 바다가 보이는 테라스도 만족스러웠다. TV로는 유튜브도 볼 수 있었으며 X BOX와 플레이스테이션이 있어 TV에 연결할 수도 있었지만 둘 다 게임을 좋아하지도 않고 하는 법도 몰라 가끔 유튜브로 〈무한도전〉을 볼 때 빼고는 TV는 켜지 않았다. 숙소에 도착해서 제일 먼저 해야 할 일은 장보기였다. 안탈리아에서의 목표는 오직 절대적인 휴식이었기에 먹고 마시고 자기 위해선 냉장고를 미리 채워놓아야 했다. 아파트 현관문을 나서면 바로 두 개의 마트와 바틀 샵이 있었기에 따로 검색을 해볼 필요는 없었다. 우린 마트로 가 곰이 동면을 준비하듯 먹을 것을 마구 담기 시작했다. 과일, 파스타, 빵, 누텔라, 물 등 장바구니가 터지도록 담았지만 여기에도 새우는 없었다. 식량들을 다 산 뒤 우린 숙소로 들어왔고 P는 냉장고를 정리할 테니 바틀 샵에서 술을 사 와달라고 부탁했다. P는 먹고 싶은 게 있는 건지 나를 못 믿는 건지 도착하면 영상통화를 걸라는 말도 잊지 않았다. 난 바틀 샵에 도착했고 P가 좋아하는 오렌지주스를 장바구니에 담은 뒤 영상통화를 걸었다. P는 술 진열대를 보여달라고 한 뒤 잭다니엘과 콜라를 사와달라 부탁했다. 잭다니엘은 세 가지의 사이즈로 나누어져 있었지만 다시 전화해서 물어보기엔 귀찮았기에 난 제일 큰 사이즈로 산 뒤 숙소로 돌아갔다. 문을 열고 들어가자 P는 냉장고 정리를 다 끝낸 듯 보였고 난 식탁 위에 술과 주스를 올려놓았다. P는 술을 보더니 왜 이렇게 큰 걸 사 왔냐며 남으면 네가 다 마시라며 핀잔을 주다가 오렌지주스를 보더니 이건 잘 사 왔다며 칭찬했다. 여자의 마음은 갈대라더니 이건 뭐 민들레 홀씨 수준이다. 냉장고와 짐 정리, 샤워와 빨래를 다 끝내니 안탈리아에는 금방 어둠이 찾아왔고 P는 재빠르게 과일들을 깎아 술을 마실 준비를 했다. P는 잭다니엘과 콜라를 섞어 잭콕을 만들어 주었지만 난 탄산을 별로 좋아하지 않았기에 잭콕 역시 내 스타일이 아니었다. 술이 남으면 어쩌나 하는 P의 우려와는 다르게 우리는 첫날부터 술의 2/3 이상을 마셨고 거나하게 취해 잠이 들었다. 터키에서의 일곱 번째 밤이자 안탈리아에서의 첫날밤이었다.

무서운 복학생

안탈리아라는 도시를 알려준 수빈이 형과의 첫 만남은 12년 전 고등학교 1학년 때로 거슬러 올라간다. 17살, 나는 충주에서 똥통이라 불리던 한 고등학교에 입학했다. 문제아들이 모이는 학교가 아니라 그냥 공부를 못하던 놈들이 모인 학교라 똥통이라 불렸다. 유유상종이라 했던가. 당시 꽤 많은 내 친구들이 나와 같이 이 학교에 입학했다. 배정받은 반으로 들어가자 창가 쪽 맨 뒷자리에 누군가 엎드려 자고 있었다. 이 사람이 수빈이 형이었다. 그 당시 창가 맨 뒷자리는 운동부 혹은 일진들의 자리였기에 난 엎드려 자고 있는 수빈이 형이 범인(凡人)이 아님을 직감했다. 수빈이 형은 복학생이었으며 수업 시간에는 늘 엎드려 잤고 쉬는 시간에만 활동했다. 점심시간에는 그때 유행하던 애니홀인지 매직홀인지 하는 폴더폰을 계속 열었다 닫았다 했는데 여닫을 때마다 나는 딸깍 소리가 심하게 거슬렸지만 무서워서 뭐라고 하지는 못했다. 학기 초에는 나와 같은 한 살 어린 친구들과는 잘 어울리지 않고 무서운 형들과 어울렸기에 친해지지 못했지만 시간이 지나며 자연스레 가까워졌고 그 인연은 12년이 지난 지금까지도 이어지고 있다.

각설하고, 이 이야기를 꺼낸 이유는 오늘이 바로 수빈이 형을 만나기로 한 날이기 때문이다. 수빈이 형은 고민 끝에 안탈리아에서의 일정을 한 달 더 연장했고 시간이 생겨 날 만나러 온다고 했다. 물론 수빈이 형은 신혼여행 중이라 오후에는 일정이 있었기에 저녁에 술을 한잔하자며 연락을 해왔다. 나와 P는 2시가 넘어 느지막이 일어났고 밀린 웹툰을 보며 두어 시간을 침대에서 빈둥거렸다. 끼니때가 되자 슬슬 배가 고파진 P는 어김없이 초밥 타령을 했고 미리 검색을 해놓았는지 옷만 대충 갈아입은 날 끌고 밖으로 나갔다. 도착한 일식당은 시끄러운 차도 앞에 있는 고급스러운 2층 건물이었다. 내부에는 우리 말고 손님 한 팀이 더 있었다. 영어를 사용하는 걸로 봐선 서양 사람인 듯했으며 식사가 다 끝났는지 입을 닦고 있었다. 우리는 그들의 테이블 건너편에 앉아 메뉴판을 보기 시작했다. 초밥이 3피스에 만 원, 라멘 한 그릇이 2만 원에 가까운 사치스러운 메뉴판에 우리는 서로 눈치를 보기 시작했다. 종업원이 물을 갖다주기 전에 자리에서 일어나려 했지만 종업원은 꽤 빠르게 움직였고 어느새 우리 앞에 서서 "May I take your order?"를 외치고 있었다. 나는 조금 있다가 주문해도 되겠냐며 종업원을 돌려보냈고 P와 의논했다. 의논은 길지 않았고 우리는 저 뒤에 앉은 외국인 커플보다 빠르게 자리에서 일어나 "Sorry."를 외치며 가게를 나섰다.

P는 왜 이렇게 비싸냐며 씩씩거렸고 빠르게 다른 식당을 검색하기 시작했다. 두 번째로 도착한 곳은 텍사스 버거라는 수제버거집이었다. 깊게 고민하지 않고 온 곳치고는 손님도 많았고 가격도 초밥 3피스보다 저렴했다. P는 Spicy라고 쓰여 있는 버거를 주문했고 나는 치즈버거를 주문했다. 10분도 안 돼서 나온 햄버거는 뭐 이리 큰지 한입 베어 물기도 힘들었고 결국 햄버거를 무너트려 칼로 썰어 빵, 야채, 패티를 다 따로따로 먹어야 했다. 아테네에서 먹었던 수블라키가 생각이 났다. 맛도 괜찮고 가격도 상당히 저렴해서 우린 이곳을 안탈리아의 단골 식당으로 삼게 되었다. 밥을 먹은 뒤 뜨거운 햇볕을 피해 그늘에서 수다를 떨며 걷다 보니 어느덧 해가 저

물었고 나는 슬슬 술과 음식을 사러 가자고 말했다. P는 처음 만나는 내 친구이자 형인 수빈이 형에게 어떤 음식을 대접해야 할지 모르겠다며 상당히 부담스러워하고 있었다. 마트에 도착한 P는 닭 요리를 할 생각인지 닭고기를 비롯해 이것저것 재료들을 사기 시작했다. P가 요리 재료를 고르는 동안 나는 보드카와 맥주를 사 왔고 7시가 다 되어서야 숙소에 돌아왔다.

약속 시간은 9시였기에 P는 빠르게 씻고 분주하게 요리를 하기 시작했다. 하지만 가스레인지가 맛이 갔는지 불이 너무 약했고 닭고기는 쉽게 익지 않았다. 9시가 조금 넘자 수빈이 형은 우리가 버스를 타고 도착했던 병원 앞에 도착했다며 마중을 나와달라 부탁했다. 밖으로 나오자 그 뜨겁던 안탈리아는 어디 갔는지 하늘에 구멍이라도 난 듯 비가 어마어마하게 쏟아지고 있었다. 수빈이 형은 버스를 탔다고 했지만 배를 탔으면 더 빠르게 도착하지 않았을까라는 생각이 들 정도로 폭우가 쏟아졌다. 난 수빈이 형에게 지도를 켜 숙소 위치를 캡처해 보내주었고 잠시 후 저 멀리서 비에 젖은 거지 한 명이 아파트 쪽으로 뛰어왔다. 수빈이 형이었다. 한국에서도 1년에 한두 번은 만났지만 외국에서 만나니 다른 느낌으로 반가웠다. 오랜만에 만난 형은 해후를 즐길 틈도 없이 만나자마자 왜 비 오는 날 보자고 했냐며 나에게 욕을 해댔다. 난 내가 물을 끼얹은 것도 아닌데 왜 나한테 난리냐며 형과 티격태격하며 숙소로 올라왔다.

문을 열고 들어가자 비에 쫄딱 젖은 우리완 다르게 P는 아직도 닭고기와 씨름을 하며 땀을 흘리고 있었다. 닭은 형이 도착하고 30분 정도를 더 불 속을 뒹군 후에야 맛있게 익었다. P가 2시간을 싸운 끝에 완성한 꽤 그럴싸한 닭구이와 토마토 달걀 볶음, 과일들을 썰어놓고 우리가 사 온 술과 형이 챙겨온 샴페인을 올려놓자 꽤 그럴듯한 술상이 완성되었다. P에게 가장 친한 형이라며 수빈이 형을 소개하자 둘은 어색한 듯 반갑게 인사했고 수빈이 형은 P가 여자친구냐며 물었다. 나는 그냥 친한 동생이라고 대답했지만 믿지는 않는 눈치였다. 형도 형수님과 같이 오려고 했으나 개인적인 일이 있어 형수님은 오지 못했다고 말했다. 형은 지금 하고 있는 신혼여행을 제외하면 해외여행 경험이 전혀 없었기에 은근히 P와 닮은 점이 많았고 둘은 서로의 얘기에 그림자처럼 고개를 끄덕이며 공감했고 어색했던 분위기는 빠르게 무너졌다. 대부분 여행에서 만난 사람들과 얘기할 때 우리는 화자의 입장이었으나 수빈이 형과 대화할 때는 기꺼이 청자를 자청했다. 형은 이미 1년 가까이 여행 중이었고 머문 나라와 도시, 기간 모든 경험이 우리를 아득히 상회했다. 수빈이 형은 산타 할아버지처럼 각 나라의 여행기를 하나씩 테이블 위에 펼쳐놓았고 우리는 그중 스위스 얘기를 집어 들었다. 스위스가 얼마나 예쁜지는 익히 보고 들어서 알고 있었기에 난 그 사진의 뒷면이 궁금했다. 수빈이 형은 여행에서의 찬란한 순간과, 그 이면에 감춰진 마냥 웃지만은 못할 순간, 여행하며 느낀 모든 이야기를 풀어놓았다. 숙박비를 아끼려 차를 렌트해 차박을 했다던가, 생수를 사서 사람이 없는 호숫가에서 씻었다던가 하는 얘기들은 언젠가 요긴하게 쓰일 듯하여 메모장에 적어놓기도 했다. 들었던 모든 얘기를 이 책에 쓸 수는 없지만 형의 스위스 얘기는 돈에 발목 잡혀 묵혀두었던 스위스 여행이라는 보물 상자 위 켜켜이 쌓인 더께를 털어내 다시 한번 무언가를 꿈꾸게 하는 마중물이 되었다.

형의 얘기가 끝난 뒤 우리는 현재는 이겨낸 여행 권태기에 대해 얘기를 했다. 그러자 형은 지금 본인과 형수님이 여행 권태기를 겪고 있어 안탈리아의 일정이 한 달이나 늘어난 것이라 말했다. 심란한 표정의 형에게 나는 여행 권태기를 이겨내는 방법 따위는 없다고 말했지만 P의 말을 빌려 집 밖으로 나온 시점부터 모든 순간이 여행이니 너무 여행에 목매지 말라는 첨언도 잊지 않았다. 굼벵이 앞에서 주름잡은 걸까 아차 싶었지만 형은 진지하게 내 말을 경청했다. 이후의 대화 주제는 함께하는 여행이 되었다. 형의 신혼여행과 우리의 여행은 그 출발선부터가 다르지만 누군가가 옆에 있다는 것에서 우리는 같은 길을 걷고 있었기에 이것이 대화 주제가 된 것은 어찌 보면 당연한 수순이었다. 대화의 중심에는 배려라는 단어가 자리 잡았다. 함께하는 여행에서 배려란 국소적이면서 동시에 전부인 것이라는 게 우리 셋의 공통된 의견이었다. 함께하는 누군가와 다툰다는 것은 왼손과 오른손이 다투는 것처럼 멍청한 짓이기에 서로 한 걸음씩 뒤로 물러나 배려해주는 것이 여행을 오랫동안 지속할 수 있는 유일한 방법이었다. 형은 연상인 우리(형과 나)가 더 많이 양보해 줘야 한다며 말했고 P에게 승제가 알게 모르게 정말 많이 생각하고 배려해 주고 있으니 그 당연한 사실에 익숙해지지만 말아달라는 말을 덧붙였다. 이후 사진을 잘 찍는 법, 돈을 아끼는 방법 등 각자의 노하우를 전수하는 시간을 가졌고 수빈이 형은 귀가하기로 약속한 새벽 2시가 되어 숙소로 돌아갔다. 형이 돌아간 후 나와 P는 남은 술을 마시며 그동안의 소회를 털어놓았고 새벽 3시 30분, 우리는 '배려'라는 단어를 입에 물고 잠이 들었다.

바다는 무슨 색을 띠는가

이열치열 같은 건 시대를 참 잘 타고 생겨난 말인 것 같다. 부모님 세대의 여름이 얼마나 더웠는지는 모르겠지만 "이번 여름이 내가 살면서 겪는 제일 시원한 여름이다."라는 말이 매년 여름마다 심심치 않게 보이는 걸 보면 적어도 지금보다는 시원했을 것으로 생각된다. 시원했던 이스탄불과 다르게 10월의 안탈리아는 꽤 더웠다. 추위를 많이 타는 P에겐 딱 맞는 온도였지만 더위를 많이 타는 나에겐 조금 짜증 나는 도시였고 덕분에 숙소 안에서는 매일 밤낮으로 에어컨 리모컨 쟁탈전이 일어났다. 수족냉증이 있는 P에게는 에어컨은 지옥 입장 버튼이었지만 가만히 있어도 초벌 되는 듯한 느낌을 주는 안탈리아에서 더위를 많이 타는 내게 에어컨은 놓쳐선 안 되는 동아줄이었다. 배려와 존중을 말하며 잠들던 밤은 이미 사라진 지 오래였고 P가 화장실에 간 사이 에어컨을 몰래 틀고 내가 빨래를 너는 사이 몰래 에어컨을 끄는 유치한 싸움이 날마다 계속되었다. 평소와 다름없이 숙소에서 밥을 먹고 테라스에서 담배를 피우며 밖을 보다 건물 사이로 보일 듯 말 듯 한 바다가 눈에 들어왔다. "아, 더운데 바다나 갈까. 튀니스 이후 물놀이를 안 했으니 P도 좋아하겠네." 난 또 몰래 에어컨을 끄고 있는 P에게 저 멀리 보이는 바닷가를 걷자고 말했고 P는 꾸역꾸역 에어컨을 끄며 "응."이라고 대답했다.

저 멀리 보인 해변의 이름은 라라 비치. 안탈리아에서는 나름 유명한 곳이었다. 아, 물론 수영할 생각은 없었다. '여름 하면 바다. 바다는 시원함.' 이라는 생각이 "바다 가자."라는 말로 재조합돼서 나왔을 뿐이었다. 우린 바닷가로 향했고 라라 비치는 저 멀리 보이는 것과는 다르게 걸어서 25분 정도밖에 걸리지 않았다. 바닷가로 가는 길은 2만 원짜리 라멘을 팔았던 일식당을 끼고 좌회전해야 했기에 가면서 식당 욕을 하는 것도 잊지 않았다. 가는 길은 평범했다. 이스탄불과 마찬가지로 길마다 고양이가 있었으며, 고양이가 우리를 따라오기도, 우리가 고양이를 지나치기도, 고양이와 함께 걷기도 하며 도착했다. 라라 비치에 도착한 것은 저녁이었기에 이게 바닷가라 시원한 건지 저녁이라 시원한 건지는 알 수 없었다. 라라 비치에는 용도를 알 수 없는 배들이 떠 있었으며 그 앞 방파제에서는 젊은이들이 맥주를 마시고 있었다. 바다에 떠 있는 배 위에는 반달이 떠 있었고 비행기가 달의 오른편을 세로 질러 날아가고 있었다. 흔히 볼 수 있는 풍경은 아니었지만 죽어도 보지 못할 장관도 아니었다. 달을 좋아하는 P는 오늘도 달 사진을 찍고 있었고 난 멍하니 바다를 바라보다 어릴 적 친구와 나눴던 대화가 생각이 났다.

대화의 주제는 바다는 무슨 색을 띠는가였다. 글로 적어 놓으니 심오한 주제처럼 보이지만 이 대화를 나눴던 건 초등학생 때의 이야기이다. 미술 시간, 여행을 주제로 그림을 그려보라는 선생님의 말씀에 난 할머니의 집에 놀러 갔던 기억을 떠올리며 그림을 그렸고 이제는 이름조차 기억 안 나는 내 짝꿍은 가족과 함께 놀러 갔던 바다를 그리고 있었다. 난 어릴 적부터 미술에는 영 소질이 없었기에 세모난 지붕을 가진 네모난 집을 대충 그리고 그 안에 나, 엄마, 형, 아빠, 친척들을 욱여넣고는 그림을 완성시켰다. 짝꿍은 열심히 바다에 놀러 간 가족을 그렸으며 파란색과 하늘색 그 사이 어딘가의 알 수 없는 색으로 바다를 색칠하고 있었다. 난 짝꿍에게 왜 그런 색으로 바다를 칠하느냐 물었고 친구는 "이게 바다색이니까."라고 대답했다. 난 집요하게 그게 왜 바다색이냐며 다시 한 번 물었고 친구는 크레파스 케이스에 적힌 바다색이라는 글자를 보여주며 "여기에 바다색이라고 쓰여 있으니 이게 바다색이야."라고 대답했다. 짝꿍의 크레파스에는 빨간색, 초록색, 검은색 등 내가 아는 색도 있었고, 군청색, 고동색, 다홍색과 같이 내가 모르는 글자로 쓰인 색도 있었다. 그렇기에 어렸던 난 알면서도 모르는 글자인 바다색이라는 색깔이 더욱 궁금해지기 시작했다. 어릴 적 난 바다가 무엇인지는 알고 있었지만 바다에 가본 적은 없었기에 실제로 바다가 무슨 색인지는 알지 못했다. 바다색이라고 쓰인 크레파스를 보고 "이게 바다색이야."라고 말한 짝꿍의 말에는 한 치의 거짓도 없었지만 내가 책에서 보고 들은 바다는 파란색이라는 당연한 세상의 이치가 틀렸다는 걸 인정할 수가 없었다.

미술 시간을 마지막으로 수업은 끝났고 난 머릿속에 물음표를 가득 채운 채 형과 함께 집으로 향했다.(형과 나는 1살 차이로 같은 초등학교에 다녔다.) 난 집으로 가는 길에 형에게 바다는 무슨 색이냐고 물었지만 나보다 겨우 1년 더 산 형이 이 질문에 대한 답을 알 리가 없었다. 형과 나는 나란히 집에 도착했고 나는 곧장 엄마에게 달려가 바다에 가본 적이 있냐고 물었다. 어렸던 난 내가 바다에 못 가봤으니, 엄마도 못 가봤겠지라는 1차원적인 생각을 하고 있었던 것 같다. 다행히 엄마는 바다에 가본 적이 있었고 난 엄마에게 바다는 무슨 색인지 물었다. 엄마의 대답은 파란색이었다. 엄마와 짝꿍의 말이 달랐기에 난 둘 중 한 명은 분명 나에게 거짓말을 하고 있다고 확신했다. 당시 내 세상의 정의는 엄마가 해주는 이야기들로 정립이 되었기에 난 수업 시간에 있었던 일을 얘기하며 짝꿍이 나에게 거짓말을 했다며 불만을 토로했다. 그러자 엄마는 엄마의 말도 맞고 그 친구의 말도 맞다고 대답했다. 그게 무슨 소리냐며 되묻자 엄마는 내게 천천히 설명해 주었다.

“지나가는 사람들에게 바다가 무슨 색이냐고 물으면 대부분 엄마처럼 파란색이라고 대답할 거야. 이건 승제랑 엄마가 눈 두 개, 손 두 개, 손가락 열 개를 가진 사람으로 태어난 것처럼 그냥 당연하게 받아들여야 하는 거야. 하지만 손이 하나 없고 발이 하나 없다고 해서 사람이 아닌 건 아니란다. 손가락이 여덟 개여도 사람이고 발이 하나가 없어도 다 같은 사람이야. 파란색과 바다색도 같은 이치야. 파랑의 범주 안에 바다색도 있고 하늘색도 있는 거란다.” 그 당시엔 엄마의 말도, 이치니 범주니 하는 어려운 단어도 이해할 수 없었지만 어쨌든 아무도 날 속이지 않았고 바다는 파란색이라는 내 작은 세상의 이치가 틀리지 않았다는 사실에 안도했다.

난 20년 가까이 지난 대화를 떠올리며 계속 바다를 바라봤다. 바다는 노을을 머금어 연분홍색으로 빛나다가 밤이 오니 달을 안아 흑백색으로 빛났다. 두 손 모아 바닷물을 떠올리자 내 손을 투영한 바닷물은 살구빛으로 빛났고 손 틈 사이로 떨어지는 바닷물은 투명했다. 바다는 엄마의 말처럼 파란색도, 친구의 말처럼 바다색도 아닌 투명한 색이었다. 다만 주변의 모든 것을 끌어안아 그것이 자신인 양 꾸밈없이 내비칠 뿐이었다. 바다의 본질은 투명한 색이지만 내가 본 연분홍색도, 흑백색도, 살구색도 모두 바다였다. 2달 뒤 난 30살이 된다. 아무리 아직 세상을 모른다고 박박 우겨도 어른이라는 범주에 속할 수밖에 없는, 속해야만 하는 나이가 된다. 내가 어릴 적 생각한 30살의 모습은 당시의 부모님처럼 모르는 것이 없고, 만물을 포용하는 넓은 마음을 가진 어른이었다. 하지만 30살을 2달 남긴 지금의 나는 끊임없이 남의 시선을 의식하고, 타인의 말에 쉽게 흔들리며, 잘난 것 하나 없이 껍데기만 자란 형편없는 어른이었다. 난 이런 내 모습이 싫어 항상 성숙한 척했고, 무소불위의 겉모습을 유지하며 하루하루를 연기했다. 남들을 살피며 살다가 나를 잃어버린 셈이다.

하지만 엄마의 말처럼 바다색도 하늘색도 결국 파랑이라면, 그 파란 바다가 주변의 모든 걸 그대로 내비치며 시시각각 변하면서도 억겁이 넘는 시간 동안 변함없이 사랑을 받았다면, 약해빠진 나도, 외로움에 곤죽이 되어 쓰러진 나도, 불안함에 짓눌려 가루가 되어버린 나도 그대로 내비쳐도 바다처럼 사랑받을 수 있지 않을까 생각했다. 점점 더 깊은 생각에 빠질 때쯤 P는 밥을 먹으러 가자며 앞장서 걸었고 난 뒤를 따라 걸었다. 해가 지고 밤이 오자 거리의 가로등이 하나둘씩 켜졌고 불빛으로 인해 바다는 주황색이 되어 있었다. 바닷가 쪽에 앉은 손님들은 그런 바다를 여전히 사랑스러운 눈으로 바라보고 있었다. 강같이 유한 삶을 살되 바다 같은 사람이 되고 싶었다.

언젠가 한 번은 사랑했을 도시

그토록 아무것도 하지 말자고 다짐했지만 너무 아무것도 안 하는 것도 나랑은 맞지 않는 일이었다. 수빈이 형에게 안탈리아의 구시가지가 예쁘다는 얘기를 귀가 닳도록 들었기에 안탈리아를 떠나기 전 한번 가보기로 했다. 텍사스 버거에서 간단하게 끼니를 때우고 버스 정류장으로 향했다. 나와 P 모두 구글맵을 켠 채 걷고 있었는데 나의 휴대폰은 현재 서 있는 위치의 정류장을 가리키고 있었고 P의 휴대폰은 건너편에 있는 정류장을 가리키고 있었다. 버스 도착시간은 10분이 채 남지 않았었기에 혼란스러웠던 난 근처의 아무 가게로 들어가 구시가지로 향하는 버스의 정류장을 물었고 가게의 사장은 친절하게 현재 우리가 서 있는 곳이 맞다고 알려주었다. 날이 매우 더웠던 관계로 사장님에게 양해를 구하고 가게에서 버스를 기다렸지만 10분이 지나도 버스는 오지 않았다. 휴대폰을 확인하자 내 휴대폰에는 버스가 지연되었다고 표시되었고 P의 휴대폰에는 버스가 이미 지나갔다고 표시되었다. 뭐 하나 제대로 돌아가는 게 없었다. 다행히 가게에 서서 조금 더 기다리자 버스가 왔고 우리는 구시가지에 도착했다. 동서양의 문화를 모두 품은 터키였지만 안탈리아의 구시가지는 유럽 그 자체였고 다시 여행의 시발점인 헝가리로 돌아온 듯한 느낌에 설레었다.

거리엔 사람들이 붐볐고 붐비는 사람만큼 기념품 가게도 즐비해 있었다. 거리를 거닐다 P는 한 가게 앞에 멈춰 섰고 가게에서 팔고 있는 팔찌를 유심히 쳐다보며 "우리 같이 팔찌 하나 살까?"라고 물었다. 지금도 충분히 무거운 배낭에 짐을 추가하는 것은 끔찍했지만 팔찌 정도라면 괜찮았기에 그러자고 했고 우린 여행 중 처음으로 기념품 가게에 들어갔다. 가게의 내부에는 찻잔, 접시, 인형 등 다양한 기념품을 팔았고 다양한 색과 디자인의 팔찌도 팔고 있었다. 난 여행지에서 꼭 소주잔을 하나씩 사는 습관이 있었기에 P가 팔찌를 찾는 동안 소주잔을 찾기 시작했고 가게의 구석 조그만 매대에서 소주잔을 발견했다. 소주잔은 해골이 덕지덕지 붙어있거나, 두개골 모양으로 만들어져 강렬술에나 사용할 법한 모양새였다. 이 잔에 술을 마시면 그게 해골물인가라고 낄낄거리며 두개골 모양 소주잔을 집어 들어 가격을 확인했다. 가격은 650리라, 한화 25,000원 정도였다. 내 것이었다면 비싸다며 당장 내려놓았겠지만 누군가에게 선물을 줄 때는 가격을 신경 쓰지 않는 편이라 마음이 바뀌기 전에 빠르게 계산했다. P는 마음에 드는 팔찌가 없는지 키링으로 눈을 돌렸고 기타 모양의 키링을 가리키며 어떠냐며 물었다. 기타도 키링도 관심이 없는 나였지만 예쁘다고 대답하자 P는 곧바로 계산대로 향했다.

같이 맞추기로 한 팔찌는 사지 못했지만 각자 마음에 드는 기념품을 사 들고 밖으로 나오자 지중해 너머로 해가 저물고 있었고 거리 곳곳에 설치된 스트링 라이트에 서서히 불이 켜지고 있었다. 주황빛 조명들에 휩싸여 길을 따라 걷던 우리는 어느 식당 앞에 멈춰 섰다. 배가 고파서는 아니었다. 그저 그 식당의 야외 자리에서 바라보는 지중해의 뷰가 너무 아름다웠다. 가게 밖에 설치되어 있는 메뉴판의 가격을 슬쩍 보았다. 노을을 머금은 지중해 뷰를 화폐로 환산한 값은 지나치게 비쌌기에 우린 가게의 손님이 될 수 없었다. 아쉬운 마음에 이미 누군가 앉아버린 식당의 사진을 찍은 뒤 근처에 있는 공원으로 향했다. 공원에는 많은 사람들이 인산인해를 이루고 있었다. 우리는 그들을 피해 해안가 근처에 있는 돌담에 앉아 이제는 한껏 어두워진 바다를 바라봤다. P는 내 옆에 걸터앉아 메고 있던 작은 가방에 아까 샀던 기타 모양의 키링을 걸고 있었고 그런 P의 뒤로 고양이가 살며시 앉았다. P와 고양이는 등을 맞대고 있었지만 서로의 존재를 인식하지 못했다.

서로를 인식하지 못하는 P와 고양이를 바라보다 문득 생각했다. 나를 아는 사람과 내가 아는 사람이 하나도 없다는 게 축복일지 저주일지, 나와 관련된 일이 하나도 진행되지 않고 내가 모르는 일들로만 이어져 하루가 완성되는 이곳이 내게 자유로움인지 허무함인지 헷갈렸다. 붐비는 사람들과 후텁지근한 습기를 머금은 공기 속 피어오른 생각이었다. 넓은 바다를 보고 있으니 여행을 시작한 순간부터 나를 괴롭히던 빈 상자를 목숨 걸고 지키고 있는 듯한 알 수 없는 불안한 느낌은 사라졌고 홀가분함만이 마음속을 채웠다. 쓸데없는 생각을 하다 보니 어느새 조명에 의지해야 할 만큼 캄캄한 밤이 다가왔다.

이젠 먹물처럼 변해버린 바다와는 다르게 공원은 은은하게 빛났고 사람들은 목줄을 채운 강아지들을 산책시켰다. 근처 어딘가에서는 버스킹 공연을 하는 듯 노랫소리가 들려왔고 기분이 좋은 듯 노래를 흥얼거리는 사람들의 목소리도 들려왔다. 조도 낮은 가로등, 흔드는 꼬리로 주인의 마음을 대변하는 강아지들, 나를 모르고 나도 모르는 시간들이 모이고 쌓인 하루들과 누가 누군지는 중요치 않다는 듯 눈인사를 건네는 사람들까지. 안탈리아는 터키가 공들여서 벼려낸 지나치게 날카롭고 아름다운 비수였고 무겁던 보랏빛 하늘이 깊게 물들어 어두워진 밤 아무도 모르게 내게 깊숙이 박혔다. 누군가가 인생의 마지막을 보내고 싶은 곳이 있다면 주저 없이 이곳이라고 말하고 싶다. 나를 스치는 모든 것이 사랑스러웠던, 언제 왔어도 한 번쯤은 사랑에 빠졌을 안탈리아였다.

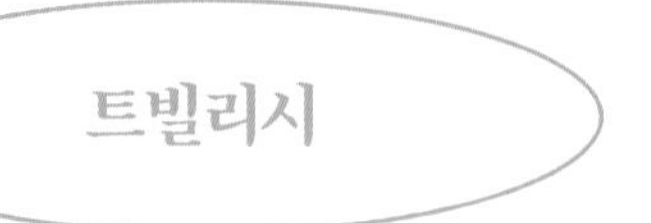

트빌리시

한 번으로는 절대 알 수 없을 도시

조지아의 조진 숙소

아무래도 조지아에 관한 얘기를 써야 할 것만 같은 의무감을 느낀다. 아니 조지아 얘기라기보단 조지아에서 머물렀던 숙소 얘기라고 정정하겠다. 트레킹에 미련을 버리지 못한 우리가 선택한 다음 목적지는 조지아였다. 한국인에게 다소 생소한 곳인 조지아는 서아시아와 동유럽 사이에 있는 국가로 카즈베기라는 지역의 트레킹이 유명했다.(커피로 유명한 그 조지아는 아니다. 그 조지아는 미국에 있는 조지아 주이다.) 안탈리아 여행을 마친 우리는 가벼운 마음으로 조지아행 비행기 티켓을 끊었고 다시 이스탄불로 돌아와 4일 정도를 더 머무른 뒤 조지아로 떠났다. 저녁이 되어서야 도착한 트빌리시(조지아의 수도) 공항은 터키와 크게 다르지 않았다. 굳이 다른 점을 꼽자면 사용하는 언어였다. 터키는 터키어를, 조지아는 조지아어를 사용한다는 것인데 어느 쪽이든 알아들을 수 없는 건 매한가지였기에 그냥 터키의 다른 도시로 여행 온 듯한 기분이었다. 공항에서는 대부분 택시를 이용했던 우리지만 터키에서 예상보다 많은 지출을 했던 터라 오늘만큼은 버스를 이용하기로 했다. 버스에서 내려 숙소로 가는 길은 상당한 오르막이었고 도착한 숙소는 어느 반지하 아파트였다.

문을 열고 들어간 숙소는 싸구려 모텔 냄새 같기도, 퀴퀴한 신발 냄새 같기도 한 어지러운 냄새로 가득했고 침대 정면에 있는 커다란 창문 밖에는 사람들의 신발과 자전거 바퀴, 고양이들이 쉴 새 없이 지나갔다. 무거운 배낭으로 인해 땀에 절여진 우리는 최우선적으로 에어컨을 켜려고 했지만 아파트는 중앙 냉난방 시스템이었기에 마음대로 에어컨을 켤 수도 없었다. 게다가 커다란 창문에는 방충망도 없어 창문을 여는 것도 불가능했다. 길바닥에서 자는 것만 아니면 숙소는 어디든 상관없던 나였지만 남보다 더위를 두 배로 타는 내게 냉방은 절대로 포기할 수 없는 단 한 가지의 욕심이었다. 안탈리아에서 춥다며 에어컨을 꺼달라고 소리치던 P도 이날만큼은 나와 한마음 한뜻이었다. 애가 타는 마음으로 집주인에게 냉방 가동시간을 물어봤지만 우리가 도착한 10월 말에는 에어컨 가동을 하지 않는다는 답장만이 돌아올 뿐이었다. 등에 흐르는 땀줄기로 옷과 몸은 하나가 되었고 눅눅한 습기로 인해 방안에 맴돌던 따뜻한 쓰레기 냄새는 그대로 옷에 스며들었다. 화를 낼 힘도 없던 우리는 집 앞에 있는 마트로 가 맥주를 한가득 사 왔고 맨정신으로는 더위를 견디며 잘 수 없었기에 맥주를 잔뜩 먹은 채 취해 잠이 들었다.

다음 날 우리는 더위를 피해 하루 종일 숙소에 머물다 근처 스페인 식당에서 하몽을 먹었다. P는 숙소로 돌아오는 길에 자신이 좋아하는 스페인의 빵 요리 중 하나인 판 콘 토마테(Pan con tomate)를 해주겠다며 마트에 들러 재료를 샀다. 잠시 밖에 나가서 볼일을 본 뒤 숙소로 돌아오니 P는 토마토와 마늘을 손질한 뒤 팬에 빵을 굽고 있었다. 나는 요리를 준비하며 지저분해진 주방을 청소하며 P와 잠깐 얘기를 나누었고 그 사이에 팬에 올려 두었던 빵이 조금 탔는지 연기가 나기 시작했다. 왜인지는 모르겠으나 공교롭게도 화재경보기는 가스레인지 바로 위에 있었고 연기를 감지한 경보기가 대차게 울리기 시작했다. 아파트는 순식간에 사이렌 소리로 가득 찼고 아파트의 주민들은 모두 밖으로 뛰쳐나와 대피했다. 나는 집주인에게 연락해 자초지종을 설명했고 30분 정도 뒤 집주인이 도착해 소동이 마무리되었다. 집주인은 나에게 방에서 담배를 피웠냐며 추궁했고 난 아니라고 대답했지만 믿지 않는 눈치였다. 한바탕 소란이 끝나고 숙소로 돌아오자 빵은 까맣게 그을린 채 딱딱하게 굳어 있었다. 빵을 다시 굽기엔 다시 경보기가 울릴까 겁이 났던 우리는 이빨이 모조리 나갈 듯이 딱딱한 판 콘 토마테와 와인을 마시며 밤을 보냈다.

어느 날엔 P와 저녁에 산책을 하다가 마라탕 얘기가 나왔고 P는 저녁으로 마라탕을 해주겠다며 근처 까르푸로 향했다. 원하는 모든 재료가 있는 것은 아니었지만 어느 정도 구색을 갖출 정도의 재료를 구입한 우리는 숙소로 돌아왔고 경보기 맛을 한 번 본 P는 조심스레 요리를 시작했다. 마라탕 소스를 냄비에 넣고 끓이자 좁아터진 숙소는 어느새 중국 향신료 냄새로 가득 찼다. 고추와 다진 마늘 고춧가루 등을 넣자 냄새는 더욱 강해졌고 숙소는 흡사 화생방실이 되었다. 고작 빵 조금 탄 걸로 울리던 화재경보기가 이 독한 연기에는 왜 울리지 않는지는 알 수 없었다. 견딜 수 없는 냄새에 문을 열고 환기를 시키자 아파트는 순식간에 향신료 냄새로 가득 찼다. 차라리 담배 냄새가 나을 듯했다. 인고의 시간 끝에 완성된 마라탕은 사람 하나 잡을 듯한 향과는 다르게 맛은 그럭저럭 먹을 만했지만 이불 수건 옷 할 거 없이 숙소 내에 있는 모든 것에 향신료 향이 깊게 배었다. 다음 날 거리를 돌아다닐 때마다 니하오로 인사를 하는 사람이 많았던 건 기분 탓이었을까. 조지아의 모든 소란은 숙소에서 시작해 숙소에서 끝났다. 8평짜리 작은 원룸 크기, 반쯤 남은 맥주, 세일 코너에서 산 토마토와 퀴퀴한 냄새. 온갖 물크러진 것들로만 가득 채웠던 습기 가득한 숙소를 아직도 잊을 수가 없다. 여러 의미로 강렬하게 기억된 조지아의 조져버린 숙소였다.

균형을 맞추는 법

한 번 가본 곳을 두 번 가고 싶지는 않다. 남은 평생을 여행만 하고 살아도 이 세상 모든 곳을 둘러볼 수 없을진대 같은 곳을 두 번 간다는 것은 어찌 보면 인생의 낭비라는 생각이 든다. 하지만 예외가 딱 두 곳 있다면 그것은 조지아와 일본이다. 일본은 개인적으로 굉장히 좋아하는 나라이고 조지아는 조지아였기 때문이라고 해두겠다. 이 조지아라는 나라를 모두가 공감하고 이해할 수 있게 설명할 만한 어휘력이 내게는 존재하지 않기 때문이다. 카즈베기로 떠나기 이틀 전 그래도 남들 가는 곳은 한 번쯤 가보자라는 생각으로 계획을 세워보기로 했다. 계획성이라고는 눈곱만큼도 없던 우리는 계획을 짠다는 상황부터가 스트레스로 다가왔고 2시간 정도를 투자

해서야 겨우 두 곳을 목표로 정할 수 있었다. 목표는 성 트리니티 대성당과 므타츠민다 공원. 계획형 인간들이 본다면 연 끊을 정도의 기획력이지만 목적지를 정했다는 것만으로도 만족한 우리는 거리로 나섰다. 반지하 창문 사이로 내리쬐는 햇볕을 눈으로 보는 것도 힘들었는데 밖으로 나오니 그 고통은 살가죽을 회 뜨는 듯한 느낌이었다.

두 개의 목적지 중 먼저 가볼 곳은 트리니티 대성당. 솔직히 말하면 난 종교를 혐오한다. 자세히 말하면 믿음을 종용하는 종교인들을 혐오한다. 하지만 성당은 예외다. 살면서 딱 두 번 성당에 가본 적이 있는데 스테인드글라스 특유의 알록달록한 색이 참 마음에 들었고 살아오면서 성당을 다니는 사람들이 믿음을 강요하는 일은 단 한 번도 없었다. 그저 그 두 가지 이유로 종교 중 유일하게 성당을 좋아했다. 각설하고 성당으로 가는 길은 가까우면서 멀었다. 걸어서 30분 정도 거리였지만 10월임에도 불구하고 날이 너무 뜨거웠기에 체력은 빠르게 고갈되었다. 횡단보도 하나 없는 차도를 건너라는 구글맵의 알 수 없는 지시를 따라 위험천만하게 길을 건너 그동안의 번뇌들을 잊게 만드는 이상하리만치 높은 계단을 올라가서야 관광버스들이 끊임없이 주차되어 있는 성당의 입구 앞에 도착할 수 있었다. 트리니티 대성당은 일부러 찾아가지 않는 한 절대 갈 일이 없을 듯한, 지나가다가 산책할 겸 들린다는 느낌으로는 절대 올 수 없는 곳에 자리 잡고 있었다.

한국의 성당과는 다르게 조지아의 성당에는 복장 규정이 있었는데 짧은 바지는 남녀를 막론하고 불가능했고 여자는 스카프 등으로 머리를 가려야 했다. 다행히 스카프는 성당 내에 구비되어 있어 머리를 가리는 게 어렵지 않았지만 반바지를 입은 관광객들은 스카프로 무릎까지 가리느라 엉거주춤한 걸음으로 걷기도 했다. 긴 바지를 입고 간 우리에겐 별다른 제재가 없었기에 P의 머리에 스카프를 씌운 후 성당의 내부를 구경하기 시작했다. 내부엔 나처럼 신앙심이 없는 듯 터벅터벅 걸으며 건축미만 구경이 있는 사람이 있는가 하면 무릎을 꿇은 채 기도를 하는 사람도 있었다. 중앙에 있는 마리아상을 보며 기도하는 신자들을 보면 예배 시간이 따로 정해져 있는가 싶었지만 시간은 따로 적혀 있지 않았으며, 촬영 금지라고 쓰여 있는 안내판 앞에서 시끄럽게 떠들며 사진을 찍어대는 사람들을 보면 내부의 신성한 분위기를 유지하는 것은 그저 예의의 영역인가 싶었다. 성당은 웅장했지만 볼 것은 한정적이었기에 우린 내부의 작은 예배당에서 짧은 예배 시간을 가진 뒤 밖으로 나왔다.

해가 저물어 가는 시간이었지만 성당을 찾는 사람들은 꾸준했고 특이하게 성당을 삼보일배로 입장하는 사람도 있었지만 조지아가 유럽과 아시아 사이에 있어서 종교의 문화도 섞였구나 정도로 생각했다. 우린 저무는 해를 보며 왔던 길을 되돌아 므타츠민다 공원으로 향했다. 므타츠민다 공원은 경사가 가파른 산 위에 자리 잡고 있었기 때문에 케이블카를 타고 올라갈 수 있었는데 산 정상에는 트빌리시 시내 어디서든 보이는 커다란 TV 타워가 설치되어 있어 서울의 남산타워와 굉장히 흡사했다. 케이블카의 왕복 가격은 조지아 자국민은 한화 2,000원, 외국인은 14,000원 정도였다. 조지아 사람들이 한국인에게 우호적인 건 맞지만 공과 사는 철저하게 구분되어 있었다. 울며 겨자 먹기로 케이블카 티켓을 구매했지만 케이블카는 제값을 톡톡히 해냈다. 두 다리로는 1시간을 올라야 하는 산을 10분 만에 정상까지 데려다주었으니 말이다. 케이블카에서 내리자 커다란 TV 타워가 우리를 반겼고 반대편에는 아테네에서 본 듯한 신전을 닮은 카페가 하나 있었다. 무언가를 먹을 생각은 없었지만 한껏 어두워진 공원 안에서 우리는 자연스럽게 빛이 있는 카페 쪽으로 걸음을 옮겼다. 카페 앞은 많은 관광객들로 붐볐고 그 이유를 관광객들 옆에 나란히 서서야 알 수 있었다.

카페 앞의 전망대에서는 트빌리시의 화려한 밤이 한눈에 내려다보였는데 그 중심에는 낮에 다녀온 트리니티 대성당이 있었다. 트빌리시의 시내는 주황빛으로 휘황하게 빛나는 성당을 중심으로 덩굴과 뿌리를 내리듯 잔잔한 빛의 군집들이 형성되어 있었고 이는 마치 한 송이의 거대한 능소화처럼 보였다. 이날의 트빌리시는 지금껏 본 모든 나라의 풍경 중 단연코 가장 아름다웠고 야경은 부다페스트가 최고라는 확고했던 내 소신이 바뀌게 되는 순간이었다. 황홀한 이곳의 야경을 내려다 본 순간 난 분명히 언젠간 이 순간을 그리워할 것임을 뼈저리게 느꼈다. 이곳을 떠나면 내 인생에서 다시는 이와 같은 경험을 할 수 없을 거라는 것 또한 알고 있었기에 오늘 하루가 힘들었어도 최악이라는 생각은 들지 않았다. 언젠간 최악의 순간마저 그리워할 날이 올 거라는 것 또한 이곳에 도착한 순간부터 필연적인 수순이 되었으니까.

나는 항상 행복과 불행의 균형을 맞추며 살아야 한다고 생각하는 사람이지만 남들과 다른 점이 하나 있다면 그것은 행복을 받아들이는 것이 아닌 불행을 밀어내는 것으로 균형을 맞춘다는 것이다. 오늘 하루의 행복이 3이고 불행이 5라면 난 2만큼의 행복을 채우는 것이 아닌 2만큼의 불행을 덜어내 하루의 균형을 맞추는 사람이었다. 지나온 모든 것은 이미 실체가 사라진 거짓말들이었고 앞으로 다가올 모든 것은 불확실이었기에 과거와 미래에 빼곡히 들어찬 무한한 허상 속에서 유한한 행복을 마주할 여유가 내겐 없었다. 하지만 이 순간만큼은 눈앞에 펼쳐진 황홀경을 마음껏 만끽했다. 아니, 이곳이 주는 여유와 행복 속을 유영했다. 꼭 어떤 시기가 지나야지만 그 순간이 소중했음을 깨닫게 되는 건 아니란 걸 온 마음을 다해 느끼고 있었으니까. 행복은 돈처럼 쌓아놓을 수 없기에 마주함과 동시에 최선을 다해 소비하는 것만이 행복의 유일한 사용법임을 깨달으며 내 인생에서 가장 아름다운 한 송이의 능소화를 바라봤다. 모자랐던 2의 행복이 채워지는 순간이었다.

해피 할로윈

여행을 하다 보면 많은 것과 이별하게 된다. 그것은 케케묵은 감정일 때도 있고, 오랫동안 입고 자던 잠옷일 때도 있고, 읽으려고 가져왔지만 반도 읽지 못한 책일 수도 있다. 여행에는 수많은 이별이 있듯 이에 비례하는 수많은 만남 또한 있는데 단골이 되어버린 식당, 우연히 친해진 여행자, 특정한 곳을 지날 때마다 반겨주던 강아지 등 수천만 가지의 경우의 수를 뚫고 만난 기적 같은 인연들은 어느 하나 애틋하지 않은 것이 없다. 개중에는 오래 만났어도 쉬이 잊히는 만남이 있는가 하면 단 하루를 만났어도 강렬하게 기억되는 만남도 있다. 예를 들자면 전자는 트빌리시에서 매일 갔던 베트남 음식점이고 후자는 할로윈 데이에 만났던 어느 펍의 유쾌한 사장이다.

므타츠민다 공원에서 내려온 우리는 숙소로 돌아가기 위해 휴대폰을 꺼내 들었다. 잠금을 풀지 않은 휴대폰 화면에는 10월 31일 오후 8시 15분이라고 표시되어 있었다. 10월 31일, 상당히 낯익은 날짜인데 무슨 날인지 잘 기억나지 않았다. "할로윈 데이래, 오늘." 옆에서 휴대폰을 보던 P가 내게 말했다. 6년 전 파리에서 할로윈 데이를 보낼 때는 우스꽝스러운 캐릭터 분장을 한 사람들이 많아 굳이 알아보려 하지 않아도 '오늘이 그날이구나.'라며 알 수 있었는데 조지아는 평소와 다름없는 하루가 흘러갔기에 미처 알지 못했다. 시끄러운 이벤트를 좋아하는 것도 아니고 할로윈 코스프레 따위도 우리에겐 먼 나라 이야기였기에 우리는 그저 지도가 안내해 주는 길을 따라 숙소로 향했다. 트빌리시의 가게들은 예상보다 빨리 문을 닫아

거리는 꽤 한산했다. 숙소에 도착하기 10분 전쯤 유일하게 불이 켜져 있는 가게 앞을 우연히 지나게 되었고 우리는 가게 앞에 잠시 멈춰 섰다. 가게의 이름은 '모디 비디', 반지하에 자리 잡은 작은 펍이었고 낮은 계단 사이 열린 문틈 사이로 직원 세 명이 분주하게 할로윈 장식으로 가게를 꾸미고 있는 모습이 보였다. 가게의 입구 앞에서 기웃거리자 인기척을 느낀 직원들은 우리를 올려다보았고 빙긋 웃어 보였다. 가게 앞에는 할로윈 데이 이벤트로 모든 메뉴가 반값이라는 메모가 적혀 있었고 이를 본 P는 나를 빤히 쳐다봤다. 말은 안 했지만 "딱 한 잔만 할까?"라는 P의 눈빛을 읽은 나는 P와 함께 펍으로 들어갔다.

모디 비디는 작은 바 테이블 하나에 세 명이 앉을 수 있는 탁자 테이블 서너 개가 놓인 작은 펍이었다. 우리는 가게를 꾸미는 이들을 기다려 줄 겸 잠시 주문을 미룬 뒤 가게를 둘러보았다. 어느 정도 준비가 끝나자 사장으로 보이는 잘생긴 여자가 카운터로 돌아와 주문을 받았다. 사장의 이름은 누카. 언뜻 보면 남자로 착각할 만큼 굉장히 잘생긴 여자였고 직원도 모두 여자였다. P는 술에 관해서는 박학다식했기에 자신이 좋아하는 칵테일을 주문했고 마시는 것만 좋아하지 술에 관해서는 문외한인 나는 가게의 시그니처 메뉴인 모디 비디 샷을 주문했다. 누카는 빠르게 술을 준비해 주었고 나는 한입에 털어 넣었다. 중국 술인 이과두주에 멜론 향을 섞은 맛이었는데 목이 타들어 갈 것 같은 것 빼고는 나쁘지 않았다. P는 주문한 칵테일을 천천히 마시고 있었고 나는 한 번 더 모디 비디 샷을 주문했다. 한 잔만 주문했지만 누카는 두 잔을 내어주며 하나는 바나나 향으로 준비했으니 맛을 보라며 웃어 보였다. 멜론 향이 썩 마음에 들었기에 먼저 마시자 P는 본인이 바나나 향을 먹어보고 싶다고 말했다. 한입에 술을 털어 넣은 P는 바나나 맛이 마음에 들었는지 순식간에 칵테일 잔을 비웠고 바나나 향 모디 비디 샷을 주문했다. 누카는 딸기 향도 있으니 맛을 보라며 또다시 두 잔을 내어주었다.

P와 두런두런 얘기를 나누고 있자 가게를 꾸미던 직원들이 준비가 끝난 듯 카운터로 돌아왔고 누카의 얼굴에 그림을 그려주며 할로윈 분장을 하기 시작했다. 누카가 분장하는 사이 나는 잠시 담배를 피우러 나왔다. 몇 분 뒤 분장이 끝난 누카와 직원들이 P와 함께 밖으로 나왔다. 마침 모디 비디 직원들은 모두 흡연자였고 P를 제외한 우리는 다 같이 담배를 피우며 얘기를 나눴다. P는 누카와 직원들에게 나를 한국의 사진작가라고 소개했고 그들은 분장한 모습을 사진으로 남기고 싶다며 나에게 부탁을 해왔다. 마침 카메라를 들고 있던 나는 흔쾌히 그들의 사진을 찍어 주었다. 가게 앞에서 웃고 떠들자 지나가던 사람들도 가게 앞을 기웃거리기 시작했고 점점 가게로 들어오기 시작했다. 담배를 다 피운 우리는 가게로 들어왔고 한껏 분주해진 가게로 인해 누카와 직원들은 바쁘게 움직이기 시작했다. 잠깐의 소란이 끝나고 우리는 다시 카운터 앞 바 테이블에 모여 얘기를 다시 이어갔다. 셋은 친구 사이였고 다 같이 가게를 운영하는 것이라고 했다. 얘기를 나누는 와중에도 틈틈이 가게 사진을 찍자 직원 중 한 명이 비눗방울을 꺼내어 불기 시작했고 그런 모습을 P가 부러운 듯 바라보자 그녀는 카운터 밑으로 고개를 숙여 뒤적거리더니 비눗방울을 하나 더 꺼내 P에게 건네주

었다. 둘이서 비눗방울을 불자 작은 가게 안은 비눗방울로 가득 찼고 나를 비롯한 손님들은 모두 뷰티풀을 남발하기 시작했다.

할로윈 데이보단 어린이날에 가까운 모습이었지만 술에 취한 이들에게 가게 안에 떠다니는 것이 맥주 거품인지 비눗방울인지는 중요하지 않았다. 수십 수백 개의 비눗방울들은 수 분간 가게 안에서 흩날렸고 이내 톡톡 터지며 비누 특유의 은은한 향이 가게 안을 가득 메웠다. P와 직원이 비눗방울을 열심히 부는 사이 누카는 나에게 조용히 다가와 연락처를 물었고 오늘 찍은 사진을 보내줄 수 있느냐 물었다. 나는 기꺼이 보내주겠다며 대답했고 트빌리시를 떠나기 전에 보내줄 것을 약속했다. 누카는 감사의 표시로 이름 모를 술을 한잔 건넸고 그렇게 우리는 몇 잔의 술을 더 마신 뒤 12시가 되기 전 가게를 빠져나왔다. 더 머물 수도 있었지만 12시가 넘어 할로윈 데이가 지나간다면 1년 중 한 번 있는 특별한 날의 기억이 특별한 것 없는 평범한 300여 일의 중 한 날의 기억으로 남게 된다는 것이 싫다는 게 그 이유였다. 누카는 가기 전에 담배를 하나 피우자며 밖으로 나왔고 끝까지 우리를 배웅해 주었다. 집으로 가는 길 옷에 묻은 비눗방울 거품을 닦아냈다. 손끝에 맴도는 은은한 비누 향이 기분 좋았다.

너의 꿈이 나의 꿈인 것처럼 응원하던 날들

카즈베기

카즈베기로 향하는 버스가 있는 다두베 터미널은 시장통 사이에 자리 잡고 있어 무수한 사람들로 북새통을 이뤘다. 안 그래도 정신없는 시장 거리에 억지로 만들어 놓은 터미널에는 수많은 승합차들이 질서 없이 주차되어 있었는데 이 차들이 오늘 우리가 타고 이동할 버스였다. 승합차들은 마슈로카 혹은 미니버스라고 불리는데 그저 사람을 많이 태울 수 있는 차량을 버스라고 칭하는 거라면 미니버스라는 이름에 위화감은 없었다. 터미널답게 우리와 같이 배낭을 멘 여행자들도 많았지만 시장 속인 만큼 현지인이 6할 이상이었다. 개중에는 의미심장한 눈빛으로 여행자들을 빤히 쳐다보는 어린아이들도 있었는데 이미 집시를 겪어본 P는 본능적으로 싸함을 느꼈는지 연신 배낭과 힙색의 자물쇠가 잘 채워져 있는지 확인했다.

우리는 수많은 미니버스들 사이에서 카즈베기로 향하는 버스를 찾아야 했는데 이곳 다두베 터미널은 안내판이나 플랫폼 따위는 개나 줘버린 아수라장이었기에 일일이 물어가며 목적지를 확인해야 했다. 버스 기사들은 버스 앞에 서서 메스티아, 바투미, 므츠헤타 등 목적지를 외치며 승객들을 모으고 있었지만 유일하게 카즈베기만 보이지 않았다. 버스를 찾아 돌아다니던 중 젊은 남자 한 명이 우리에게 다가와 말을 걸었다. "카즈베기?" 남자는 버스 기사인 듯 우리에게 목적지를 물었고 자신에게 돈을 지불한 뒤 옆에 있는 버스에 탑승하면 된다고 했다. 생각보다 빠르게 버스를 찾았다며 웃으며 돈을 건네려는 찰나 뒤에서 어떤 아저씨 한 명이 "No."를 연발하며 우리에게 달려왔다. 아저씨는 본인이 카즈베기 버스 기사라며 소개했고 아저씨가 오자 젊은 남자는 빠르게 어디론가 사라졌다. 기사님은 간혹 버스 기사들이 흡연이나 화장실을 이유로 자리를 비웠을 때 기사를 사칭하며 돈을 갈취하는 사기꾼들이 있으니 조심하라며 주의를 주었고 버스가 출발하기 전까진 돈을 받지 않으니 먼저 꺼내놓지 말라는 말도 덧붙였다.

버스 구조는 평범한 승합차 내부와 같았지만 보조 의자를 있는 대로 다 펼쳐놔 다리 하나 제대로 움직이기도 힘들었다. 우리가 앉은 자리는 맨 뒤 오른쪽 창가 자리. 어차피 혼자 앉을 수 있는 조수석을 제외하면 모두가 구속복을 입은 듯 움직일 수 없었기에 창가라는 것에 감사하며 자리에 앉았다. 미니버스의 장점이자 단점이 하나 있다면 버스가 만원이 되지 않으면 출발하지 않는다는 것이다. 출발 예정 시간이 1시라도 만원이 아니라면 2시가 되어도 출발하지 않았지만 출발시간 전이라도 만원이 된다면 가차 없이 떠나버리는 게 미니버스였다. 다행히 우리는 만원이 되기 전 버스에 탑승했고 40분 정도를 기다린 뒤 버스는 출발했다.

트빌리시에서 카즈베기까지의 소요 시간은 약 3시간 30분 정도. 무릎 한 번 펼 수 없는 불편함은 감내하더라도 버스 안에서 나는 여러 가지 냄새는 점점 혈압을 상승시켰다. 소요 시간이 긴 만큼 버스 안에서 무언가를 먹는 사람들이 참 많았다. 케밥, 과일, 샌드위치, 치킨 등등 밥차인지 버스인지 구별이 안 될 만큼 다양한 음식들이 여행자들의 가방에서 쏟아져 나왔다. 흙먼지가 날리는 산길을 달리는 카즈베기행 버스 특성상 창문도 쉬이 열 수 없었기에 버스 안은 각종 향신료와 음식 냄새로 가득 찼다. 창문을 열 수 없다는 것은 2차적인 문제를 야기했다. 열두 명 정도가 들어차 있는 버스가 에어컨도 안 되며 창문도 열 수 없으니 열기는 차 안에 그대로 갇혔고 버스는 달리는 한증막이 되었다. 특히 외국인들 특유의 강한 땀 냄새는 역겨운 음식 냄새에 역겨움을 한층 더 쌓아 올렸고 담배를 피우며 운전하는 기사님의 담배 냄새가 화룡점정을 장식했다. 비위가 약했던 P는 메스꺼움을 호소했고 약간의 창문을 열어 바깥 공기를 쐬었다. 비포장 산길을 달려 흙먼지가 세차게 날렸지만 바퀴 달린 오물통 안의 냄새보다는 나았나 보다. 기사님은 인자하게 생긴 것과는 다르게 운전을 아주 험하게 했는데 중앙선 침범은 기본이었고 차가 막힌다면 역주행도 서슴지 않았다. 미니버스와 함께 도로 위를 달리는 차들도 도로 교통법규를 잘 지키지 않았지만 기사님은 도난 차량을 운전하는 것처럼 경찰에게 쫓기듯 유난히 더 난폭하게 운전했고 가드레일 하나 없는 굽이진 산길을 브레이크 없이 운전했다. 높은 산 위를 올라갈수록 버스는 하늘과 가까워졌고 서서히 죽어가는 느낌을 받을 때쯤 버스는 카즈베기 터미널에 도착했다.

버스에서 내린 카즈베기의 첫인상은 카이로에서 머문 폐가 같은 숙소가 도시화된 느낌이었다. 11월인 만큼 푸른 나무는커녕 풀 한 포기 보기 힘들었고 거리 곳곳은 굴삭기와 트럭들이 공사를 진행 중이었지만 목표는 트레킹이었기에 주변의 풍경은 크게 중요하지 않았다. 우리는 정류장 뒤편에 있는 작은 숙소를 예약했는데 이는 수빈이 형이 여름에 먼저 다녀온 후 추천해 준 숙소였다. 숙소는 중년의 부부가 운영했으며 귀여운 고양이 피피가 살고 있는 아늑한 복층 구조의 게스트하우스였다. 숙소는 현금결제를 원칙으로 했기에 속이 안 좋은 P는 먼저 씻은 뒤 숙소에서 쉬게 했고 나는 현금을 뽑을 겸 밖으로 나와 오늘 먹을 저녁과 내일 트레킹 중 먹을 간식들을 사러 밖으로 나왔다. 현금을 뽑은 뒤 마트에 가자 반가운 신라면이 보였고 계란과 물, 음료수, 빵 등을 적당히 담은 뒤 숙소로 돌아왔다. 잠시 휴식을 취한 P는 조금은 괜찮은 듯 보였고 난 빠르게 씻은 뒤 P에게 군대에서 자주 먹던 뽀글이를 끓여주었다. 버스 안에서 온갖 고생을 했던 우리는 빠르게 뽀글이를 해치웠고 곧장 침대에 걸터앉아 맥주를 마시며 내일을 얘기했다.

6년 전 순례길 첫날 피레네산맥을 오를 때에 했던 고생이 떠올라 걱정이 많았던 나와는 다르게 P는 "내일 일은 내일의 우리에게 맡기자." 말한 뒤 유튜브로 〈스트릿 우먼 파이터〉를 보여주며 난 바다가 제일 잘 추는 거 같은데 오빠는 누가 제일 잘 추는 것 같냐며 시답지 않은 질문들을 늘어놓았다. 난 대충 대답한 뒤 담배를 피울 겸 패딩을 꺼내 입은 채 1층으로 내려왔다. 수빈이 형이 알려준 정보에 의하면 게스트하우스의 사장님은 일정 금액을 받고 카즈베기산의 입구까지 픽업을 해주신다고 했다. 밖으로 나가자 마침 사장님은 마당을 정리하고 계셨고 난 픽업에 대해 사장님에게 여쭤봤다. 픽업 비용은 2인에 100라리. 투어사를 이용하거나 단체 택시를 이용한다면 인당 40라리 정도에 갈 수 있었지만 시간이 늦어 투어사도 문을 닫았고 동행을 구하는 것도 쉽지 않아 사장님에게 부탁했다. 난 여유롭게 11시 출발, 6시 귀가로 시간을 정한 뒤 얘기를 마쳤다. 방으로 돌아오자 P는 휴대폰을 머리맡에 둔 채 잠이 들어 있었다. 아무 걱정 없이 곤히 잠이 든 P를 보니 뭔가 마음이 편해졌다. 그래, 걱정해서 걱정이 없어진다면 이 세상엔 걱정이 없겠지. 조금 시끄러운 P의 휴대폰 소리를 살짝 줄인 채 나도 눈을 감았다. 이불 밖으로 내놓은 발이 조금 찼다.

비망록

아침 9시, 조금은 일찍 눈이 떠졌다. 담배를 피우기 위해 일어나 사부작거리자 P가 조금 뒤척거렸다. 최대한 조심해서 나왔지만 베갯잇과 이불의 부스럭거림은 조절이 되지 않았다. 2층 테라스 문을 열고 나가자 살을 에는 찬바람이 물씬 느껴졌고 바람은 내가 들이키는 숨보다 더 빠르게 담배를 태워갔다. 방으로 돌아오자 어느새 P는 잠에서 깨어 좋은 아침이라며 인사했다. 아직 몽롱한 P와 함께 1층으로 내려오자 사모님은 청소로 하루를 시작하고 계셨고 귀여운 고양이 피피가 소파 위에서 우리를 반겨주었다. 우리는 간단하게 뽀글이로 아침을 해결했고 어제 산 계란들을 사모님에게 삶아달라고 부탁드린 뒤 나갈 채비를 했다. 추운 날씨라도 땀범벅

이 되는 것은 피할 수 없을 테니 씻는 건 과감하게 건너뛰었다. 애석하게도 비 소식이 있으니 방수가 되는 바람막이를 입고, 그나마 두꺼운 트레이닝복 바지를 입었다. 손수건을 얇게 접어 머리에 두르고 추위를 많이 타는 P를 위해 패딩도 챙겼다. 간식을 넣기 위해 가방도 챙긴 뒤 그 안에 물과 음료수, 카메라 등을 때려 넣었다. 먼저 준비를 마친 뒤 기다리자 P는 본인도 가방을 메고 트레킹하는 기분을 내고 싶다고 했다. 난 배낭 안에 조그맣게 달린 스포츠 가방을 떼어 작은 생수 한 병을 넣은 뒤 P에게 주었다. P는 이게 무슨 트레킹 느낌이냐며 툴툴거렸지만 꽤나 만족스러운 표정을 지어 보였다. 준비를 마치고 내려오자 사모님이 계란을 다 삶았다며 건네주셨고 사장님은 차에 시동을 걸어 놓았으니 먼저 타라며 담배를 태우셨다. 나는 P를 먼저 차에 태운 뒤 사장님과 함께 담배를 태운 후 차에 탑승했다.

숙소에서 산의 입구까지의 거리는 약 30분 정도가 걸렸다. 차로 조금 달리자 만년설이 쌓인 거대한 산 하나가 눈에 들어왔고 사장님은 눈앞에 보이는 산이 카즈베기라고 알려주셨다. 아무리 봐도 테라스에서 보이던 산과 똑같이 생겨 사장님에게 여쭙자 사장님은 그 산이 맞다고 대답했다. 카즈베기산의 해발고도는 약 5,000m. 내일 일은 내일의 우리가 해결할 거라며 자신 있게 잠이 들었지만 어제의 기대에 부응하기에 오늘의 우리는 너무 작았다. 30분 정도를 달리자 아파트 입구에 있을 법한 차단기가 하나 나왔다. 사장님은 이 이상은 길이 무너져 더 이상 차로는 갈 수 없다고 말씀하셨고 6시에 다시 올 테니 조심히 다녀오라며 인사했다. 아까 봤던 만년설 덮인 산은 보이지도 않았고 건너편 보이는 산의 풀들은 죄다 죽어 여기가 산의 입구인지 저승 입구인지조차 헷갈렸지만 일단 P와 함께 걸었다. 생각보다 경사는 완만했고 P 역시 힘들어하지 않아 즐겁게 길을 올랐다. 20분 정도를 걸었을까 뒤에서 차가 오는 소리가 들렸고 우리는 입구가 아닌 건가 했던 긴가민가했던 마음에 확신이 섰다.

그런데 차 소리가 슬슬 멈출 때가 되었는데 점점 가까워지더니 차는 우리를 지나쳐 올라갔다. 길 부서져서 못 간다며, 차단기를 다 때려 부수고 올라온 건가 뒤를 돌아 확인했지만 차단기는 멀쩡했고 차는 흙먼지를 일으키며 빠르게 우리를 지나쳐 갔다. 나와 P는 모든 게 의문이었지만 일단 걸었다. 경사진 오르막길을 오르는 이들은 우리뿐이었고 조용한 적막이 싫었는지 P는 오늘도 "만약에 여기서 곰이 튀어나오면 어떻게 할 거야?"라는 실없는 질문을 했다. 난 "간식이 들은 가방을 버리고 도망가야지."라고 대답했지만 P에게 돌아온 대답은 "그럼 난 너 버리고 도망가야지."였다. P의 영양가 없는 질문에 대답하며 1시간 정도를 걷자 우리는 작은 마을에 도착했고 이곳이 카즈베기 트레킹의 진짜 출발점이었다. 마을은 태풍이라도 휩쓸고 간 듯 사람 하나 보이지 않았지만 다행히 트레킹 루트가 표시된 이정표가 곳곳에 있었고 우리는 길을 따라 걸었다. 하지만 힘이 빠진 우리는 오르막길이 다시 시작되는 커다란 바위 앞에 앉아서 잠시 쉬었고 트레킹을 끝낸 몇몇 사람들이 길을 따라 내려오는 것이 보였다. 하산하는 트레커들은 우리를 보며 눈인사를 건넸고 그중 한국인으로 보이는 사람이 우리에게 "안녕하세요."라며 인사를 건넸다. 비 오듯 땀을 흘리는 트레커에게 우리는 시간이 얼마나 걸렸냐며 물었고 그는 왕복 5시간 정도가 걸렸으며 우리가 앉아 있는 바위 뒤의 오르막길의 경사가 정말 가파르니 각오하라며 주의를 주었다. 얘기를 마친 남자는 택시를 만나기로 한 시간이 지났다며 가파른 산길을 뛰어서 내려갔다. 나와 P는 남자가 내려가는 것까지 본 뒤 길을 오르기 시작했다.

남자의 말마따나 우리가 오르기 시작한 길의 경사는 정말 가팔랐고 서울의 남산 한 번 경험한 적 없던 내 다리는 심하게 후들거렸다. 몸이 가벼운 P는 성큼성큼 오르막길을 올랐고 틈틈이 손을 잡아주며 나를 이끌었다. P의 손을 잡은 채 길을 오르자 이내 곧 오르막길이 펼쳐졌고 이제서야 트레킹이라고 할 수 있는 길들이 펼쳐졌다. 조지아의 국기가 달려 있는 작은 카페와 열 명 남짓의 트레커들이 보였으며, 저 멀리 만년설이 덮인 산들도 눈에 들어왔다. 지나쳐 온 오르막길과는 다르게 트레킹이 시작되는 지점부터는 완만한 경사였기에 조금은 편하게 걸을 수 있었다. 우리의 목표는 차우키 호수.(Chaukhi Lake) 더 많은 포인트들이 있었지만 대부분의 트레커들이 여기까지를 목표 지점으로 삼았고 사장님과의 약속 시간을 고려했을 때 우리의 한계점도 여기까지였다. 트레킹의 시작 지점에 도착했을 때의 시간은 오후 1시쯤, 호수까지의 거리는 3.8km, 이론적으로는 2시간이면 왕복이 가능했지만 곳곳에 싸질러놓은 말똥과 밤새 비가 내린 듯 질퍽한 길, 이미 고갈된 체력과 사진을 찍을 시간을 고려해 봤을 때 하산은 6시라는 시간도 빠듯했다. 우린 빠르게 걸었다. 같이 걷는 사람보단 돌아오는 사람이 더 많았고 그마저도 다섯 명 남짓이 되지 않을 만큼 사람은 적었다. 추운 날씨였지만 오랜 걸음은 어느새 이마와 등을 적셨고 빠르게 가방에 담아둔 물과 음료수를 비워갔다. 이론상으로 1시간이면 도착할 차우키 호수는 보이지 않았으며 일기예보는 틀리지 않고 비를 퍼부었다. 다행히 비는 20분이 채 되지 않아 멈추었지만 이내 곧 급류가 흐르는 계곡이 나타났다.

평소라면 잔잔했겠지만 단시간에 퍼부은 비 덕분에 물은 갑자기 불어나 있었고 어느새 계곡물은 급류가 되었다. 계곡에는 징검다리처럼 커다란 돌들이 줄지어 있었고 P는 빠르게 징검다리를 가로질러 급류를 건넜다. 물은 발목까지 밖에 오지 않았지만 징검다리에는 이끼가 낀 듯 상당히 미끄러웠고 카메라와 간식 등을 담은 가방을 메고 있던 내게 이는 커다란 부담으로 다가왔다. 고민 끝에 나는 결국 신발과 양말을 포기한 채 그냥 물을 가로질러 건넜다. P는 놀란 듯 감기에 걸린다며 걱정했지만 수없이 시뮬레이션을 돌려봐도 가방을 지킬 방법은 이것뿐이었다. 난 비어버린 생수병 대신 신발에 물을 채웠고 한층 더 무거워진 걸음으로 다시 산을 올랐다. 하지만 아무리 오르고 올라도 차우키 호수는 보이지 않았고 이 넓은 산에는 길을 물어볼 이 하나 없이 오롯이 나와 P뿐이었다. 야속하게도 길은 계속 오르막이었고 찰박거리는 길과 신발 안에서 출렁이는 물이 땅으로 날 잡아끄는 듯했다. 휴대폰으로 지도를 확인했지만 이미 두 달 전에 죽어버린 GPS는 우리를 이미 차우키 호수 앞이라 표시할 뿐이었다. 시간은 어느덧 3시에 가까워졌고 비는 다시 내리기 시작했다. 하산 시간을 생각하면 이쯤에서 돌아갈지, 빠르게 호수를 찾을지 결정해야 했다.

젖어버린 발과 다리에 슬슬 몸이 떨리고 몸살의 기운이 오고 있었지만 오르기 시작한 산에서 멈춰 있을 수는 없었다. 힘들어하는 나를 위해 P는 빠르게 산을 오르며 호수를 찾기 시작했고 이내 곧 저 멀리 언덕 위에서 찾았다는 P의 목소리가 들려왔다. 난 무거운 다리를 질질 이끌며 힘겹게 P가 있는 언덕에 올랐고 언덕 아래에 보이는 호수를 발견했다. 도착했다는 기쁨도 잠시 6시라는 시간을 맞추기 위해서 우리는 5분이라도 빨리 산에서 내려가야 했다. 하지만 벌써 4시간 이상을 걸으며 비까지 뒤집어써 지칠 대로 지친 우리는 호수 앞 바위에 잠시 앉아 쉬었고 아침에 가져온 삶은 계란과 과자, 음료수와 남아 있는 물을 10분도 안 돼서 먹어 치웠다. 호수는 흐린 먹구름을 투영하여 탁했고 주위의 풀들은 추위에 죽어 푸석거렸다. 호수라기보단 거대한 흙탕물에 가까운 이 웅덩이를 보기 위해 이 고생을 했나 싶었지만 꽤 행복해 보이는 P를 보니 굳이 내색할 필요는 없었다. 우린 엉덩이에 묻은 잔가지와 죽은 풀잎들을 털어내며 자리에서 일어났다. 시간은 빠듯했지만 내려가는 발걸음은 가벼웠다. 다시 급류를 만나 신발에 물을 충전해 무거워지는 데에는 20분이 채 걸리지 않았지만.

우린 아슬아슬하게 6시가 되기 전에 약속 장소에 도착했고 걸음걸음마다 뒤돌아보며 우리가 저 산에 올라갔다 온 게 맞냐며 자랑스러워했다. 사실 뒤에 보이는 눈 덮인 산의 반도 가지 못했겠지만 그런 건 중요치 않았고 마음만은 이미 엄홍길이었다. 6시가 조금 넘어 사장님과 사모님이 도착했고 우리는 하루 만에 내 집 같아진 숙소에 도착했다. 우리는 젖은 옷가지들과 신발을 빨고 샤워를 마친 뒤 맥주를 한 캔 쥔 채 침대에 걸터앉았다. 힘들었지만 오늘 너무 재밌었다며 웃는 P를 보니 이곳에 오길 잘했다는 생각이 들었다. 고작 몇 시간 전 일인데 몇십 년은 지난 듯 살을 붙여 영웅담처럼 떠들어대는 걸 보니 당분간은 이 기억이 P의 삶을 풍요롭게 할 것이다. 어느덧 여행한 지 2개월, P의 작은 손안에 넓은 세상을 담아주기엔 짧은 시간이었지만 언젠가 수첩에 적어 놓았던 오랜 비망록을 이뤄주기엔 충분했다.

매미가 울던 여름을 보내며

9월 중순 거무죽죽한 습기 속 매미의 울음소리를 뒤로한 채 한국을 떠났었는데 이젠 카즈베기산의 만년설을 보며 첫눈 소식을 기다리고 있었다. 시간이 흐른다는 건 매일 휴대폰을 보며 체감하고 있지만 계절의 변화는 어디에도 쓰여 있지 않기에 언제 여름이 시작되었는지 언제 겨울이 되었는지는 인지하기가 참 어렵다. 그중 제일은 여름인데 이 계절은 참 시나브로 찾아온다. 만물이 소생하는 봄에는 새싹과 벚꽃이, 떫은 주제도 축복처럼 엮어내는 가을엔 단풍이, 겨울엔 지나온 모든 것들을 새로 시작할 수 있도록 온 세상을 뒤덮는 흰 눈이 계절의 시작을 알리지만 여름의 시작은 눈에 보이는 무언가로 특정하기가 참 어렵다. 내가 유일하게 여름이 왔음을 느끼는 순간은 매미의 울음소리가 들릴 때다. 하지만 이마저도 늘 그 당시에는 잘 인지하지 못했다. 매미의 울음소리는 비나 눈처럼 예보도 없으며 아무도 기다리지 않아서 나조차도 늘 언제 여름이 온 건지 긴가민가했다. "언제부터 매미가 울었더라?"라는 의문이 들 때면 이미 훨씬 전부터 매미는 울고 있었고 또 정신을 차려보면 매미가 울던 나무 밑엔 무심히 떨어진 낙엽만이 가을이 왔음을 알릴 뿐이었다.

갑자기 왜 여름 이야기를 적나, 여행책에서 왜 뜬금없이 계절 타령을 하나 물어본다면 그냥 여름을 보내기 싫어서라고 해두겠다. 내 여행은 어느덧 중반부를 지났고, 사계절 중 두 번째 계절이 지나갔다. 1년에 네 번뿐인 기회 중 반을 사용했다면 그것이 아쉽게 느껴지는 건 당연한 이치가 아니겠는가. 허나 역설적이게도 난 모든 계절 중 여름을 가장 싫어한다. 땀이 많은 체질이기도 하고 더위에 상당히 약해 한국에선 3월부터 11월까지 에어컨을 붙잡고 산다. 그럼에도 이번 여름의 치맛자락을 붙잡고 늘어지는 이유는 비단 여행의 끝이 보이기 시작해서만은 아니다. 그건 바로 다시 오지 않을 20대의 마지막 여름이기 때문이다. 뭐 요즘에는 만 나이를 사용해 법적으로 20대가 끝나는 것은 아니지만 구태여 그것에 목메고 싶지는 않다. 첫 세계 일주와 호주에서의 삶, 그리고 지금 하고 있는 두 번째 세계 일주를 제외하면 내 모든 여름의 기억은 에어컨 앞이었다. 축축한 더께가 온몸에 들러붙는 듯한 눅눅한 여름을 싫어하는 내가 유일한 도피처였던 에어컨 앞을 벗어났던 날들은 늘 여행을 떠나 있는 순간이었다.

29년 인생 중 단 세 번뿐인 여름의 기억들과 그것을 기억하는 사람은 나와 P 둘뿐인데 이 특별하고 평생토록 귀히 여길 기억을 어찌 기록하지 않고 흘려보낼 수 있을까. 다시 돌아오지 않을 이 여름처럼 유한하다고 생각하면 모든 게 한없이 소중해진다. 생일날 친구들에게 받았던 편지나 한쪽이 들리지 않던 이어폰, 졸업식 이후 버린 교복 등 이제 와서 생각해 보면 다시 찾을 수 없는 그것들은 무언가가 대신할 수 있지만 무언가로는 대체될 수는 없었던 유한한 것들이었는데 말이다. 휴대폰으로 달력을 켜보니 벌써 다음 주가 입동이라고 한다. 체감은 이제서야 가을인 듯했지만 시간은 어느덧 겨울임을 알렸다. 난 그렇게 남들보다 두 달 더 여름에 머물렀고 카즈베기에서 20대의 마지막 여름과 작별했다. 이 글을 쓰는 지금의 난 가지 말라며 애원했던 2024년의 그 계절에 살고 있다. 1년이 지난 지금 많은 게 바뀌었지만 그때의 사진과 차마 이 책에 싣지 못한 글들을 볼 때면 아직도 카즈베기의 풍경이 아른거린다.

방콕 & 치앙마이

여행에서 깨야 할 것, 편견·소매치기 머리

동남아는 처음이라

태국은 정말 오랜만이다. 내가 1995년에 태어났고 지금이 2023년이니 태국에는 29년 만에 방문이다. 맞다. 처음 와봤다는 소리다. 방콕 수완나품 국제공항에 가득한 동양 사람들을 보니 정말로 아시아에 왔구나 싶었다. 터키와 조지아 모두 아시아에 속한 국가였지만 터키와 조지아에서는 보지 못한 사람들의 초록색 여권들이 한국에 가까워졌음을 더욱 실감 나게 했다. 이 무거운 배낭과 지겹디지겨운 비행기와 버스, 택시를 타며 이동하는 귀찮음이 곧 끝난다고 생각하니 속이 후련하기도 했지만 이와 함께 스멀스멀 올라오는 여행의 끝이 보인다는 아쉬움 역시 숨길 수 없었다.

그동안 볼트와 우버를 이용했다면 태국에서는 그랩이라는 앱을 사용했다. 이로써 유명한 택시 앱 세 개를 모두 섭렵한 셈이다. 밖으로 나오니 숨이 턱하고 막힌다. 분명히 카즈베기를 마지막으로 여름과 작별했는데 다시 푹푹 찌는 여름 속을 걷고 있다. 동남아는 처음이라 적응이 안 되는 건지 아니면 내 몸이 적응을 거부하는 것인지는 모르겠지만 거리를 걷고 있으면 불쾌한 공기가 호흡을 거부하게 만들었다. 불쾌지수를 넘어 한 나라에 대한 혐오 지수가 실시간으로 오르는 기분이었다. 태국에서는 오랜만에 호텔에 묵기로 했다. 물가가 저렴하기도 했고 아주 싼 가격의 5성급 호텔을 찾아냈기 때문이다. 물론 타 5성급 호텔과 비교했을 때 저렴한 가격이었지 우리가 지나온 숙소와 비교한다면 결코 저렴하지만은 않았다.

태국에서 기억은 대부분 음식에 관한 기억이다. 태국이 좋았던 가장 큰 이유는 드디어 마음껏 소주를 살 수 있다는 것이었다. 물론 저렴한 가격은 아니었지만 1분 거리에 있는 호텔 안의 편의점에서 소주를 구할 수 있다는 건 애주가인 우리에겐 굉장한 장점이었고 P가 좋아하는 불닭볶음면과 오뎅탕 등 그리워했던 한국 음식을 손쉽게 구할 수 있었다. 태국에 와서 놀란 점은 음식이 제법 맛있다는 점이다. 난 예전부터 날씨든, 사람이든, 음식이든 주제를 막론하고 동남아에 대한 거부감이 있었다. 분명히 무언가를 보고 영향을 받았을 텐데 그게 무엇이었는지 기억이 나질 않는다.

태국 음식을 처음 접한 것은 태국이 아닌 조지아 트빌리시였다. 트빌리시의 숙소에서 문을 열고 나와 30걸음 정도만 걸으면 태국 음식점이 하나 있었는데 이곳에서 그 유명한 똠얌꿍, 팟타이 등을 처음 맛봤다. 이 외에도 레드 커리, 태국식 볶음밥 등 여러 음식을 접했는데 여전히 카이로에서 먹었던 따진에는 비할 수 없지만 상당히 맛있었기에 트빌리시에 머무는 4일 동안 다섯 번은 갔었다. 각설하고 이러한 태국 음식의 좋은 기억들 덕분에 첫

날은 현지 음식을 먹어보자며 더위를 무릅쓰고 밖으로 나왔다. P는 평점이 상당히 좋은 식당을 찾았다며 앞장서 걸었고 그렇게 우리가 도착한 곳은 간판도 태국어, 사장님이 할 줄 아는 언어도 오직 태국어, 메뉴도 태국어뿐인 로컬 느낌이 물씬 나는 작은 가게였다. 번역기 앱을 켜 메뉴판에 적혀 있는 글자들을 번역했지만 우리가 조지아에서 먹었던 팟타이, 똠얌꿍 같은 건 보이지 않았다. 아직도 유일하게 기억나는 건 뱀 머리 수프라고 적혀 있던 섬뜩한 메뉴뿐. P는 사장님과 번역기를 통해 대화하며 마늘보쌈 같은 음식과 밥을, 궁금한 걸 못 참는 나는 뱀 머리 수프를 주문했다. 사장님은 금방 요리를 준비해 주셨고 우리의 도전은 상당히 성공적이었다. 보쌈은 마늘을 잔뜩 갈아 넣어 매콤한 걸 좋아하는 P의 입맛에 딱 맞았고 내가 주문한 뱀 머리 수프는 정말로 뱀 머리인지는 모르겠으나 알 수 없는 고기와 똠얌꿍 같은 매콤, 시큼한 국물이 정말 잘 어우러진 난생처음 맛보는 맛이었다. 굳이 표현하자면 소고기뭇국에 식초를 가득 넣은 냉면 국물을 섞은 그런 맛이었다. 맛있게 먹는 내 모습에 P도 궁금했는지 수프를 맛봤지만 이내 곧 인상을 찌푸리며 "넌 입맛 장벽이 너무 낮은 거 같아."라고 말했다.

태국에서 두 번째로 먹은 음식은 팟타이였다. 트빌리시에서 먹었던 팟타이와는 격이 다른 무려 살면서 처음 가보는 미슐랭 2스타 식당이었다. 시간을 잘 맞추어 간 우리는 기다림 없이 자리에 앉을 수 있었지만 이미 내부는 만석이었다. 모든 좌석이 시골에 있는 정자 같은 좌석이었으나 그 와중에 실내와 야외가 구분되어 있다는 점이 참 재미있었다. 그들이 실내라 부르는 좌석은 이미 만석이었기에 겨우 남아 있던 야외의 두 자리 중 하나에 앉았다. 뱀 머리 수프를 먹었던 가게와는 다르게 미슐랭 식당의 직원은 영어로 대화가 가능했고 메뉴판 역시 영어로 적혀 있었다. 인터넷의 후기를 보니 이곳의 대표 메뉴는 팟타이. 나는 면 요리 중독자였기에 당연히 팟타이를 주문했고 P는 볶음밥을 주문했다. 워낙 유명한 곳이라 조금 기다리자 가게 외부는 줄을 서는 손님으로 가득했고 나는 일찍 와서 다행이라며 안도의 한숨을 쉬는 도중 P가 고개를 치켜들고 머리 위를 보기 시작했다. P의 시선을 따라 고개를 올려다보니 머리 위 정자의 지붕에서 사사삭 거리며 도마뱀 한 마리가 기어다니고 있었다. 앞서 말했듯 P는 살아 있는 모든 동물을 무서워했기에 주문을 취소하고 다른 곳을 가기를 원했지만 미슐랭 요리를 포기할 수 없던 나는 자리를 바꿔주며 P를 어르고 달랬다. 이윽고 팟타이와 볶음밥이 나왔고 우리는 한입 가득 음식을 입에 넣었다. 하지만 아직도 따진의 여파에서 벗어나지 못한 것일까, 아니면 너무 큰 기대를 해서일까. 팟타이는 맛없지 않았지만 그렇다고 놀랍도록 맛있지도 않았고 P 역시 나와 같은 아리송한 표정을 짓고 있었다. 터키에서 음식에 돈을 아끼는 버릇을 버렸다면, 이집트에선 모든 음식을 따진과 비교하는 안타까운 버릇이 생겼다. 우리는 말없이 밥을 먹었고 약간의 아쉬움을 뒤로한 채 가게를 빠져나왔다. 이후 태국에 머물며 미슐랭 스타를 부여받은 식당을 몇 곳 더 가봤지만 먹을 때마다 따진과 비교하며 아쉬워했다. 태국이 좋았던 점은 음식이었지만 반대로 가장 아쉬운 점 역시 음식이었다. 차라리 한국에서 가까운 곳부터 여행을 시작했다면 태국을 조금 더 사랑하게 됐을지도 모르겠다.

떠나간 것에게

방콕에서 머문 호텔은 5성급답게 편의점, 칵테일 바, 수영장, 당구장 등 없는 게 없었는데 이 덕분에 우리는 외출하지 않고도 재미있게 놀 수 있었다. 사실 날씨가 너무 덥기도 했고 더 이상 이 태국이라는 나라를 혐오하기 싫었기에 외출을 최대한 자제했다. 호텔에서의 하루는 아침을 먹고, 포켓볼을 치고, 점심을 먹고, 저녁에 술을 먹고 수영하는 하루의 연속이었다. 오늘도 여느 다른 날과 같이 저녁에 호텔의 칵테일 바에서 술을 한잔하고 샤워를 한 뒤 수영장으로 향했다.(물론 술을 먹고 수영하면 안 되지만 수심이 가슴까지도 오지 않아 괜찮았다.) 난 수영도 하지 못하고 물에 젖는 것도 싫어해 튀니지에서는 발만 담근 채 있었지만 태국을 떠나고 나면 앞으로 내 인생에서 더 이상의 수영장은 없을 걸 알기에 이번에 원 없이 수영을 해보기로 했다. 마침 어제 P와 함께 야시장을 구경하다 싼 가격에 수영복 바지도 구매했다.

저녁 8시, 선선한 바람이 불어와 젖은 몸을 유지하기엔 조금 추웠지만 수영장에는 여전히 사람이 많았다. 수영을 배운 P는 튀니지 숙소의 수영장보다 네 배 정도는 큰 수영장을 이리저리 헤엄쳐 다녔고 난 쉴 새 없이 미끄럼틀을 타며 놀았다. P는 미끄럼틀만 타지 말고 헤엄을 쳐보라 했지만 힘차게 팔다리를 저어도 몸은 계속 가라앉는 저주받은 몸 때문에 겁을 먹은 상태였다. 배영을 하듯 물에 힘을 빼고 누우면 둥실둥실 잘 떠다녔는데 말이다. 구멍이란 구멍으로 물을 다 먹으며 P에게 수영을 배우며 시간을 보내자 어느덧 9시 30분이 넘었고 호텔 관계자는 수영장 이용 시간이 10시까지니 슬슬 나갈 준비를 하라고 일러주었다. 그 시간 수영장에는 나와 P, 그리고 태국인으로 보이는 남자 두 명이 있었는데 남자 둘은 직원의 말을 듣자마자 수영장을 빠져나와 본인들의 옷가지가 있는 선베드로 향했다. 이후 선베드 쪽에서 휘파람 소리가 들려 돌아보니 태국 남자 두 명은 서로의 중요 부위를 만지며 우리를 쳐다보며 웃고 있었다. 아마 게이인 듯했다. 나는 잽싸게 P의 눈을 가렸고 선베드에서 멀찌감치 떨어져 10여 분 정도를 더 머문 뒤 수영장에서 나왔다.

우리는 몸을 닦을 겸 선베드로 향했으나 선베드에는 응당 있어야 할 짐들이 없었다. 내 옷은 물론 내가 쓰던 수건과 P의 파우치, 휴대폰이 사라진 것이다. 호텔 직원이 오기 전까지는 분명히 있던 짐들이 태국 남자들이 수영장을 떠난 뒤 함께 사라진 것으로 보아 그들의 소행이 확실했다. 우리는 수영장에서 나와 칵테일 바의 직원에게 태국 남자들을 봤느냐 물어봤지만 보지 못했다는 답만이 돌아왔고 옷이 없어진 나는 수건을 구해 몸을 가린 뒤 호텔 로비로 달려가 리셉션 직원에게 사정을 말했다. 그러자 직원은 방금 전 태국인 남자 두 명이 외출했다고 알려주었다. 다행인 건 그 둘은 짐을 착각했다며 P의 파우치와 휴대폰을 리셉션에 맡기고 나갔지만 내 옷은 가져가지 않았다고 했다. CCTV를 보여줄 수 있느냐 물었지만 관리자가 퇴근해 내일 아침 6시는 되어야 확인할 수 있다는 답이 돌아왔다. 나는 혹여나 새벽이라도 그들이 체크아웃하려 한다면 연락을 달라고 한 뒤 방으로 돌아왔고 P의 파우치와 휴대폰이라도 찾아서 다행이라 말하며 잠이 들었다.

다음 날 6시 나는 리셉션으로 달려가 직원에게 CCTV를 요구하자 아직 관리자가 출근하지 않아서 7시에 다시 오라며 나를 돌려보냈다. 그렇게 방에서 1시간을 기다린 뒤 7시가 되었고 나는 다시 리셉션으로 갔지만 직원은 관리자가 아직도 출근하지 않았다며 나에게 다시 8시에 오라고 말했다. 화가 난 나는 격앙된 목소리로 따졌지만 직원의 태도는 단호했다. 나는 씩씩거리며 다시 방으로 들어왔고 8시가 되자마자 다시 리셉션으로 달려갔다. 리셉션 앞에 서자 직원은 대뜸 나에게 1,000바트(한화 약 4만 원)를 건네주었다. 돈의 출처를 묻자 어제 P의 휴대폰과 파우치를 가져간 남자들이 나에게 전해주라며 돈을 두고 체크아웃했다는 것이었다. 돈을 주고 갔다는 건 본인들이 범인이라는 걸 자백하는 꼴이었다. 나는 그들이 체크아웃하려 하면 붙잡아 달라고 말하지 않았느냐며 왜 연락하지 않았냐고 소리를 지르며 따졌지만 이미 그들은 떠난 뒤였다. 어떤 식으로라도 보상을 더 받아내야 했던 나는 그들이 내 돈도 훔쳐 갔다며 거짓말을 했고 직원은 나에게 얼마냐고 물었다. 나는 고민도 없이 2,000바트(한화 약 8만 원)이라고 말했고 직원은 잠시 어디론가 전화를 한 뒤 죄송하다며 2,000바트를 건네주었다. 순식간에 10만 원이 넘는 돈을 받았지만 분이 풀리지 않았던 나는 직원과 함께 CCTV를 확인했고 체크아웃 후 호텔 밖을 나서는 그놈들 중 한 명은 분명히 내 옷을 입고 있었다. 소매 부분의 태극기와 등에 큼지막하게 쓰여 있는 'KOREA ARMY' 누가 봐도 내 옷이었다.

나는 방으로 돌아와 P에게 결국 옷을 찾지 못했다 말했고 P는 오늘 받아낸 돈으로 야시장에서 더 예쁜 옷을 사자며 나를 위로했다. 한국에서는 만 원도 안 하는 돈으로 구할 수 있는 옷이었지만 현재 유일하게 가지고 있는 기능성 반팔 티였기에 땀이 줄줄 흐르는 동남아에서 그 가치는 10만 원을 아득히 뛰어넘었다. 평범한 남녀가 훔쳐 갔으면 이렇게 화나지도 않았을 테지만 그들이 게이라는 점이 나를 더욱 분노케 했다. 내 옷을 입고 대체 어디에서 무슨 짓을 했을지, 끔찍한 일을 목도했을 내 옷에게 아직도 미안할 뿐이다.

생각이 많은 것도 지라면

방콕에서의 마지막 날. P와 함께 저녁을 먹은 뒤 호텔로 돌아가는 길에 이런저런 얘기를 나눴다. 대화의 주제는 여행의 연장, 혹은 귀국이었다. 태국 이후 우리의 여정은 확실하지는 않았지만 베트남, 대만, 일본 순으로 여행 후 귀국 예정이었다. 눈에 보이는 여행의 끝이 아쉬웠던 P는 나에게 태국, 혹은 베트남 등 동남아에서 일을 하며 여행 경비를 모은 뒤 여행을 연장하자며 말을 건넸다. 사실 이 주제의 대화는 조지아에서 이미 한 적이 있었다. 당시 P는 나에게 총 몇 개국을 여행할 것이냐 물었고 나는 열하나 혹은 열두 개 정도를 하지 않을까라고 대답했다. 얼마나 많은 국가를 생각한지는 모르겠지만 P는 너무 적지 않냐며 조금 더 길게 여행을 하고 싶은 듯 말했지만 조지아를 여행하는 시점에서 우리는 이미 처음 계획했던 여행 경비인 700만 원을 이미 초과했었기에 나는 이래저래 생각이 많은 상태였다.

다시 방콕 얘기로 돌아와 일을 하며 여행 경비를 충당하자는 P의 제안은 모든 여행자들에겐 가장 이상적인 방법이었고 우리에게도 해당되었지만 문제가 되는 건 한국에서의 고정 지출이었다. 좋은 게 좋은 거라지만 슬슬 책임져야 할 것들이 많아진 나는 마냥 웃으면서 여행을 지속하기엔 현실적으로 신경 써야 할 것들이 너무 많았다. 차 할부금, 차 보험료, 개인 건강 보험료, 부모님의 보험료, 휴대폰 요금, 기타 OTT 비용 등 숨만 쉬어도 돈이 나가는 현실에 고정적인 수입원 하나 없이 여행을 지속한다는 건 나에겐 정말 큰 부담으로 다가왔다. 여행하며 찍고 싶었던 쉼표는 마음이 아닌 숫자들 사이에 찍혔고 통장 잔고가 되어 나를 비참하게 만들었다. 물론 P의 말마따나 일을 한다면 수입이 생기겠지만 태국의 평균 월급은 35만 원 전후였고 이는 내 고정 지출에는 한참을 못 미치는 수준이었기에 밑 빠진 독에 물을 붓는 격이었다. 조지아에서는 “그래, 마지막 여행이 될 수도 있으니 조금 더 즐기자."라는 마음으로 여행을 지속했고, 분명 그건 그 당시 최선의 선택이었다. 하지만 최선의 선택이 항상 최선의 결과를 가져다주지는 않았다. 태국을 여행하며 경비는 어느새 800만 원을 넘어섰기에 난 P에게 절대로 여행을 더 연장할 수 없다고 단호하게 못을 박았다. 누구는 집도 사고 누구는 결혼도 하는 마당에 자기 계발을 운운하며 여행하며 흥청망청 돈을 쓰고 있는 내 모습에 점점 자괴감이 들기 시작했다. P는 계속 나를 설득했지만 단호하게 거절하는 내 모습에 결국 포기했고 난 조금은 풀이 죽은 P의 뒷모습을 보며 숙소에 도착했다.

속상해하는 P의 모습이 안타까웠지만 그보단 내가 처한 현실이 더 안타까웠다. 밖으로 나갈 땐 알록달록했던 세상이 숙소 문을 열고 들어오자 흑백으로 칠해졌다. 유채색에서 무채색이 되어버린 세상은 자기 비관을 증폭시켰고 이는 점점 날 갉아먹었다. 울고 싶었다. 눈물 좀 흘린다고 돈이 생긴다면 몇 바가지고 채워줄 수 있었지만 어릴 때와는 다르게 어른인 내가 운다고 해서 해결되는 일은 하나도 없었다. 어른이 되는 것이 무서운 이유는 나는 아직도 어린애인 것 같은데 날 보는 시선이 점점 바뀐다는 것이었다. 난 친구들의 고민을 들어줄 때면 때로는 무거운 쓴소리를, 때로는 진심 어린 위로를 건네며 또래에 비해 어른스럽다는 얘기를 종종 듣곤 했는데 정작 난 문제를 마주할 때면 회피나 자기 비관을 일삼는 겉모습만 화려하게 부실 시공된 건물 같은 어른이 되어 있었다. 그동안 타인에게 해주었던 수많은 조언들은 사실 내가 타인에게 듣고 싶었던 말이었는지도 모르겠다.

생각이 깊다는 건 장점이지만 생각이 많다는 건 결코 장점이 될 수가 없었다. 나는 아인슈타인이나 처칠 같은 사람이 아니기에 내가 하는 생각들은 쓸모없는 허섭스레기 같은 것들뿐이었고 이는 날 수렁 속으로 밀어 넣을 뿐이었다. 그나마 다행인 건 이런 비관적인 생각은 절대 하루를 넘기지 않는다는 것이다. 새벽 내내 오만 가지 나쁜 생각이 다 들다가도 한숨 자고 일어나면 "어젠 왜 그랬지." 하면서 다시 멀쩡한 상태로 돌아오곤 했다. 하지만 수영장에서 옷을 도둑맞았을 때 2,000바트가 아니라 2,000만 원이 없어졌다고 말했으면 어땠을까라는 못된 생각이 하루 종일 머릿속을 떠나지 않았다.

리뷰의 정확도

치앙마이이다. 계획에는 없었지만 비행깃값이 말도 안 되게 저렴했기에 궁금해서 P와 긴 의논 끝에 한 번 와보기로 했다. 아, 더 이상 돈 얘기는 안 하기로 했다. 원하는 대로 쓰되 정말 필요한 곳에만 쓰며 낭비하지만 않기로 합의했다. 방콕에서 갔던 야시장에서 P의 어지럼증이 또 도졌던 터라 숙소는 시내 중심지와는 좀 떨어진 곳에 있는 조용한 호텔로 예약했다. 사진으로 본 호텔은 크고 멋졌지만 리뷰에는 상당히 오래된 호텔이라 방음이 잘되지 않고, 낮은 층의 객실에서는 도마뱀, 바퀴벌레, 개미가 나온다는 글이 자주 보였다. 별다른 선택지가 없기도 했고, 벌레가 나온다는 후기가 쓰여 있던 곳 중 실제로 무언가가 나온 적은 없었기에 크게 신경을 쓰지는 않았다. 호텔 입구로 다가서자 나름 큰 호텔답게 컨시어지가 나와 짐을 들어주었고 향기롭지만 어디선가 맡아본 듯 상당히 익숙한 냄새가 코를 감쌌다. 아, 어디서 맡아봤더라, 곰곰이 생각하던 중 21살 처음으로 갔던 해외여행지인 괌이 떠올랐다. 그때 난 레오팔레스라는 호텔에 묵었었는데 그 호텔 내부에 있는 마트에서 맡았던 냄새였다. 이런 걸 프루스트 현상이라고 했던가, 잘 모르겠다.

내가 추억에 잠겨 호텔 로비를 이리저리 둘러보는 동안 P는 체크인을 하고 있었다. P는 호텔 리뷰를 열심히 본 듯 높은 층에 있으며 창문으로 수영장이 보이는 객실을 요구했다. 여기가 예쁘다나 뭐라나. 다행히 P가 요구한 객실은 공실이었고 우리는 원하는 방을 얻을 수 있었다. 9층에 있는 방의 내부는 리뷰에서 본 사진과 똑같았다. 사실 동남아 정도 오면 어딜 가도 저렴하고 방 컨디션도 평균 이상이기에 크게 놀라지도 않았다. 글을 쓰는 지금쯤이면 무너졌을 듯한 이집트 숙소와 숨쉬기도 싫던 조지아의 반지하 숙소 생활을 하던 게 엊그제인데 이젠 이 정도 숙소에서도 크게 기쁘지 않다. 괜히 한국 사람들이 동남아 여행을 많이 가는 게 아니다. 해가 지고 저녁 늦게 도착한 우리는 짐을 풀자마자 부리나케 숙소 앞 편의점으로 달려갔다. 태국에서는 술을 살 수 있는 시간이 정해져 있었기에(17:00~24:00) 늦으면 이 힘든 하루 끝에 맥주 한 캔도 먹지 못하고 잠이 들어야 했기 때문이다. 마트에 도착한 우리는 맥주와 이제는 익숙해진 불닭볶음면을 계산한 뒤 방으로 돌아와 알코올과 매운맛에 절여져 잠이 들었다.

이튿날 시끄러운 소리에 문을 열어보니 중국인들이 복도에서 왁자지껄 떠들고 있었다. 방음이 안 된다던 리뷰는 정확했다. 난 중국인들이 우리 방에 들어온 줄 알았다. 어젯밤 맥주를 너무 많이 마신 우리는 격한 갈증과 속쓰림을 겪고 있었고 해장이 절실히 필요했다. P와 나는 술을 마신 다음 날이면 항상 냉면으로 해장했기에 P는 구글맵에 냉면집을 검색했고 운이 좋게도 숙소에서 10분 거리의 삼겹살집에서 훌륭한 냉면을 판다는 리뷰를 발견했다. 우린 간단하게 씻은 뒤 2시가 넘어서야 식당으로 향했다. 식당은 개업한 지 얼마 안 된 듯 하얗고 깔끔했으며 내부 곳곳에 반가운 한글들이 쓰여 있었다. 목적은 해장이었으나 끼니때를 놓쳐 고기도 같이 먹기로 했고 P가 죽고 못 사는 파김치도 메뉴판에 보였기에 함께 주문했다. 시간이 지나자 고기와 밑반찬이 나왔고 뒤이어 냉면도 나왔다. 밑반찬이 어찌나 많은지 테이블에 자리가 부족해 몇몇 반찬과 물은 의자에 올려놓고 먹어야 할 지경이었다. 이 식당의 리뷰에는 냉면뿐 아니라 반찬에 대한 칭찬도 상당히 많아서 기대를 했는데 반찬들의 맛도 훌륭했으며 특히 파김치 맛이 정말 훌륭했다. 원래 목적이었던 냉면 역시 우리를 실망시키지 않았는데 냉면을 1년에 30번 이상 시켜 먹으며 친구들 사이에서 냉친놈(냉면에 미친놈)이라 불리는 내 까탈스러운 입맛에 쏙 들었다. 우리는 걸신들린 사람처럼 냉면과 고기, 반찬 그릇들을 설거지하듯 먹어 치운 후 다시 숙소로 돌아와 침대에 누워 저녁까지 낮잠을 잤다. 배부르니 졸리고 눈뜨니 배고파하는 미취학 아동 같은 하루는 유아 퇴행의 이해를 도왔다.

한번 뱃속에 기름칠을 하니 P는 또다시 고기를 원했고 이번엔 곱창을 먹으러 가기로 했다. P가 이번에 찾은 곳은 치앙마이에서는 제법 유명한 '떵뗌또'라는 식당이었다. 이곳의 리뷰는 곱창구이 찬양으로 가득했는데 내부의 손님 6할 이상이 한국인이었고 모든 한국인들의 메뉴가 모두 똑같이 생긴 걸 보니 다들 곱창구이를 먹고 있는 듯했다. 자리에 앉자 직원은 익숙한 듯 곱창구이를 주문할 거냐며 물었고 P는 곱창구이를, 나는 목살구이를 주문했다. 맛은 리뷰에서 쓰인 대로 맛있다는 말로 설명할 수 있었다. 아, 물론 나는 곱창을 좋아하지 않고 많이 먹어보지도 않아 판단이 어려웠지만 P의 말을 빌리자면 한국의 곱창과는 다르며 소시지와 곱창이 섞인 듯한 훌륭한 맛이라고 했다.

우리는 정확한 한국인들의 리뷰에 놀라고 그 결과에 만족스러워하며 숙소에 들어왔고 P는 화장을 지우기 위해 세수를 하려 화장실로 들어갔다. P는 화장실로 들어가자마자 비명을 질렀고 깜짝 놀란 난 문밖에서 이유를 물었다. P는 조용히 문을 열었고 화장실로 들어가자 세면대는 까만 먼지 같은 것들로 뒤덮여 있었다. 자세히 보자 먼지처럼 보였던 모든 게 개미였다. 어제까진 한 마리도 없었는데 이 수많은 개미들이 어디서 들어온 건지 모르겠다. 불안해진 우리는 방에 있는 테이블도 확인했고 개미들은 당연히 테이블 위에서도 발견되었다. 다행인 건 바닥에 널브러져 있던 배낭 속에는 개미가 들어가지 않았다. 우린 밤새 개미들을 잡느라 새벽이 넘어서야 잘 수 있었고 그다음 날도, 그다음 날도 개미를 잡으며 밤을 새워야 했다. 이런 것까지 정확할 필요는 없었는데, 한국인들의 리뷰는 소름 끼칠 정도로 정확했다.

요크와 함께 춤을

치앙마이 여행기를 쓰자니 이 녀석 얘기를 빼놓을 수가 없다. 이름은 요크. 치앙마이의 어느 펍에서 친해진 유쾌한 친구이다. 이 녀석을 처음 만난 건 치앙마이에서의 셋째 날이다. 나와 P는 노을을 볼 겸 치앙마이의 번화가인 님만해민 쪽을 걸으며 산책하고 있었다. 지난밤 개미를 잡느라 스트레스가 쌓였는지 P는 술을 한잔하고 싶다고 말하며 나를 근처 칵테일 바로 이끌었다. 바는 님만해민의 중심가에 있는 어느 건물의 2층에 자리 잡고 있었으며 현지인보단 외국인 손님들이 주를 이루는 곳이었다. 바 내부는 온통 검은색으로 칠해져 있었으며 조명도 어두웠기에 밝고 활기찬 거리와는 상당히 대조되었다. 두세 개 정도 피워놓은 인센스의 연기가 테이블 위로 어슴푸레 피어올랐고 테이블 옆의 흡연 부스에서 스미는 쿠바나 더블 담배 향이 인센스 향과 미묘하게 뒤섞여 몽환적인 느낌이 들었다. 스피커에서는 〈Childish Gambino – Redbone〉이 흘러나왔고 이 노래가 바의 분위기에 더욱 힘을 실어주었다.

바의 손님들은 들릴 듯 말 듯 귓속말 같은 속삭임으로 대화를 이어갔고 이 비밀스러운 바의 컨셉이 우리 둘에게도 상당히 잘 맞았다. 나는 P의 추천을 받아 칵테일을 주문했고 조용하게 개미를 처리할 방법에 대해 얘기했다. 이런 하찮은 대화 주제도 외국인들 눈에는 비밀스러운 대화로 보일 걸 생각하니 피식 웃음이 나기도 했다. 나는 빠르게 한 잔을 다 마신 뒤 담배를 피우기 위해 흡연실로 향했다. 흡연실은 베란다에 조그맣게 공간을 내어 만들어 놓은 듯 바깥과 이어져 있어 님만해민의 거리가 내려다보았다. 바의 맞은편 1층에는 커다란 보름달 모형이 인상적인 펍이 하나 있었는데 P가 보름달을 참 좋아했기에 '2차는 저곳으로 가면 되겠다.'라고 생각하며 담배를 피운 뒤 다시 P의 옆자리에 앉았다. 우리는 각각 한 잔씩 더 마신 뒤 바를 빠져나왔고 난 P를 흡연실에서 본 펍으로 데려갔다.

예상대로 P는 보름달 모형을 상당히 마음에 들어 했다. 우리는 보름달 앞에서 사진을 몇 장 찍은 뒤 펍 안으로 들어갔다. 아직 초저녁인 7시였던 터라 손님은 우리뿐이었지만 오히려 조용해서 좋았다. 라이브 펍인 듯 내부에는 무대와 악기들이 세팅되어 있었고 한국인들을 위한 소맥과 막걸리도 팔고 있었다. 우리는 소맥을 주문했고 뒤이어 근육질의 덩치 큰 종업원이 소맥을 가져다주었다. 이 녀석이 앞서 말한 요크다. 요크는 손님이 없어서 심심했는지 우리 테이블에 같이 앉아 맥주를 마시며 대화를 이어갔고 그렇게 얘기를 나누며 조금씩 친해졌다. 9시가 조금 넘자 라이브 밴드가 들어와 노래하기 시작했고 펍은 이내 곧 만석이 되었다. 손님들이 들이차자 요크 역시 자리에서 일어나 동분서주하게 움직이며 바삐 일했다. 밴드는 1시간마다 바뀌었고 어느 밴드는 유일한 한국인이었던 우리를 위해 소녀시대 노래를 불러주기도 했다.

펍에는 요크 외에 몇 명의 직원이 더 있었는데 11시가 지났을 무렵 재미있는 일이 벌어졌다. 무언가 급한 일이 생긴 듯 요크를 비롯한 직원들이 모두 모여 뭔가를 조용히 이야기하기 시작했고 나중에는 밴드도 모여 다 같이 수군거리기 시작했다. 그들의 수군거림은 10여 분이 지나서야 끝이 났고 시간은 어느덧 11시 30분이 되어 있었다. 곧 주류 판매 금지 시간이라 펍도 문을 닫아야 했기에 밴드도 마지막 곡을 준비했다. 연주가 시작되었고 마지막 곡은 〈Bruno mars – Marry you〉였다. 신나는 연주와 노래가 이어지던 중 후렴 부분에서 가게는 암전이 되었고 밴드의 연주도 멈췄다. 곧 하나의 조명이 켜졌고 조명은 밴드가 아닌 밴드 앞 테이블에 혼자 앉아 있는 여자를 비추었다. 잠시 후 펍의 직원 중 한 명이 여자 앞으로 다가가 무릎을 꿇으며 반지를 꺼냈고 여자의 손에 반지를 끼워주며 청혼을 했다. 여자는 웃으며 청혼을 승낙했고 펍의 모든 조명이 켜지며 밴드는 후렴을 연주하며 노래를 불렀다. 내부는 순식간에 환호성으로 가득 찼고 손님들과 직원들은 박수를 치며 그들을 축하해 주었다.

펍에서 청혼이라니, 뜬금없다는 생각이 들다가도 구체적인 과학적 지식에 기반하지 않는 사랑이라는 감정의 궁극적인 형태를 눈앞에서 볼 수 있다는 것도 인생의 크나큰 축복이었다. 그들의 청혼과 밴드의 연주를 끝으로 펍은 문을 닫았고 밖으로 나와 담배를 피우고 있을 때 요크가 다가와 한 잔 더 하지 않겠냐며 물어왔다. 물론 아쉽긴 했지만 이미 시간은 12시를 넘겼기에 물리적으로 술을 더 마실 방법이 없었다. 하지만 요크는 사실 자신도 치앙마이에서 펍을 운영하고 있고 경찰의 단속을 피해 새벽 3시까지 영업을 하니 자신의 펍으로 가자며 나와 P를 꼬드겼다. 단속에 걸릴까 망설여지기도 했지만 요크는 단 한 번도 걸린 적이 없다며 큰소리쳤고 우리는 그 말에 현혹되어 휴대폰을 꺼내 택시를 부르기 시작했다. 그러자 요크는 자신의 오토바이로 가면 된다며 오토바이를 끌고 오더니 나를 뒤에 태웠고 펍에서 같이 술을 마시던 요크의 친구 메튜가 P를 태워 펍으로 향했다.

돌이켜 보면 술을 마시고 운전하는 그들이나 좋다고 뒤에 탄 우리나 전부 제정신이 아니었다. 10분 정도를 달려 도착한 요크의 펍은 외부에서 보기엔 문을 닫은 듯했지만 문틈 사이로 조그맣게 노래가 흘러나오고 있었다. 문을 열고 들어가자 시끄러운 클럽 음악이 흘렀고 라이브 밴드 대신 디제이가 있었다. 펍에는 우리 말고도 몇몇 손님들이 있었고 도대체 언제 온 건지 아까 청혼하던 커플도 와 있었다. 요크는 돈은 받지 않을 테니 원하는 만큼 마음껏 마시라 했고 나와 P, 요크와 메튜는 테이블에 앉아 미친 듯이 술을 마시기 시작했다. 왁자지껄 술판을 벌이고 있자 요크는 자리에서 일어나 어디론가 가더니 청혼하던 커플을 테이블로 데리고 왔고 그들을 제이크와 세라라고 소개해 주었다.

우리 여섯 명은 같은 또래여서인지 술기운 때문인지 금방 친해졌다. 요크는 디제이에게 한국인 친구들이 왔으니 한국 노래를 틀어달라 요구했고 펍에서는 씨스타와 빅뱅의 노래가 울려 퍼졌다. P와 세라는 신이 나서 춤을 추기 시작했고 나는 잠시 메튜와 담배를 피우기 위해 가게 밖으로 나왔다. 메튜는 담배를 피우던 내게 보드카를 좋아하냐고 물었고 그렇다고 대답하자 나를 바로 옆 펍으로 나를 이끌었다. 이곳 역시 요크의 펍처럼 문을 닫은 듯 보였으나 몰래 영업 중이었고 메튜는 바의 사장과 친한 듯 자연스레 인사를 나눴다. 바의 사장은 메튜의 친구라면 언제든 와서 공짜로 먹어도 좋다며 보드카 샷을 계속 내어주었다. 메튜는 본 지 3시간도 되지 않았고 바의 사장님은 방금 처음 봤는데 뭘 믿고 내게 자꾸 술을 주는지 모르겠지만 난 좋은 게 좋은 거라며 생각하며 메튜와 연거푸 보드카를 마셨고 시간은 어느새 3시에 가까워졌다. 집으로 가기 위해 밖으로 나오자 P와 요크는 나를 찾는 듯 두리번거리고 있었다. 만취한 우리는 택시를 부르기 위해 휴대폰을 꺼냈다. 그러자 요크는 본인이 이미 택시를 불렀다며 잠시만 기다리라고 했다. 곧 택시가 도착했고 요크와 메튜는 SNS 아이디를 알려주며 무슨 일이 생기면 연락하라고 했다. 우리는 무사히 숙소에 도착했고 요크에게 감사 인사를 전한 뒤 잠이 들었다. 눈을 뜨니 점심이었고 P와 짬뽕을 먹으며 해장을 하고 있을 때 요크에게 메시지가 왔다.

"오늘은 몇 시에 올 거야?"

오늘도 무사히 넘기긴 힘들 것 같다.

다낭

끝까지 맑을 수 없던 다낭이 준 선물

쌀국수 중독

김치는 세계적으로 유명한 한국의 대표 음식이다. 그래서 그런지 간혹 외국인 친구들이 묻는다. 유명하긴 하지만 매일 먹는 음식은 아니지 않냐고. 그때마다 난 대답한다. 한국 사람들은 하루도 빠짐없이 김치를 먹으며 김치 없이는 못 산다고. 그럴 때마다 친구들은 거짓말하지 말라며 놀라곤 한다. 일본에서는 초밥이 유명하지만 일본인은 매일 초밥을 먹지 않으며 대만 사람도 매일 딤섬을 먹지는 않는다고 한다. 하지만 베트남 사람들은 매일 쌀국수를 먹었다. 닭고기, 돼지고기 등 재료가 조금씩은 달라졌지만 정말 매일매일 먹었다. 물론 쌀국수는 정말 맛있는 음식이다. 나 역시 아직도 부다페스트와 트빌리시에서 먹은 쌀국수의 맛을 잊지 못해서 베트남까지 와버렸으니 말이다.

태국과 베트남의 차이는 사실 아직도 잘 모르겠다. 말을 알아들을 수 없는 것도, 습하고 더운 것도 똑같았다. 눈에 띄는 차이점이 있다면 길거리에 쌀국숫집이 조금 더 많아졌다는 것 정도였다. 베트남에 온 이유는 오로지 쌀국수를 먹기 위함이었기에 우리는 숙소도 들리지 않고 배낭을 멘 채 쌀국숫집으로 향했다. 분짜, 모닝글로리, 반쎄오 등 베트남을 대표하는 음식은 다양했지만 첫 끼니부터 새로운 도전을 하고 싶지는 않았다. 쌀국수를 여러 번 먹어본 결과 닭고기가 들어간 쌀국수가 가장 내 입맛에 맞았기에 이번에도 같은 걸 주문했고 역시나 이번에도 성공적이었다. 참 신기한 건 부다페스트와 트빌리시 그리고 다낭까지 모두 다른 곳에서 먹었는데 맛은 다 똑같았다. 프랜차이즈도 아닌데 어쩜 이리 한 치의 오차도 없이 같은 맛이 나는지 참 신기했다. 한국의 냉면 맛집은 대부분 기성품 육수를 사용한다는 글을 어디선가 봤는데 쌀국수도 그러지 않을까라는 의심이 피어올랐다. 다낭에는 비가 예보되어 있었기에 우리는 빠르게 식사를 마치고 숙소로 향했다.

요크와 먹은 술의 숙취가 다 풀리지 않은 건지 여독이 쌓인 건지 숙소에 도착하자 피로가 몰려왔고 우리는 짐을 풀자마자 잠이 들었다. 다낭에는 정오가 되기 전에 도착했었기에 푹 자고 일어났음에도 4시가 채 되지 않았다. 면을 먹어서 그런 걸까. 우리는 일어나자마자 다시 배고픔을 호소했고 그렇게 다시 쌀국수를 먹으러 거리로 나섰다. 쌀국수의 나라답게 한 블록에 두세 개의 쌀국숫집이 있었고 거리에 즐비한 가게들은 우리를 더욱 혼란스럽게 만들었다. 우리는 장고 끝에 걸어서 20분 정도 거리에 있는 어느 식당으로 들어갔다. 파스텔 톤의 가게는 오늘과 같이 흐린 날 더욱 눈에 띄었고 가게 내부에는 한국인들이 꽤 많이 보였다. 그동안의 경험으로 미루어 보았을 때 한국인이 많다는 건 맛집이라는 방증이었고 이 공식은 단 한 번도 빗나간 적이 없었기에 우리는 쾌재를 불렀다. 가게엔 손님이 워낙 많았기에 10분 정도를 기다린 후 자리에 앉을 수 있었다. 쌀국수만으로는 부족함을 느꼈던 우리는 이번엔 분짜와 모닝글로리도 함께 주문했다. 모두 이름은 익숙했지만 먹어본 적도, 실제로 본 적도 없었기에 식탁에는 알 수 없는 긴장감이 맴돌았다. 음식이 나왔고 우선 쌀국수부터 한입 맛봤다. 아뿔싸, 고수를 빼달라는 걸 깜빡했다.

엄마의 에센스 같은 쌀국수 다음으로 먹어볼 음식은 모닝글로리. 겉보기에는 그냥 시금치 혹은 부추 같았다. 새로운 음식을 도전한다는 건 큰 용기를 필요로 했지만 입에 차고 넘치는 에센스 향을 없애기 위해 나는 모닝글로리를 한 움큼 입에 쑤셔 넣었다. 시금치라 하기엔 너무 고소하고 부추라고 하기엔 쓴맛이 하나도 없었다. 명이나물 같기도 했다. P도 마음에 들었는지 엄지를 치켜올리며 모닝글로리를 먹어댔고 그 사이 난 분짜로 젓가락을 옮겼다. 아니 이건 또 뭔가. 같은 면 요리인데 쌀국수와는 또 다른 극상의 맛이었다. 이런 맛있는 음식들은 어디 숨어 있다가 이제야 나타나는지, 내 세상이 작았음을 이 작은 접시에 담긴 음식들로 알게 되었다. 우리는 정신없이 밥을 흡입했고 30분이 채 되지 않아 그릇을 깨끗이 비웠다. 그동안의 여행 중 유일하게 카이로의 피쉬앤칩스와 견줄 수 있는 식당이었는데 가게 사진을 찍어놓지 못해 위치가 기억나지 않는 게 아직까지 한이다.

시간은 흘러 저녁이 되었고 우리는 이번에도 쌀국수를 먹으러 나왔다.

이제는 조금 물리긴 했지만 베트남의 여행 기간은 길지 않았기에 최대한 많이 먹어둬야 했다. 이번에 도착한 곳은 해산물 요릿집. 물론 쌀국수도 메뉴에 있었다. 우리는 오징어와 새우 요리, 쌀국수를 시킨 뒤 맥주도 한잔하기로 했다. 이번엔 고수를 빼달라는 말도 잊지 않았다. 검색하지 않고 즉흥적으로 간 식당이었으나 역시나 늘 먹던 그 쌀국수 맛이었다. 맛있었다. 밥과 맥주를 한잔 마시며 가게를 둘러보던 중 가게 구석에 'Cash only'라는 문구가 보였다. 현금이 없던 난 P를 가게에 앉혀두고 가까운 현금인출기를 찾아 나섰다. 구글맵 상 가장 가까운 곳은 걸어서 15분 정도 거리였고 나는 소화도 시킬 겸 천천히 걸어갔다. 내 걸음이 빠른 건지 구글맵이 잘못된 건지 난 생각보다 빠르게 현금인출기에 도착했고 돈을 뽑기 시작하자 갑자기 하늘에 구멍이라도 뚫린 듯 비가 억세게 쏟아지기 시작했다. 5분이면 그칠 줄 알았던 비는 10분이 지나도 그칠 기미가 보이지 않았고 우산이 없던 난 기다리는 P를 위해 그냥 맞으며 뛰어가기로 했다.

가게 앞에 도착했을 때는 이미 샤워를 마친 듯 온몸이 다 젖어 있었고 P와 가게 사장님은 그런 나를 걱정스러운 눈으로 보고 있었다. 난 죄송하다며 손에 쥐고 있던 다 젖은 지폐를 건넸지만 사장님은 웃으며 받아주셨다. 우산이 없던 우리는 집까지 뛰어가기로 했고 더 이상 젖을 것도 없던 난 깊은 물웅덩이 위를 뛰어다니며 난장을 벌였다. 집까지는 조금 거리가 있었기에 P 역시 비에 쫄딱 젖었고 결국 우리는 집까지 물장구를 치며 수영을 하듯 거리를 뛰어다녔다. 낭만이라는 배를 타지는 않았지만 빗속을 뛰어다니는 우리의 오늘도 제법 눈부셨다. 다낭의 낭만은 쌀국수 면발을 타고 흘렀다.

눅눅한 게 싫지만은 않아서

곤두박질치는 햇빛이 그리워질 줄 누가 알았을까. 매일 갱신되는 최고 기온에 한숨을 내쉬다가 이제는 기약 없이 내리는 비에 헛숨을 들이킨다. 공교롭게도 내 첫 베트남 여행은 태풍과 함께했다. 여행이고 뭐고 밖으로 한 걸음조차 내디딜 수 없이 비가 사정없이 퍼붓는 베트남에서의 둘째 날이었다. 11월에 태풍이라니, 인터넷이 없었다면 어젯밤처럼 소나기로 착각해 밖으로 나갈 뻔했다. 어제 빨아놓은 빨래들의 섬유 유연제 냄새와 열어둔 발코니 문 사이로 들어오는 비 젖은 개흙 냄새가 뒤섞여 온 방 안을 낮게 채웠다. 더우면서 습한 것보단 시원하면서 습한 게 낫지 않냐며 연신 나를 위로했지만 밖으로 나갈 수 없다는 현실은 개탄스럽기 그지없었다. 비가 그치지 않는다면 오늘 하루, 아니 어쩌면 베트남을 떠나기 전까지 내가 할 수 있는 건 이 네모나고 각진 숙소 안에서 곳곳에 퍼진 이 몽롱한 냄새를 맡는 일뿐일 것이라 생각하니 더 이상 가만히 앉아 있을 수가 없었다. 할 일을 찾아야 했다.

소파 옆 쓰러져 있는 가방을 뒤적거려 튀니지 이후 꺼낸 적 없던 노트북을 꺼냈다. 글을 쓰기로 했다. 하지만 당연하게도 곱게 써질 리는 없었다. 하고 싶어서 하는 것과 해야만 해서 하는 것은 같은 능동이라도 전혀 다른 효율을 이끌어냈다. P가 틀어놓은 유튜브의 웅얼거리는 소리도 방해에 큰 지분을 차지했다. 밖을 나가지 못한다면 숙소 안에서라도 사진을 찍어볼까 싶어 이번엔 카메라를 꺼냈다. 내팽개쳐진 배낭과 카메라 가방, 정신없이 널려있는 빨래, 소파에 널브러져 있는 P를 보니 카메라를 다시 가방 안에 넣을 수밖에 없었다. 괜히 다시 노트북을 만지작거렸다. 그때 눈에 들어온 바탕화면의 무제 폴더. 폴더를 더블클릭하자 안에는 지나온 여행의 사진이 빼곡하게 차 있었다. 그나마도 튀니지에서 멈춰 있었지만. 이집트, 조지아, 터키, 태국 지나온 여행의 사진들을 정리할 시간이 이리도 없었나. 난 카메라 속 메모리카드에 있는 사진들을 노트북으로 옮기기 시작했다.

두 개의 메모리카드에서 옮긴 사진의 개수는 약 3,000장. 태국에서 찍은 사진은 10장 남짓이었으니 이집트, 조지아, 터키 세 나라에서 각각 1,000장씩 찍은 셈이다. 오랜 시간에 걸쳐 사진을 하나하나 훑어보았다. 사라, 타샤드와 함께한 피라미드, 카즈베기 트레킹 중 어렵게 도착했던 차우키 호수, 달이 참 예뻤던 안탈리아의 라라 비치 등 3,000장의 추억이 속절없이 쏟아져 내렸다. 숙소와 바깥의 온도차가 만들어 낸 습기가 창문에 차오르듯 격동하는 과거의 기억과 적요한 오늘날의 하루가 만들어 낸 추억이라는 습기가 머릿속을 가득 채웠다. 범람하는 추억을 갈무리하기 위해 잼을 만들듯 사진을 지우며 추억을 졸이기 시작했다. 모든 것은 추억이기 이전 한 장의 사진이었기에 초점이 안 맞거나, 눈을 감은 사진 등을 한 장 한 장 지워내다 보니 남은 사진은 2,000장 남짓, 줄어든 가짓수만큼 정갈하게 갈무리된 머릿속이 안정을 찾자 난 천천히 사진을 보정하기 시작했다. 수더분한 작업이었다.

시간이 얼마나 지났을까 P가 소파에서 일어나 맥주를 한 캔 가져와 내 옆에 앉았고 노트북을 빤히 바라보다 내게 말을 걸었다. "내가 해봐도 돼?" 사진 보정은 조용한 환경에서 하는 게 능률이 좋아 항상 P가 잠든 시간에만 했었기에 처음 보는 사진 보정이 P에겐 재미있어 보인 듯했다. 마침 P의 사진을 보정하고 있던 터라 나는 흔쾌히 P에게 노트북을 건네주었다. P는 원하는 대로 잘되지 않는지 인상을 찌푸렸고 난 미리 만들어 놓은 프리셋이 있으니 거기서 조금씩 색감을 바꿔보라며 팁을 주었다. 난 프리셋의 이름을 보정한 색감을 보며 떠오르는 이미지로 저장하는데 예를 들면 해가 비치는 다다미, 물기가 덜 닦인 유리잔, 눅눅한 방울토마토 이런 식이다. P는 눅눅한 방울토마토라는 프리셋의 설정값을 이리저리 바꿔보더니 완성했다며 사진을 보여줬다. 하지만 밝기를 너무 높여 명부는 날아가 버렸고 암부는 과하게 밝아져 노이즈투성이가 되어 있었다. P는 몇 장의 사진을 더 만져보더니 흥미를 잃은 듯 보정을 멈추고 그냥 사진을 구경하기 시작했고 사진을 넘길 때마다 그 당시의 하루를 떠들어대기 시작했다. 쓸모없는 우산을 하루 종일 들고 다녔던 이스탄불, 마라탕 재료를 사러 돌아다니던 트빌리시, 두리안 맛 아이스크림을 팔던 방콕의 눅진한 거리 얘기 등 모두 여즉 식지 않은 여름 맛 얘기들이었다. 속절없이 쏟아지는 추억에 등 떠밀려 내몰린 여름 끝자락의 기억을 지우려 문지르다 더 짙게 번져버린 꼴이 되어버린 것이다.

얘기는 3,000장만큼 길었으나 2,000장만큼 졸여져 진득했고 어떤 얘기는 머리가 삐쭉 솟을 만큼 달았으며, 어떤 얘기는 입을 게워 내고 싶어 물을 몇 잔씩 먹게 하기도 했다. 사진을 보며 대화하다 보니 어느덧 저녁이 되었고 나는 담배를 한 대 피울 겸 숙소 밖으로 나왔다. 비는 잦아들었지만 그치지는 않았고 숙소의 처마 끝에서 떨어지는 빗방울이 슬리퍼 사이로 삐져나온 발에 연거푸 튀었다. 지독하게 싫어하는 비와 여름이 발끝에 닿는 느낌이 이젠 그렇게 싫지만은 않았다. 아니 여름을 떠날 생각을 하니 다시 초여름의 불안과 늦여름의 끈적함에서 늦장을 부리고 싶었다. 가장 뜨겁고 긴 계절이어서 그럴까 가장 무성한 기억들이 여름에 즐비해 있었다. 지독하게도 축축했던 하루의 해가 저물어 간다. 다음에 또 누군가와 다낭에 온다면 그때도 여름이면 좋겠다고 생각했다. 물론 다낭은 1년 내내 여름이겠지만 그래도 여름이면 좋겠다. 오늘처럼 지독하게도 눅눅하고 습기로 가득 찬 그런 진짜 여름 말이다.

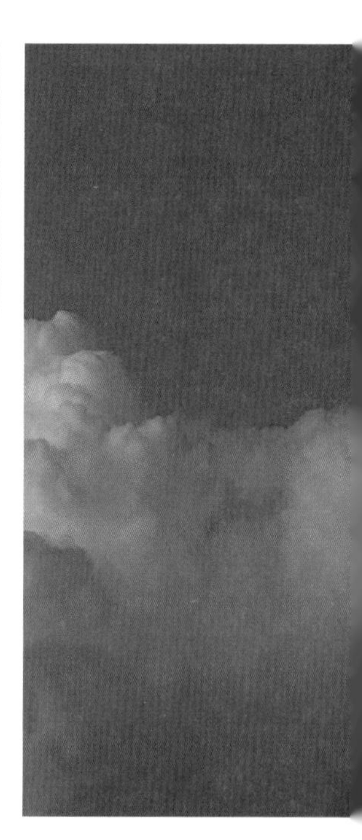

다낭, 다 낭만

시끄러운 소리에 이른 아침부터 잠이 깬 다낭에서의 마지막 날이었다. 창문 밖을 보니 결국 마지막 날까지 비는 그치지 않고 대차게 퍼붓고 있었으며 천둥과 번개, 아주 재난 영화가 따로 없었다. 거실로 나가 보니 어젯밤 더워서 열어둔 발코니 문으로 비가 다 들이차 바닥은 물바다가 되어 있었다. 구시렁거리며 수건으로 바닥을 닦고 있자 부스럭거리는 소리에 잠에서 깬 P가 거실로 나왔지만 밖의 날씨를 보더니 다시 방으로 들어갔다. 아무리 쌀국수가 목적이었다지만 창문만 바라보는 다낭에서의 4박 5일은 한국에서 술만 퍼먹는 하루보다 못했다. 점심이 지나고 비가 소강상태에 접어들자 난 마지막 날인 만큼 P에게 외출을 제안했고 P는 어쩔 수 없이 받아들였다. 당연히 특별한 계획은 없었다. 이 휘몰아치는 비바람은 비를 최대한 덜 맞을 방법을 생각하는 것 외에 모든 사고를 멈추게 했으니까. P에겐 여행용으로 가져온 작은 우산이 있었지만 이는 P 한 명의 어깨를 막아주기에도 벅찼기에 우린 숙소 주인에게 양해를 구한 뒤 우산꽂이에 있는 커다란 우산을 하나 챙겨 밖으로 나왔다. 비는 확실히 잦아들었지만 뭔 놈의 바람이 이렇게 부는지 하루 만에 늦여름에서 갑자기 초겨울 날씨로 변한 느낌이었다. 숙소 앞에는 세계 6대 해변이라고 불리는 미케 비치가 있었기에 우선 그곳에 가보자며 발걸음을 옮겼다.

10분도 안 돼서 도착한 미케 비치에는 단 한 명의 사람도 없었고 폭우로 불어난 바닷물의 파도는 〈인터스텔라〉에서 본 밀러 행성의 파도처럼 사람

몇 명 쓸어가도 모를 정도로 험악했다. 바닷가 근처로 가니 바람은 더욱 거세졌고 강풍을 버티지 못한 우산은 결국 경추가 골절되어 죽고 말았다. 우산은 구멍도 뚫렸는지 손잡이로 계속 빗물이 흘렀으며 이는 손을 타고 팔을 지나 팔꿈치에 맺혀 한 방울씩 떨어졌다. 우린 이마에 계속 흐르는 땀인지 비인지 모를 물방울을 손등으로 부단히 훔쳐 가며 계속 걸었다. 걷다 보니 도착한 곳은 어느 마사지 숍, 오늘 같은 날 실외에서 할 수 있는 것은 극히 제한적이었기에 떠나기 전 마사지라도 받아보자는 P의 의견을 적극 수용한 선택이었다. 마사지는 원하는 부위와 강도를 직접 고르는 등 체계적이었지만 가장 약한 강도마저 온몸의 모든 근섬유를 끊어놓는 듯한 고통을 주었다. P의 말로는 여러 번 받으면 익숙해진다고는 했지만 난 오늘 이후로 두 번 다시는 마사지를 받을 일이 없을 것이다. 이후의 여정 역시 실내 위주로 이어졌다. 콩 카페에서 커피를 마시고, 한시장에서 망고 젤리와 크록스, 짝퉁 명품 등을 구경하다 두리안 냄새를 피해 도망친 뒤 핑크 성당에서 사진을 찍는 한국인들의 대표적인 관광 루트였다. 성당의 구경까지 마치자 비가 그쳤고 해가 서서히 넘어가기 시작했다. 비 맞느라 애썼다며 서로를 위로한 우리는 집으로 돌아가는 길 마트에 들러 아이스크림을 하나씩 샀다. 비가 그치자마자 더워지는 건 예상에 없었으니까.

걸음이 빨랐던 P는 나보다 앞서 걸었고 더위에 지친 난 고개를 숙인 채 P의 뒤꿈치를 보며 따라 걸었다. 조금 걷자 신호등이 나온 듯 P는 걸음을 멈춰 섰고 나 역시 따라 걸음을 멈췄다. 시간이 지나자 옆 사람들의 발이 움직이는 게 보였지만 P는 우두커니 서 있을 뿐이었다. 한 뼘 정도 앞에 있는

P의 시선이 어디를 향하는지 궁금했던 나는 고개를 들었다. P의 시선이 향한 곳에는 드래곤 브리지 너머에 걸려있는 거대한 무지개가 보였다. 빨간불이 초록불로 바뀌고 그 불이 다시 빨간불로 바뀔 때까지 우리 사이에는 한마디의 대화도 오가지 않았다. 넋이 나가 바라보던 거대한 무지개 때문에 깜빡 잊고 있던 아이스크림이 꼭 쥔 손가락 사이로 끈적하게 흘러내릴 즘에야 우린 신호가 다시 빨간불로 바뀌었음을 눈치챘다. 하지만 여전히 눈을 뗄 수 없었음에 이 빨간 신호등이 영원해도 괜찮을 것만 같았다. 세차게 내리던 비로 인해 불행했던 어제를 가져가 눈부신 오늘로 돌려주는 이상한 셈의 물물교환을 하는 이 다낭이 마음에 들어갔다. 신호는 다시 초록불로 변했고 횡단보도를 다 건널 즈음에 우리는 웃고 있었다. 횡단보도 앞에는 우연히 맥주 펍이 있었고 우린 자연스레 펍으로 들어가 맥주를 한잔하며 무지개 사이로 무심히 넘어오는 밤을 찬미했다. 11월 20일, 다낭에서의 마지막 날이었다.

지우펀 & 타이베이

영화 같은 이야기들

지우펀에서 생긴 일. 1

난 지브리 애니메이션을 참 좋아한다. 그게 일본을 좋아하는 이유이기도 하고. 지브리 스튜디오에서는 정말 많은 애니메이션을 제작했지만 그중에서도 〈센과 치히로의 행방불명〉은 전 세계 누구나 알 만큼 희대의 명작이다.(이하 편의를 위해 <센치행>이라 칭하겠다.) 이 애니메이션의 배경이 되었다고 하는 여행지는 참 많지만 일본 에히메현에 있는 시모나다 역, 교토 아라시야마에 있는 오타기넨부츠지, 마쓰야마에 있는 도고 온천 등 대부분 일본에 밀집되어 있다. 하지만 아시아 국가 중 유일하게 예외인 곳이 있었으니 그곳이 바로 대만에 있는 지우펀이다. 튀니지 여행 때 말했듯 P는 중국을 굉장히 싫어했는데 이는 중국에만 국한된 것이 아니라 홍콩, 대만, 마카오 등 중화권 전체에 해당하는 것이었다. 난 다낭 이후의 목적지를 대만으로 내정하고 있었기에 다낭 여행이 끝나갈 무렵 P에게 말하자 역시나 P는 마음에 들지 않는다는 표정을 감추지 못했다. 어디를 가든 군말 없이 곧잘 따라오던 P가 이렇게 싫어하는 티를 낸 건 처음이라 당황스러웠지만 나 역시 고심 끝에 정한 대만 여행을 포기할 수는 없었기에 내가 생각해 놓은 계획들을 열심히 설명했다. 하지만 P는 고집을 꺾지 않았고 나는 마지막으로 P에게 지우펀의 사진을 보여주었다. P 역시 나와 같은 지브리 덕후였기 때문에 지우펀의 사진에 크게 흔들리는 모습을 보였고 나는 이때를 놓치지 않고 온갖 미사여구를 붙여 지우펀을 찬미하며 P를 꾀어냈다. 결국 몇십 분의 설득 끝에 난 P의 동의를 얻어내었고 우리는 그렇게 대만으로 떠났다.

나의 계획은 대만에 도착하자마자 지우펀으로 향하는 것이었다. 타이페이에서 머물 수도 있었지만 중간에 지우펀으로 가게 된다면 숙소를 두 번이나 옮겨야 했고 마지막 날 변수가 생겨 비행기를 놓치게 되는 불상사를 막기 위함이었다. 난 이번 대만 여행이 세 번째다. 첫 번째는 6년 전 첫 세계 일주 때이고 두 번째는 호주 워킹홀리데이 당시 한국으로 돌아오는 길에 대만에서 스탑오버를 했었다. 두 여행 다 지독하게도 더운 여름이었기에 여러 곳을 돌아다니지 못했는데 이번 대만 여행은 비교적 날씨가 선선했기에 제법 기대가 되었다. 우린 빠르게 시내로 이동해 지우펀으로 향하는 버스 정류장에 도착했고 배낭을 내려놓고 잠시 쉬며 버스를 기다렸다. 대만은 우리가 지나온 수개월의 여름과는 다른 시간선에 존재하는 세상인 듯 가을의 문턱 앞에 서 있었고 해는 빠르게 저물었다. 버스가 도착할 즈음엔 이미 해는 먼 산 뒤로 넘어가 캄캄한 밤이 되어 있었다. 타이베이에서 지우펀까지의 소요 시간은 약 1시간 20분 정도, 잠시 눈을 붙이기 좋은 시간이었다. 갑작스러운 추위에 피로감이 쌓였던 나와 P는 버스에 타자마자 잠이 들었고 1시간 정도가 지났을 무렵 덜컹거리는 버스에 놀라 잠이 깼다.

버스는 앞도 잘 보이지 않는 어느 야산을 달리고 있었고 도착이 얼마 남지 않았음을 알리듯 저 멀리 창밖으로 불그스름한 불빛들이 하나둘씩 보이기 시작했다. 여행을 하다 보면 그런 순간이 한 번씩 찾아온다. "아, 이곳을 정말 사랑하게 되겠구나."라는 생각이 나도 모르게 머릿속을 채우는 때가. 내가 지우펀을 사랑하게 될 것이라 예감한 순간이 바로 지금 이 순간이었다. 지우펀으로 향하는 버스는 2층 버스처럼 차체가 굉장히 높았는데 평소와는 다른 높이에서 바라본 지우펀의 풍경과 수백 개의 홍등이 내뿜는 불빛들은 난시가 있는 내 눈에는 두 배로 빛이 번져 더욱 화려하게 보였다. 버스는 지우펀의 입구에 있는 세븐일레븐에 정차했다. 지옥펀이 예명인 지우펀답게 좁은 골목길에는 사람들이 정말 빼곡하게 들이차 한 걸음도 움직이기 힘들었지만 숙소는 이 비좁은 골목의 끝에 자리 잡고 있었기에 우리는 사람들에게 이리저리 치이며 힘들게 인파를 뚫고 숙소에 도착했다. 영어를 전혀 하실 줄 모르는 사장님은 번역기 앱을 사용하며 인사를 건넸고 안내에 따라 들어간 방은 정말 아무것도 할 수 없을 정도로 좁은 정사각형의 방이었다. 배낭 두 개와 카메라 가방을 내려놓으면 잘 공간도 쉬이 나오지 않는, 평수로 따지자면 4평도 될까 말까 한, 정말 말 그대로 좁아터져버린 방이었다. 우린 번역기를 돌려가며 다른 방이 없냐며 물었고 사장님은 다시 한 번 숙소의 제일 꼭대기 층으로 우리를 안내했다. 사장님을 따라 들어온 방은 이제야 좀 사람이 쉴 수 있는 방이었고 베란다로 작게나마 거리의 야경이 보여 제법 마음에 들었다. 1박당 5만 원의 요금이 추가되었지만 처음 봤던 독방 같은 곳에서는 하루도 잘 수 없었기에 우리는 이곳에서 2박 동안 묵기로 했다.

대만에 도착해서 한 끼도 먹지 못한 우리는 사장님에게 간단하게 요기를 할 만한 식당을 여쭤봤고 사장님은 숙소 뒤편에 있는 허름하지만 멋들어진 목조건물 식당을 추천해 주셨다. 지칠 대로 지쳐버린 체력으로 아까 지나온 인파를 뚫을 힘이 없던 우리는 사장님이 추천해 주신 식당으로 향했다. 밖으로 나오자 추적추적 비가 내리고 있었지만 식당은 정말 숙소 바로 옆 30걸음 정도에 있었기에 우산은 따로 챙기지 않았다. 가까이서 본 식당은 100년은 족히 되어 보였는데 나무로 되어 있다 보니 곳곳에 부서진 곳이나 벌레 먹은 곳 등 참 성한 곳이 없었다. 내부로 들어가자 고양이 한 마리가 입구 앞 의자에서 자고 있었는데 고양이 역시 식당과 마찬가지로 100살은 되어 보였다. 우리는 간단하게 샤오룽바오와 볶음밥 등을 시키고 2층으로 올라갔다. 2층에는 라디오와 전축 등 건물만큼 오래된 골동품을 전시해 놓기도 했는데 이는 식당 사장님의 개인적인 취향인 듯했다. 이곳은 외부뿐만 아니라 내부에도 홍등이 설치되어 있어 정말 〈센과 치히로의 행방불명〉에 나오는 유바바의 온천장 같았다. P와 열심히 식당 내부를 구경하고 있자 사장님이 음식을 가져다주셨고 난 여기서 생애 처음으로 샤오룽바오를 먹어봤다. 겉보기엔 물만두, 혹은 꿀떡처럼 생긴 이 음식이 뭐길래 주변에서 그렇게 칭찬하는지 궁금했다. 한입 가득 넣고 씹은 샤오룽바오 속에는 육즙이 한가득이었고 이를 몰랐던 난 육즙을 물총 쏘듯 입 밖으로 쏘아댔다. 200도는 되는 것 같은 온도로 다 뱉어버린 만두피와 속은 덤. P는 더러워 죽겠다며 등짝을 연이어 때렸고 난 그렇게 시뻘게진 등짝을 어루만지며 식사를 마무리했다.

우리는 숙소로 돌아와 샤워를 했고 침대에 누워 휴대폰을 보고 있을 때 천장에서 무언가가 툭 하고 떨어졌다. 가까이서 확인한 그것은 죽은 바퀴벌레였다. 결국 숙소에서 일어날 수 있는 최악의 상황이 발생한 것이다. 살아있는 것도 아니고 죽은 녀석이 어떻게 갑자기 떨어진 건지는 모르겠지만 바퀴벌레임을 확인한 P는 비명을 질렀다. 난 빠르게 바퀴벌레를 휴지로 감싸 베란다 밖으로 던져버렸지만 P는 이미 정신이 나가버려 숙소를 옮기겠다며 울고불고 난리를 쳤다. 하지만 그건 현실적으로 불가능했다. 시간이 지나 조금 진정이 된 P는 더러워서 이불을 덮고 잘 수 없다며 배낭에서 겉옷 등을 꺼내 덮은 채로 잠이 들었다.

지우펀에서 생긴 일. 2

아침 9시, 여행을 시작한 이후 처음으로 술을 마시지 않은 날이라 숙취가 없는 아침이 조금은 어색했다. P는 불안감에 밤새 잠을 설쳤는지 정오가 다 되어서야 어젯밤 죽어도 덮지 않겠다던 이불을 온몸에 돌돌 만 채 눈을 떴다. 환기를 시킬 겸 베란다 문을 열자 비구름은 온데간데없이 쾌청한 하늘이 시야를 가득 채웠고 이제는 제법 쌀쌀해진 바람이 기분 좋게 머리를 쓸어 넘겼다. 우리는 하루를 시작하기 전 어젯밤 갔던 식당에 들러 요기를 하기로 했다. 오늘도 가게 입구에는 산신령 같은 고양이가 눈을 감고 있었다. 주방 안에서 담배를 피우고 있던 사장님은 주문하기 위해 불러도 손가락으로 담배를 가리키며 밖으로 나오지 않았는데 아마 담배를 피우고 있으니 기다리라는 의미였던 것 같다. 담배를 다 피운 사장님은 고개만 끄덕이며 주문을 받았고 음식을 가져다줄 때도 말없이 테이블 위에 쿵쿵 올려놓은 뒤 사라졌다.

오늘 이 식당과 그동안의 대만 여행을 돌이켜 보며 느낀 점이 하나 있다면 대만에서는 서비스직에 종사한다고 모두 친절한 건 아니라는 것이다. 이게 아쉽다거나 화가 난다거나 하는 게 아니라 그냥 우리나라 서비스업이 필요 이상의 친절을 요구하는 편이라는 걸 새삼 깨닫게 됐다는 것이다. 생각해 보면 요리사는 요리만 잘하면 되고 서빙을 하는 사람은 서빙만 잘하면 본분을 다하는 것인데 친절하지 않고 웃지 않는다고 기분 나빠한다면 그것도 일종의 갑질이 아닐까. 물론 서빙할 때 풍기던 구수한 담배 향은 최악이긴 했다. 나도 흡연자이지만 남의 담배 냄새는 왜 이리 맡기 싫은지 모르겠다.

간단하게 밥을 먹은 우리는 슬렁슬렁 거리로 나왔다. 대부분의 관광객들은 일몰쯤 지우펀에 도착해 막차를 타고 다시 타이페이로 향하는 당일치기 여행을 많이 했기에 해가 중천에 떠 있는 대낮에는 사람이 많지 않았다. 어젯밤 버스에서 바라본 지우펀이 유바바의 온천장이었다면 오늘 낮 바라본 지우펀은 거대한 기념품 가게였다. 지우펀의 메인 거리는 짧지도 길지도 않은 길이였지만 군데군데 있는 음식점과 디저트 가게를 제외하면 거리의 6할 이상이 기념품 가게였다. 그것도 대부분 〈센치행〉에 관련된 굿즈로만 이루어져 있었는데 퀄리티도 상당히 조악했고 가격 역시 저렴하지 않아 구매하는 사람은 많지 않았다. 지우펀 곳곳을 돌아다니며 알게 된 재밌던 점이 몇 가지 있는데 지우펀은 여전히 일본식 목조 가옥을 사용하면서도 식사할 땐 일본처럼 좌식이 아닌 서양처럼 의자와 테이블에서 먹는 입식을 취한다는 것이다. 대만 역시 우리나라와 마찬가지로 일본의 지배를 받았었기에 일본의 문화가 남아 있는 것은 당연하지만 같은 식민지였던 우리나라는 일본의 흔적을 깡그리 없앤 반면 지우펀은 아직도 일본의 잔재인 목조 가옥을 유지하고 있단 것에 의문이 들었다. 우리나라보단 합리적인 식민 지배를 받았다지만 가장 무력했던 시절 남은 흉터 같은 식민의 잔재가 돈벌이가 되어서인지 아니면 이 또한 자연스럽게 대만 문화의 일부가 되어 놔둔 건지는 나로서는 알 길이 없었다. 또 하나는 지우펀의 골목길은 아스팔트가 아닌 돌로 이루어져 있다는 것이다. 이건 크게 특이한 점은 아니었지만 이 돌이 물에 젖으면 상당히 미끄럽다는 게 문제였다. 지난밤 내린 비로 물을 거하게 머금은 돌 때문에 이날 관광객들이 상당히 많이 넘어져 다쳤으며 나 역시 발을 헛디뎌 자빠지고 말았다. 혼잡했던 밤에 비해 조금은 여유로웠던 지우펀의 낮을 즐긴 우리는 숙소로 돌아와 일몰까지 낮잠을 잤고 저녁이 되어서야 다시 거리로 나왔다.

일몰 후의 거리는 몇 시간 전 걷던 그 거리가 맞나 싶을 정도로 그 차이가 극명했다. 〈센치행〉 속 일몰 후 튀어나오는 요괴들처럼 어디서 나왔는지도 모르는 수많은 사람들이 거리를 가득 채웠고 낮에는 없던 가게들이 생긴 듯한 착각마저 불러일으켰다. 난 심각한 길치에 밤눈까지 어두워 낮에 잘 다니던 거리도 밤이 되면 헤매기 일쑤였는데 명멸하는 거리와 미어터지는 관광객들은 내 방향 감각을 더욱 감소시켜 우린 수십 분을 수많은 사람들 속에서 허우적거렸다. 밤의 지우펀은 낮과는 다르게 걷는 내내 묘한 기시감을 느끼게 했는데 이것이 길가에서 들리던 오카리나로 연주하는 〈언제나 몇 번이라도〉 때문인지, 애니메이션의 장면들이 오버랩돼서인지는 불분명했다. 앞사람의 뒤꿈치를 좇지 않고서는 움직일 수 없던 거리에는 이 세상 온갖 언어들이 다 쏟아져 나오고 있었는데 그 사이로 한국어가 들리기 시작했다. "이쪽으로 가면 거기 나오는 거 맞아?", "아니, 골목길로 내려가서 왼쪽으로 꺾어." 거기가 어딘지는 모르겠지만 느낌상 우리가 찾던 그곳일 것 같았다.

우리는 자연스레 일면식도 없는 사람들의 목소리를 따라 걸었고 그렇게 〈센치행〉의 모티브가 되었다던 아메이차루에 도착했다. 아메이차루는 정확히 우리가 봤던 사진 속 그 각도로 우리를 반겼지만 사진 바깥의 모습은 사진을 찍기 위한 수백 명의 사람들로 아수라장이었다. 이 정도면 센과 치히로가 아니라 대통령이 행방불명돼도 찾지 못할 것 같았다. 예상을 아득히 뛰어넘을 정도로 많은 인파에 질려버린 우리는 보기만 하면 됐다는 마음으로 빠르게 사진을 한 장 남긴 채 그곳을 빠져나왔지만 이러한 상황이 지우펀에 대한 실망으로 이어지지 않을 수 있던 건 이 부근만 벗어나면 지우펀이라는 도시의 매력을 충분히 느낄 수 있었기 때문이다. 메인 거리와 찻집에 사람들이 몰린 덕분에 구석구석의 작은 골목길은 텅 비어 있었고 우리는 그 골목들을 하나씩 천천히 걸었다. 나와 P는 골목골목을 누빌 때마다, 거리 위 고여 있는 물웅덩이 위로 홍등이 비칠 때마다 "여기가 센과 치히로네."를 연발했다. 〈센치행〉의 종주국도 아닌 대만에 와서, 아메이차루도 아닌 흔한 골목길에서 징글맞게 〈센치행〉 타령을 하는 게 맞는 건가 싶었지만 거리를 톺아보며 느낀 이 행복감과 묘한 기시감의 존재는 내가 틀리지 않았음을 증명하고 있었다. 다음 날 버스를 타고 떠날 때도, 비행기를 타고 한국으로 돌아올 때도 지우펀 생각이 자꾸 났던 건 멋스러운 찻집도, 이날 느꼈던 묘한 기시감도 아닌 기대치도 못한 이 좁은 골목에서 보낸 30여 분의 시간이 검질기게 머릿속에 달라붙어 있기 때문일 것이다.

여행을 빙자한 사랑 이야기

일본을 좋아하게 된 이유가 지브리 애니메이션이었다면 대만을 좋아하게 된 이유는 영화였다. 나는 어릴 적부터 집중력 장애가 의심될 만큼 한 가지를 진득하게 하지 못했는데 이 때문에 영화나 드라마와도 거리가 상당히 멀었다. 그런 내가 처음으로 관심을 갖고 끝까지 본 영화가 바로 대만의 〈그 시절 우리가 좋아했던 소녀〉이다. 흔한 하이틴 로맨스 영화이지만 이 영화를 열 번도 넘게 다시 본 이유는 당시 고등학생이었던 나와 내가 몰래 짝사랑하던 친구의 상황과 상당히 비슷했기 때문이다.(편의를 위해 그 친구를 S라고 칭하겠다.) 소위 히트를 친 영화에는 수많은 명장면들이 존재하는데 내가 생각하는 이 영화의 하이라이트는 기찻길에서 각자의 진심을 적은 천등을 날리며 주인공인 커징텅과 션자이가 서로의 마음을 확인하는 장면이다. 아직도 대사와 장면들이 생생하게 기억나는 걸 보니 집중력의 문제가 아니라 좋아하지 않는 것에는 일말의 관심도 두지 않는 성격이라 그런 것 같다. 뜬금없이 영화 이야기를 하는 이유는 영화 속 주인공들처럼 천등을 날릴 수 있는 관광지인 스펀에 관한 얘기를 할 차례이기 때문이다. 대만의 주요 관광 코스 예스진지(예류, 스펀, 진과스, 지우펀을 이르는 말) 중 스에 해당하는 스펀은 실제로 운행되는 철로 위에서 천등을 날릴 수 있기 때문에 대만에서 지우펀과 더불어 가장 인기 있는 관광지이다. 영화의 실제 촬영지는 핑시선의 종점인 징통역이지만 거리상 스펀이 더 가까웠기에 이곳으로 떠났다.

스펀으로 가는 길은 그 어느 때보다 자신이 있었는데 이 자신감의 이유는 첫 대만 여행 당시 가봤기 때문이다. 흐린 하늘이 아쉬웠지만 천등을 날리기엔 문제없었다. 스펀으로 가는 방법은 기차와 버스 모두 가능했는데 기차 시간을 놓쳐 버스를 타기로 했다. 일몰이 가까워진 시간, 해가 질 때쯤 천등을 날리는 게 가장 예쁘다고 생각하기에 일부러 늦은 시간에 출발했다. 부리나케 걸어 버스 정류장에 도착하자 저 멀리 우리가 타야 했던 버스가 멀어져 가고 있었다. 무사히 숙소로 돌아오기 위해서는 떠나가는 저 버스를 꼭 타야 했기에 죽을힘을 다해 뛰었지만 두 다리는 문명의 이기를 이겨낼 수 없었다. 난 빠르게 지나가는 택시를 잡아 버스가 향하는 다음 정류장으로 가달라고 부탁했고 택시는 다행히 버스보다 먼저 정류장에 도착했다. 무사히 버스에 탑승해 스펀에 도착했지만 너무 늦은 시간이라 동네는 상당히 조용했다. 천등 가게가 문을 닫았으면 어쩌지라고 생각하며 스펀 역 쪽으로 걷자 저 멀리 천등 하나가 하늘로 날아가는 것이 보였다. 우리는 혹여나 가게가 문을 닫을까 빠르게 내달렸고 도착한 가게는 다행히 열려 있었다. 이곳 역시 예전에 와봤던 곳이며 한국인 사장님이 기가 막히게 사진을 잘 찍기로 유명한 곳이었다.

천등은 네 개의 면으로 되어 있으며 각 면의 색이 다 달랐는데 노란색은 금전, 빨간색은 사랑 등 색에 따라 다른 주제의 소원을 적어야 했다. 나와 P는 나란히 서서 소원을 적었다. 각국을 돌며 자주 소원을 빌었었기에 적는 데에는 그리 긴 시간이 걸리지 않았다. 준비가 끝난 우리는 천등을 든 채 기찻길 위에 섰다. 천등 밑부분에 불을 붙이자 구겨져 있던 천등은 빠르게 부풀었다. 사장님은 능숙하게 사진을 찍어주셨고 그 사이 우리의 뒤편에 있던 커플이 먼저 천등을 날렸다. 커플의 천등은 잘 날아가는 듯하다 어느 가게의 간판에 곤두박질치더니 찢어져 처참하게 땅에 떨어지고 말았다. 사장님이 신호를 주자 우리도 천등에서 손을 뗐고 다행히 우리의 천등은 무탈하게 하늘로 날아갔다. 멀어지는 P의 천등에 적힌 소원을 보려고 했지만 너무 어두워 보이지 않았다. 내심 내 얘기가 있지 않을까라는 기대를 했다. 사장님은 찍은 사진을 빠르게 인화해 주었고 우리는 사진을 쥔 채 어느샌가 둘만 남은 기찻길을 잠시 걸었다. 날아가는 천등과 기찻길 위로 영화 속 장면과 고등학생 때의 기억이 겹쳐 보였다.

고등학생 당시 친구들끼리 다 같이 페가로 담력 체험을 간 적이 있는데 같이 갔던 내 친구가 S에게 고백하는 참사가 벌어졌다. 다행히 S는 거절했지만 난 가만히 있다간 S를 뺏길 수도 있겠다는 불안감에 싸였다. 하지만 난 3년을 주저하다 끝끝내 고백하지 못하고 졸업했다. 시간이 지나고 전역을 한 뒤 S와 만나 술을 한잔할 기회가 있었는데 이 얘기를 꺼내자 S는 그 당시 누군가가 고백할 거라는 걸 이미 짐작하고 있었고 그 짐작의 대상이 나였다고 말했다. 나는 내가 고백했다면 어떤 대답을 했을 거냐며 물었지만 S는 긍정인지 부정인지 모를 미소만을 지은 채 대답을 아꼈다. 미소의 의미가 무엇이었을지 생각하며 하염없이 철로를 걷다 보니 저 멀리 기차가 왔고 우리는 다시 타이페이로 돌아가는 기차에 탑승했다. 그저 천등을 날리러 갔던 곳에서 10년도 넘은 낡은 기억을 꺼낼 줄이야. 그리고 그 기억이 아직도 3학년 2반의 냄새를 머금고 있을 줄 누가 알았을까. 내가 최선을 다했다 한들 운명이라는 게 있는 건지, 혹은 만날 운명이었으나 이어질 인연까지는 아니었던 건지는 아직도 모르겠다. 하지만 그리움은 거꾸로 가는 설렘인 걸까 막이 내린 기차역에서 쫓기듯 어루만진 그 가을밤의 기억은 책을 쓰는 지금도 선명해서 나는 나도 모르게 이 글을 핑계 삼아 S에게 연락했다. 짧은 대화 끝에 이젠 지겨운 연애보다는 혼자가 편하다는 S의 말에 "난 지금도 준비가 되어 있으니 다시 연애가 하고 싶어지면 언제든지 연락해."라고 메시지를 보내자 10분 뒤 답장이 왔다.

"곧 연락할게."

다음 주면 크리스마스인데 셔츠를 잘 다려놔야겠다. 주저했던 모든 이들에게 다시 주저할 만한 사랑이 오기를, 그리고 그때만큼 주저하지 않기를.

- 사람들이 그러지 사랑은 알듯 말듯 한 순간이 가장 아름답다고. 진짜 둘이 하나가 되면 많은 느낌이 사라지고 없대. 그래서 오래도록 날 좋아하게 두고 싶었어. 그때 날 좋아해 줘서 고마워.

- 나도 널 좋아하던 그 시절의 내가 좋아. 넌 영원히 내 눈 속의 사과야.

영화 <그 시절 우리가 좋아했던 소녀> 中에서

왜곡된 만족

타이페이. 영문으로도 'Taipei'인데 맞춤법 검사를 하면 왜 자꾸 타이베이로 수정되는지 모르겠다. 지우펀을 떠나는 대만에서의 셋째 날이다. 비가 조금 내렸지만 이동에 방해가 될 정도는 아니었고 아침이라 한산한 골목길을 빠르게 지나 버스 정류장에 도착했다. 정류장도 하나뿐이었으며 전날 내비게이션 역할을 해주던 한국인으로 추정되는 사람들도 우리와 목적지가 같은지 계속 타이페이 얘기를 하고 있었기에 이들을 따라간다면 버스를 잘못 탈 일도 없었다. 잠시 후 저 멀리 익숙한 버스가 왔고 우리를 태운 버스는 타이페이로 향했다. 버스는 일정한 속도로 일정한 간격의 정류장들을 지나 처음 도착했던 시먼딩역에 도착했다. 크게 들뜨는 마음과 설렘 없이 부산이나 제주도로 떠나는 정도의 긴장과 고양감이 얕게 맴돌았다. 지도상으로도 대만과 한국과의 거리는 지척이었기에 더욱 그렇게 느껴졌는지도 모르겠다.

우리의 타이페이 여행은 다른 관광객들과 크게 다르지 않았다. 딘타이펑 본점에서 웨이팅을 하고, 샤오룽바오를 먹은 후엔 웨이팅을 할 정도의 맛은 아니라며 구시렁거리고, 타이페이 101 앞에서 걸어 올라가면 얼마나 걸릴까라는 쓸데없는 대화를 하며 길가에서 파는 버블티를 마시는 거 말이다. 우리의 타이페이 여행의 모든 역사는 숙소와 시먼딩에서 이루어졌다. 숙소는 아그네스라는 이탈리안이 운영하는 에어비앤비였는데 이탈리아의 예술가가 앤틱한 가구를 하나둘 모아서 만든 공간이라는 소개글치고는 너무 평범한 10평 남짓한 아파트였다. 지우펀에서 빨래를 하지 못했었기에 타이페이에 도착해서 가장 먼저 해야 할 일은 빨래였다. 건조기가 없는 건 아쉬웠지만 세탁기라도 있음에 감사하며 빨래를 돌린 뒤 짐 정리, 샤워 등 할 일을 끝냈고 1시간 정도가 지나자 세탁이 끝났다는 알람이 들려왔다. 빨래를 걷기 위해 상쾌한 마음으로 세탁기를 열자 탈수가 되지 않은 듯 세탁기 속은 물바다였다. 작동을 잘못한 건가 싶어 이번엔 탈수만 진행한 뒤 알람 소리에 맞춰 다시 확인했지만 세탁기 안은 여전히 물바다였다. 탈수된 건 우리의 어처구니였다. 우리는 결국 빨래를 건져 손으로 쥐어짜가며 열심히 건조대에 널었지만 그나마도 너무 작아 테이블 냉장고 등 여기저기 빨래를 널어 움직일 공간도 쉬이 나지 않았다. 투덜거림으로 얘기를 시작했지만 숙소에서의 생활은 크게 나쁘지 않았다.

타이페이에서는 이상하게도 아침과 점심을 자주 걸렀는데 덕분에 저녁에 몰아서 밥을 먹게 되었고 저녁이면 당연한 듯 술을 마시는 우리는 편의점에서 술과 요깃거리를 사 숙소에서 먹는 날이 다반사였다. 밥을 먹을 땐 항상 〈무한도전〉을 보던 P는 오늘은 새롭게 보기 시작한 게 있으니 같이 보자며 내 가방에서 노트북을 꺼내왔고 그렇게 P가 열심히 검색을 해가며 보여준 것은 〈환승연애 2〉였다. 이미 종영한 지 1년이 지났었으며 상당히 큰 인기를 끌었던 방송이었지만 넷플릭스를 쓰지 않는 나에겐 처음 들어보는 생소한 프로그램이었다. 나 역시 〈무한도전〉과 공포영화 아니면 관심이 없었기에 술을 마시며 보는 둥 마는 둥 했지만 나중에는 특정 커플의 서사에 심하게 감정이 이입되어 눈물을 흘렸고 그렇게 이틀간 새벽까지 술을 마시며 〈환승연애 2〉를 정주행했다. 〈환승연애 2〉의 정주행이 끝난 후 P가 자신있게 보여준 건 〈토이 스토리〉였다. 이런 유아스러운 애니메이션은 정말로 내 스타일이 아니었지만 〈토이 스토리 3〉에 나오는 랏소 베어라는 녀석이 너무 마음에 들지 않아 계속 보면서 욕을 하다 보니 끝까지 보게 되었다. 이 랏소 베어라는 녀석이 시먼딩에서 있던 모든 일의 근원이 되기도 했는데 시먼딩에서 매일 몇 시간씩이나 있었던 건 그 망할 가챠 때문이다.

시먼딩에 갔던 이유는 그저 이곳에서 유명한 무지개 횡단보도에서 사진이나 찍을 생각이었다. 하지만 P가 수많은 가챠 가게에 눈이 돌아가 버린 것이다. 처음에는 호기심으로 한두 번 해보고 나가자는 마음이었지만 P가 첫 도전에 작은 인형을 뽑은 게 화근이었다. P는 손맛을 느꼈는지 필요 이상의 자신감을 얻었고 거리로 나가 온갖 가챠 가게를 들쑤시기 시작했다. 특히 P는 〈짱구는 못말려〉와 〈토이 스토리〉를 상당히 좋아했기에 이 두 애니메이션의 인형들을 집요하게 공략했는데 흰둥이 인형을 뽑으려고 2만 원 정도를 탕진하기도 했다. 물론 뽑지도 못했다. 가챠는 우리가 흔히 아는 인형 뽑기 형태 외에도 다양한 형태가 있었는데 난 작은 구멍에 스틱을 밀어 넣어 그 안에 있는 인형을 떨어뜨리는 가챠에 눈길이 갔다. 타이밍에 맞춰 버튼을 누르기만 하면 되는 아주 간단한 일이 뭐가 그리 어려운지 P를 비롯한 많은 가게 안의 손님들이 시도하는 족족 모두 실패했고 이걸 왜 못할까라는 의구심이 생긴 난 짱구 피규어가 있는 가챠 앞에 섰다. 그리고 난 정확히 두 번의 도전 만에 P의 손에 귀여운 맹구 피규어를 쥐여주었다. P의 휘둥그레지는 눈과 칭찬에 자신감을 얻은 난 옆에 있던 〈원피스〉 피규어도 노렸지만 나 역시 2만 원 이상을 날려 먹고서야 그저 운이 좋았었음을 깨달았다. 이미 5만 원이 넘는 돈을 내다 버렸지만 한번 손맛을 본 우리는 쉽게 그만둘 수 없었고 그렇게 시먼딩 거리를 활보하다 가챠 기계 안에 갇혀 있는 랏소 베어를 보고 말았다. 거대한 사이즈의 인형에 P는 당연히 눈이 돌아갔고 가지고 있는 현금을 다 털어 넣었지만 끝끝내 랏소 베어를 뽑지 못했다. 랏소 베어를 너무도 갖고 싶어 하는 P의 모습에 난 근처 인형 가게로 들어가 가챠 기계에 있는 것과 같은 사이즈의 랏소 베어를 P에게 선물했다. P의 생일이 1주일도 남지 않았었기에 가능했던 선택이었다.

P는 손으로 뽑아야 제맛인 거라며 구시렁거렸지만 기분이 좋은 듯 본인도 나에게 선물을 해주겠다며 또다시 가챠 가게를 기웃거렸고 어디선가 작은 카메라 모양의 키링을 뽑아와 내 카메라 가방에 달아주었다. 그렇게 우리는 타이페이를 떠나기 전까지 20만 원 가까운 돈을 가챠와 인형에 내다

버렸지만 랏소 베어와 카메라 키링이 과하게 마음에 들었던 우리는 이 정도면 손해는 아니었다고 자신 있게 말할 수 있는 왜곡된 형태의 만족감을 얻었고 대만을 떠날 때 P의 배낭엔 일곱 개의 인형과 네 개의 피규어가 짓뭉개져 있었다.

삶을 지탱하는 순간들

MBTI로 모든 사람의 성향을 이렇다 결정지을 수는 없다고 생각하지만 매번 검사를 할 때마다 같은 결과가 나오는 걸 보면 인간의 성향을 판가름하는 데에 어떠한 기준이라는 게 있기는 한가 보다. 하지만 정확도에 있어서는 늘 의구심이 드는데 그건 내 검사 결과가 항상 J라는 것이다. 난 살아감에 있어 절대 계획을 짜고 움직이는 편이 아니며, 특히 여행할 때는 그 누구보다 즉흥적으로 움직이는데 대체 왜 나를 계획형 인간이라고 하는지 알 수가 없다. 난 J이긴 하지만 정확히 말하면 계획형 인간은 아니고 굳이 이름을 붙이자면 통제형 인간에 가깝다. 난 내가 주도하는 모든 일들에 변수가 생기는 것에 굉장히 스트레스를 받는 편이라 최대한 내가 통제할 수 있는 구조화된 상황에서 움직이는 걸 좋아한다. 그 때문에 미래의 계획이라기보다는 모든 선택에 대한 차선책을 마련해 두는 편인데 빠르게 앞으로 나아가는 계획보다는 최소한 뒤로는 가지 않을 계획을 세운다고 말해야 하나. 뭐 이런 것도 계획형이라고 한다면 할 말은 없다. 이러한 통제형 인간의 관점에서 본 타이페이 여행은 대부분 슴슴한 맛이었다. 커다란 변수도 없었고 크게 내 예상을 벗어나는 일도 없었다. 아, 가챠는 예외다. 나 자신과 P의 광기는 통제할 수가 없었다.

밖으로 나왔던 건 순전히 야키니쿠를 먹기 위함이었다. 멀고 먼 대만까지 날아가서 일본 음식을 먹는다는 것에 고개를 갸웃거리기도 했지만 일본에 가서 대만 음식을 먹는다면 대만과 일본 둘 다에게 미안해하지 않아도 될 일이었다. 야키니쿠는 저녁으로 먹을 심산이었지만 생각보다 빠르게 숙소에서 나왔다. 또다시 가챠를 하려던 건 아니지만 분명히 식당으로 가는 길에 허튼짓하며 시간을 보낼 것이 분명했기에 철저히 계산된 움직임이었다. 식당은 타이페이 101 방향이었지만 우리의 걸음은 오늘도 시먼딩으로 향하고 있었다. 익숙해질 대로 익숙해진 거리를 낯설게 걷다 몰려 있는 인파에 걸음을 잠시 멈췄다. 음악 소리도 들려오는 걸 보니 버스킹 공연인가 싶었으나 알 수 없는 분장을 하고 온갖 잡동사니가 준비되어 있는 걸 보니 길거리 마술 혹은 차력쇼를 준비하는 듯했다. 사람들이 점차 몰려들자 무대 중앙에 있던 여자가 인사말을 올리며 공연을 시작했다. 훌라후프로 뭔가를 보여주려고 했던 것 같은데 10분 넘도록 특별하게 보여주는 것이 없어 사람들 사이를 비집고 다시 거리로 나왔다. 딱히 목적지도 없었기에 그냥 거리를 구경하며 한없이 걸었다. 사거리에서는 오른쪽으로, 삼거리에서는 왼쪽으로 걷다 보니 어느샌가 어딘지도 모를 길가에 덩그러니 서 있었다.

지도를 켠 뒤 식당으로 돌아가려던 찰나 한 손에 캐리어를 쥔 채 휴대폰 지도를 수시로 확인하는 한 남자를 보았다. 부다페스트 당시 우리의 모습을 보는 것 같아 흥미로워 그 남자의 뒤를 따라 걸었다. 모르는 사람의 뒤를 캐는 것이 우습다는 걸 알았지만 그게 걸음을 멈춰야 할 이유가 되지는 못했다. 눈치채지 못하게 맞은편 거리에서 그와 나란히 걸었지만 그 남자는 지도를 잘못 본 듯 갑자기 왔던 길로 되돌아 걸었다. 그는 끝내 시야에서 사라졌지만 그를 따라 걸었다 해서 그것이 우리까지 왔던 길을 되돌아가야 할 이유 역시 되지 못했다. 어느덧 해가 저물기 시작했고 우리는 식당으로 걸음을 옮겼다. 크리스마스 준비로 복작거리는 사람들과 푸드트럭 사이 길게 줄을 늘어뜨린 식당이 보였다. 밥을 줄 서서 먹는다는 걸 여전히 이해할 수 없는 나였지만 낭만은 굳이라는 단어로부터 시작한다고 믿고 있었기에 한 번 정도는 괜찮을 것도 같았다. 대기열은 빠르게 줄어들었고 우리는 예상보다 빠르게 식당 내부로 들어갈 수 있었다. 고기는 예상한 맛이었고 당연히 맛있었다. 사실 고기보단 밥을 두 공기나 시켰는데 트러플이 들어갔다고 해서 궁금했다. 밥에서는 트러플이라고 추측되는 알 수 없는 향이 살짝 났지만 그마저도 너무 희미해서 청산가리도 이 정도 양이라면 먹어도 죽지 않을 것 같았다. 밥과 고기를 목젖 바로 밑까지 채운 우리는 식당을 빠져나왔고 밥을 먹으며 찾게 된 사진 명소를 향해 움직였다. 걸어서 30분 정도의 거리였나. 시선의 끝에 사람들이 휴대폰과 카메라를 들고 줄을 서 있는 모습이 보였다.

어느 이자카야 앞에 있는 이곳은 저 멀리 타이페이 101이 보이는 멋들어진 골목길이었다. 사람들은 마음에 드는 사진을 얻기까지 수없이 셔터를 눌렀고 기다림은 결코 짧지 않았지만 그 시간이 싫지 않았다. 비가 조금씩 내리기 시작했지만 카메라를 든 사람, 카메라에 담기는 사람, 그들을 지켜보는 사람들 모두가 웃고 있었다. 여행이 주는 호영향이었다. 우리 차례가 되었고 P가 먼저 카메라의 네모난 화면 안으로 들어왔다. 세 달을 함께하다 보니 P도 이제 모델 역할이 자연스러워져 많은 시간을 들이지 않고도 예쁜 사진을 찍을 수 있었다. 이후 난 찍은 사진을 보여주며 같은 방식으로 찍어달라고 부탁한 뒤 골목길 앞에 섰다. P와는 다르게 난 카메라 앞에 설 때면 여전히 몸과 얼굴이 굳어버려 내 사진은 유독 뒷모습이 많다. 보통 사진을 보여준 뒤 똑같이 찍어달라고 해도 마음에 들지 않는 경우가 대부분

인데 P는 사진에 제법 소질이 있어 이런 부분에 있어서는 최고의 여행 파트너였다.

빗방울이 조금씩 굵어지자 우리는 숙소로 돌아갔고 돌아가는 길에 편의점에 들러 맥주를 사는 것도 잊지 않았다. 맥주를 담은 봉투의 부스럭 소리가 괜스레 기분 좋았다. P가 스스로 주도해 나갔던 여행지가 독일이었다면 나에겐 그곳이 대만이었다. 내가 가고 싶다는 지극히 개인적인 이유로 도착한 곳이었기에 모든 것을 계획하고 모든 문제를 내가 해결해야 했지만 하고자 하는 것이 분명했기에 그 어떤 것도 행복이 될 뿐이었다. 남들 눈에는 내가 원했던 모든 것들이 큰 의미가 있지도 않고 대단할 것도 없는 일로 보일 수도 있다. 하지만 난 그 보잘것없는 일들로 이루어진 하루들을 매일 꿈꿔왔다. 좋아하던 영화의 풍경 속을 걷고, 조금씩 내리는 비도 맞아보고, 맥주로 살짝 오른 기분 좋은 취기로 낯선 길을 걸어보는 그런 하루 말이다. 삶을 지탱하는 모든 행복한 기억들의 저변에는 이런 대만의 소소한 일상 같은 날들이 항상 자리 잡고 있다. 모든 게 완벽하지는 않았지만 서툴렀던 순간들마저도 가슴에 예쁘게 담을 것이다. 훗날 마음에도 별이 든다면 오늘 묻은 기억들 덕분에 내 맘은 꽃밭이 될 테니까.

도쿄

모든 것이 시작된 곳

끝의 시작

타이페이에서 도쿄로 가는 길은 편함과 불편함, 빠름과 느림으로 구분되기보단 그저 추웠다. 타이페이의 11월 평균 온도는 20도, 도쿄의 12월 평균 온도는 5도. 15도의 기온 차이는 고양감과 흥분이 주는 열기로도 이겨내기가 쉽지 않았다. 난 〈지금 만나러 갑니다〉와 〈기쿠지로의 여름〉을 상당히 재밌게 봤기에 사계절 중 여름의 일본을 가장 좋아하지만 내 개인적인 취향과는 다르게 일본은 겨울에 가장 많은 관광객이 몰렸다. 모든 관광지가 그렇듯 크리스마스와 연말 시즌이 되면 숙소 가격이 폭등하기 마련이지만 우리가 3일 전 예약한 이 컨테이너 같은 숙소도 가격이 오를 줄은 몰랐다. 숙소는 스미다구 히키후네에 있는 정말 작은 다다미방이었다. 벌어진 창문 틈 사이로는 항상 차가운 외풍이 들어왔고 장롱 안에는 바퀴벌레 시체도 있었으며 알 수 없는 누런 자국과 함께 쿰쿰한 냄새가 풍기는 이불이 있는 이곳이 1박에 9만 원이었다. 숙소로써 좋은 점은 하나도 없었지만 마음에 들었던 점을 굳이 꼽자면 오시아게와 상당히 가까웠기에 창문으로 스카이 트리가 잘 보인다는 점 정도였다. 바퀴벌레 얘기는 P에겐 비밀로 했다. 지우펀 때처럼 숙소를 옮기자고 난리를 칠 게 불 보듯 뻔했으니.

숙소는 정오에 도착했지만 정작 외출을 한 건 5시 넘어서였다. 샤워를 하고 옷가지를 겹겹이 껴입은 뒤 숙소의 주인과 번역기를 돌려가며 청소 문제로 싸웠지만 본인은 분명히 청소를 했으니 불만이 있으면 나가라는 말이 되돌아왔다. 밖으로 나온 오후 5시의 거리는 어두웠고 추웠다. 도쿄와 타이페이는 3시간 거리였지만 3개월은 지난 듯 계절은 초가을에서 겨울로 변해 있었다. 하지만 겨울바람을 맞은 얇은 겉옷이 피부에 스쳐 느껴지는 차가움도, 건조해진 공기에 볼이 벨 것 같은 아린 느낌도 그동안 겪었던 불볕 더위를 생각하면 모두 선물처럼 느껴질 뿐이었다. 차가운 공기는 정신을 명료해지게 만들었고 게으른 우리를 더 부지런하게 움직이게 만들었다. 하루 종일 쌀 한 톨 구경 못 한 우리는 우선 식당을 향해 걸었다. 추위에 손이 곱아 검색하는 건 포기했고 걷다가 가장 먼저 마주친 식당에 들어가기로 했다. 그렇게 추위 속을 걸으며 발견한 곳은 기찻길 옆 자그맣게 운영 중인 식당이었다.

이랏샤이마세. 큰 소리로 우리를 맞이하는 에너지와는 다르게 가게의 손님은 우리뿐이었다. 온통 일본어뿐인 메뉴판의 사진을 찍고 번역기 앱을 돌려가며 끙끙거리자 주방 보조는 태블릿 PC를 들고 나와 메뉴의 사진을 하나하나 보여주었다. 그렇게 주문한 음식은 카레와 규동. 추운 날씨 탓에 라멘이나 우동을 먹고 싶었지만 아쉽게도 면 요리는 없었다. 주문을 끝낸 후 요리를 기다렸다. 밖은 바람이 많이 부는지 가게의 미닫이문이 덜컹덜컹 세차게 흔들렸다. 잠시 후 알아들을 수 없는 일본어와 함께 사장님은 음식을 내어주셨다. 아마도 '맛있게 드세요.'라는 뜻이었을 것이다. 노릇노릇하게 잘 볶아진 밥과 김이 모락모락 나는 카레. 적당히 잘 익어 야들야들한 규동의 고기. 한입 먹어보기도 전에 맛있었다. 크게 한술 떠 입에 넣은 카레는 몹시 따뜻했다. 분명 지우펀에서 뜨거워서 다 뱉어버렸던 샤오롱바오 역시 카레와 비슷한 온도였을 테지만 오늘의 카레는 이상하리만치 따뜻하게 느껴졌다. 겨울이 추운 이유는 따뜻함을 알려주기 위함이었나. 한 입 한 입 천천히 먹었다. 나가자마자 얼어붙을 몸을 생각하니 조금이라도 더 가게에 눌어붙어 있고 싶은 마음이었다. 마지막으로 내어준 녹차까지 다 마신 우리는 의자에서 엉덩이를 떼어냈고 P는 터키 이후로 본 적 없는 엄지를 치켜세우며 오이시를 연발했다.

시끄럽게 덜컹거리는 창문을 열자 세상은 다시 극도로 조용해졌다. 지도에 숙소로 돌아가는 길을 검색하고 있자 저 멀리 기차가 오는 소리가 들렸다. 한 걸음이라도 빨리 숙소로 돌아가고 싶은 마음이었지만 잠시 기차를 기다렸다. 덜컹거리는 기차는 시끄럽고 빠르게 지나갔다. 시끄러운 기차 소리가 저편으로 멀어지며 다시 적막함이 찾아오는 그 잠깐이지만 영원 같은 시간이 좋았다. 숙소로 걸으며 발견한 편의점에 들러 맥주를 사기로 했다. 일본이니까 아사히, 기린, 삿포로 등 닥치는 대로 맥주를 집었고 대만에서 맛있게 먹었던 키츠네 우동과 녹차도 바구니에 담았다. P는 몇 가지 주전부리를 더 계산대에 들고 왔는데 아마 며칠 전부터 검색하던 '일본 편의점에서 꼭 먹어야 할 것' 중 하나인 듯했다.

돌아온 숙소의 바닥은 여전히 냉골이었지만 이젠 그렇게 춥게 느껴지지도 않았다. 추위가 빠르게 에너지를 소모시킨 건지, 아니면 대만에서 저녁에 밥을 몰아 먹던 버릇이 아직 안 고쳐진 건지 몇 시간도 지나지 않아 우리는 다시 배고픔을 느꼈고 방구석에 있는 작은 테이블을 바닥에 펼쳐 키츠네 우동을 끓여 먹었다. 입에서는 뿌연 김이 뿜어져 나왔는데 숙소가 추워서 나오는 건가 싶었지만 카레와는 다르게 우동이 다시 뜨겁게 느껴지는 걸 보니 집이 추워서는 아닌 듯했다. 창문이 바람에 흔들려 덜컹거렸지만 이내 다시 잠잠해졌고 휴대폰에서는 〈Gontiti – 방과 후 음악실〉이 흘러나왔다. 계절의 끝과 여행의 끝이 동시에 시작되는 조용한 12월의 도쿄였다.

블루 아워

새벽도 아침도 아닌 모호한 시간, 잠에서 깼다. 코가 막히고 목이 건조한 걸 보니 겨울이 오긴 왔나 보다. 이럴 줄 알고 어젯밤 머리맡에 자리끼를 갖다 놓았다. 따뜻해지길 바라진 않았지만 방이 추워 미지근해지지도 않은 녹차를 연이어 삼켰다. 평소 같으면 오전 10시 정도까지 잠을 잤겠지만 쉽사리 잠이 오지 않았다. 이상하게 새벽 시간이면 쓸데없는 생각들이 머릿속 가득 부유한다. 예를 들면 '젖소는 초록 풀을 먹으며 사는데 왜 흰 우유가 나올까, 말차 라떼 같은 게 나와야 하지 않나?'라든가, '피자는 동그란데 왜 네모난 상자에 담으며 세모난 모양으로 잘라먹을까?' 이런 거 말이다. 영양가 없는 생각이 뇌를 지배하려 할 때쯤 배낭 가장 밑에 깔린 압축팩에서 양말을 주섬주섬 꺼냈다. 부스럭거리는 소리가 조금은 시끄러웠지만 다행히 P는 깨지 않았다. 어제 입었던 옷을 그대로 다시 입고 문을 열고 밖으로 나갔다. 3층에 있던 숙소는 철로 된 계단으로 오르내려야 했으며 겨울바람을 맞은 계단 난간은 꽤 차가웠다. 가장 춥고 어둡다는 해가 뜨기 전 시간, 이 푸르스름한 시간대가 좋아 일단 밖으로 나왔지만 목적지는 없었다. 이 시간대를 블루 아워라고 불렀던 것 같은데 정확하지는 않다.

우선 이어폰을 꽂고 〈김필선 – 삿포로에 갈까요〉라는 노래를 재생한 뒤

저 멀리 보이는 자판기가 있는 곳을 향해 걸었다. 이상하게 일본 자판기만 보면 뭘 사 먹지도 않을 거면서 일단 앞으로 가보게 된다. 자판기 하나에도 뭐 이리 들어 있는 게 많은지 단 한 글자도 읽을 수는 없지만 하나하나 구경해 보게 된다. 환타 포도 맛. 유일하게 읽을 수 있는 글자였다. 살면서 딱 한 번 먹어본 음료수인데 꽤 맛있었던 기억이 있지만 손이 시려 굳이 사지는 않았다. 첫 일본 여행 당시 복숭아 맛이 나는 물을 자판기에서 뽑아 먹었던 기억이 있는데 아무리 찾아봐도 없다. 이름이 아마 이로하스였을 텐데 단종이 된 걸까 이 자판기에는 보이지 않았다. 다음 자판기가 어디에 있을지 알 수는 없지만 일단 또 걸었다. 두 번째 자판기까지는 오랜 시간이 걸리지 않았고 그 과정에서 집배원 한 분과 자전거를 타고 아침 산책 중인 할아버지 한 분을 마주쳤다. 살면서 처음 봤고 다시는 보지 않을 사람들이었지만 일단 눈인사를 건넸고 그들도 응답을 해왔다. 사람은 지층 같은 게 아니라서 단면만 보고 판단할 수는 없지만 새벽부터 활동하는 소수의 사람은 부지런하고 좋은 사람이라는 편견과 이 시간대에 활동하는 사람들만이 갖는 알 수 없는 소속감이 가능케 한 눈인사였다.

두 번째 자판기에는 이로하스를 팔고 있었다. 익숙하게 겉옷의 안주머니를 뒤적거렸지만 지갑을 챙겨 나오지 않았는지 주머니는 텅 비어 있었다. 껴입은 옷의 모든 주머니를 뒤적거리다 바지 주머니에서 500엔이 나왔다. 어제 편의점에서 거스름돈을 받고 바지 주머니에 넣어둔 채 잠이 들었나 보다. 속으로 안도의 한숨을 내쉰 뒤 이로하스를 뽑아 한 모금 마셨다. 정말 복숭아 그 자체였다. 영양소 정보를 읽지는 않았지만 아마 복숭아 100%

라고 쓰여 있지 않았을까. 처음 먹었을 때도 너무 신기해서 여행하며 5병은 넘게 마신 것 같은데 이번 일본 여행에서는 또 얼마나 마셔댈지 궁금했다. 당장 이 페트병을 들고 가 P에게 먹어보라며 건네고 싶었지만 고작 자판기 두 개를 지나쳐 온 시간은 블루 아워가 끝나기엔 너무 짧은 시간이었기에 〈료타 카이즈 – I love you〉를 들으며 다시 걸었다. 세 번째 걸음은 자판기를 향하지는 않았지만 달리 갈 곳도 없었다. 사람이 오면 사람이 왔던 곳으로 걸어봤고 강아지가 보이면 강아지가 돌아 나온 모퉁이로 걸었다. 하루에 한 번 있는 이 시간을 온전히 즐기기 위해 내가 할 수 있는 최선은 눈을 이리저리 굴리며 왼발을 내딛고 다음 오른발을 준비하는 것뿐이었다. 7시였나 7시 반이었나, 부랑자처럼 이 골목 저 골목을 헤집고 다니다 보니 저 멀리 해가 떴고 푸르스름한 세상은 불그스름하게 변했다. 등교하는 어린 학생들이 하나둘씩 보였고 알 수 없는 소속감을 주던 새벽은 지나갔고 아침이 왔다.

때마침 P에게 어디냐며 연락이 왔다. 난 잠깐 담배를 피우러 나왔으니 금방 들어가겠다고 답한 뒤 한껏 밝아진 하늘을 보며 숙소로 향했다. 특별할 것도 없는 이 에피소드는 이게 끝이다. 24시간 중 2시간도 안 되는 시간의 일을 책의 지면을 할애해 가며 적는 이유는 이 시간을 기억하고 있는 건 세상에서 나 하나뿐이기 때문이다. 도쿄로 돌아가는 법은 누구나 알지만 2023년 12월 7시의 도쿄로 돌아가는 법은 아무도 모른다. 전 세계 80억 인구 중 이 새벽의 기억을 갖고 있는 건 나밖에 없는데 이걸 내가 아까워서 어떻게 잊을 수 있을까. 나마저 잊어버리면 이 세상에서 사라질 오늘을 이렇게라도 기록하지 않을 수 없었다.

도쿄 프리덤

오늘 점심은 스키야키. 뭔지도 모르지만 먹으러 가자는 P의 말에 주섬주섬 옷을 꺼내 입었다. 그래봤자 맨날 입는 경량 패딩이다. P가 알아본 식당은 아사쿠사 근처에 있는 스키야키 맛집. 사실 어제저녁에도 왔다 갔지만 스키야키는 점심 특선이었기에 하루를 날리고 오늘 다시 온 것이다. 가게의 사장님은 어젯밤 다녀갔던 우리를 알아보셨고 우린 자연스럽게 스키야키를 주문했다. 언뜻 본 SNS의 글에서는 이 가게는 50년 가까이 된 현지인들이 좋아하는 맛집이라고 소개했다. 언뜻 보기에도 가게가 오래되어 보였고 한국인으로 보이는 사람은 우리를 제외하고 한 팀뿐, 모두가 현지인들이었다. 근처에 이곳 말고도 새로 오픈한 듯한 스키야키 가게가 있었지만 사람이 너무 몰려 가고 싶지 않았다. 이곳으로 오는 손님들은 이미 단골인 듯 익숙하게 사장님과 인사하며 자리에 앉았다. 두 가게를 번갈아 보며 느낀 건 새로운 것은 환영받지만 익숙한 것은 사랑받는다는 것이다. 스키야키. 첫인상은 그냥 전골이었다. 냄새는 좋았다. 사실 고기를 넣고 끓이는데 그게 맛없고 냄새가 이상하면 그게 말이 안 되는 거다.

난 충청도 토박이라 뭐든 느긋하고 여유롭게 행동하지만 빠르다고 자부할 수 있는 게 몇 가지 있다면 말과 밥 먹는 속도다. 충청도인 네가 빨라봤자 얼마나 빠르겠냐고 할 수도 있지만 이 둘은 그 누구보다 빠르다고 자신한다. 옛날에 '아웃사이더'라는 래퍼의 노래를 많이 들었기에 따라 부르다 보니 덩달아 나도 말이 빨라졌고 밥 먹는 속도는 나도 왜 그런지 모르겠다. 확실한 건 밥은 생애 첫 끼니인 것처럼 허겁지겁 먹어야 더 맛있게 느껴진다는 것이다. P와 함께하다 보니 바뀐 점은 밥 먹는 속도가 대체로 느려졌다는 것이다. 마주 앉아 밥을 먹을 때 한 명만 빠르게 먹고 끝낸다면 먼저 먹은 사람은 기다리느라 지루하고 늦게 먹은 사람은 먼저 먹은 사람 눈치를 봐야 해서 불편했기에 자연스럽게 P의 속도에 맞추게 되었다. 스키야키는 너무 뜨거웠기에 빠르게 먹고 자시고 할 선택지도 없었지만.

얇은 냄비에 야채와 고기를 넣고 자박하게 끓인 스키야키와 커다란 단지에 담겨 나온 흰쌀밥과 날계란. 특이한 건 용도를 알 수 없는 모래시계도 같이 내어주셨다. 빠르게 솥단지의 뚜껑을 열고 밥을 먹고 싶었지만 사장님은 모래시계의 모래가 다 떨어질 때까지 잠시만 기다려 달라고 하셨다. 손동작과 몸짓으로 열심히 설명을 해주셨는데 아마 밥의 뜸을 들이는 시간이라고 설명하신 것 같다. 사장님은 황제가 선물한 쌀로 지은 밥이라 밥이 아주 맛있다는 설명을 끝으로 주방으로 돌아가셨고 난 천천히 숟가락을 들었다. 국물은 숟가락의 반만 담길 정도로, 밥은 젓가락 끝에서부터 손가락 한 마디 정도만 퍼 올리며 적은 양으로 많은 수저질을 했다. 물론 이렇게 해도 성인남녀의 밥 먹는 속도에는 많은 차이가 있었기에 먼저 밥을 다 먹은 나는 밥을 한 공기 더 주문했다. 속도를 맞출 수 없다면 내가 먹는 양을 늘리면 되는 것이었다. 천천히 먹는다는 건 음식의 풍미를 미뢰에 더욱 강하게 박아 넣었고 빠르게 먹을 때와는 다르게 포만감이 더 오래간다는 장점도 있었다. 가게의 결제는 현금으로만 가능했기에 지갑에서 가격에 맞추어 현금을 꺼내 사장님에게 전해드렸고 사장님은 돈을 세어보지도 않은 채 감사하다고 인사를 전했다. 금액이 안 맞으면 어쩌시려고 저러나 싶었지만 그동안 사장님이 50년간 베푼 친절과 그 감사함을 잊지 않는 손님들의 윤리와 도덕성이 만들어 낸 믿음으로 이루어진 값진 행동이었다.

식당은 아사쿠사 센소지를 눈앞에 두고 있었기에 우리는 자연스레 센소지를 향해 걸었다. 아사쿠사는 도쿄 내에서 가장 오래된 절인데 사실 절을 보러 오기보다는 거대한 카미나리몬부터 펼쳐진 나미카세 상점 거리를 구경하기 위한 손님들이 8할 이상이었다. 입구부터 이어진 상점가는 입구로부터 약 300m 정도로 전통의상과 기념품, 간식 등을 파는 수십 개의 상점으로 이루어진 거리였다. 배가 부른 우리에게 간식은 눈에 들어오지 않았고 대만에서 뽑아낸 수많은 피규어와 인형으로 인해 기념품에도 흥미가 생기지 않았다. 오히려 흥미가 생기는 건 기모노를 입고 돌아다니는 많은 현지인과 관광객이었다. 애도 시대로 돌아온 듯한 그들의 복장과 스마트폰을 쥐고 걷는 우리 사이엔 괴리감이 있었지만 과거와 현재를 동시에 볼 수 있다는 건 꽤 흥미로운 일이었다. 본당에 가까워지자 알 수 없는 연기가 자욱했는데 수많은 관광객들이 선향을 피우고 있었기 때문이다. 이 향의 연기를 쐬면 질병이 치유된다는 미신이 있어 사람들이 많이 몰려 있었지만 냄새가 독해 우리는 그저 멀리서 바라보기로 했다. 본당에 도착하자 사람들이 거대한 함에 동전을 던져놓고 합장하는 모습이 보였다. 나는 지갑에서 10엔짜리 두 개를 꺼내 P에게 주었고 우리도 동전을 던진 채 합장을 하며 기도했다. 스펀에서 천등을 날린 지 얼마 안 됐지만 P는 이번에도 오랜 시간 소원을 빌었고 나 역시 오랜 생각 끝에 떠오른 소원을 하나 빌었다. 사실 이미 이룬 것이었지만 오랜 염원 끝에 이루어진 그 소원이 영원하기를 바란다는 소원이었다. 무엇인지는 비밀이다.

오늘 하루의 마지막 일정은 도쿄타워 보러 가기. 센소지에서는 거리가 조금 있었지만 도쿄타워와 함께 사진을 찍을 수 있는 명당이 있다고 해서 기어코 가보기로 했다. 밝은 낮에 가고 싶었지만 센소지까지 구경하고 나니 이미 어둑어둑해진 뒤였다. 걷고, 지하철을 타고 내려서 다시 걷는 걸

반복하기를 30분 구글맵에 표시된 도쿄타워 사진 스팟이 나왔다. 못해도 20명은 넘게 줄을 서 있었지만 괜찮았다. 줄을 서서 밥을 먹는다는 건 이해 못 하지만 사진을 찍는다는 건 한없이 넓은 아량으로 이해해 줄 수 있었다. 긴 기다림 끝에 우리 차례가 왔고 늘 그렇듯 P의 사진을 먼저 찍은 뒤 내 사진을 찍었다. 한창 사진을 찍고 있자 줄을 서 있던 중국인들이 기다리기 지친 듯 내 뒤에서 사진을 찍기 시작했다. 당연히 P가 찍는 내 사진에는 그 중국인들이 같이 나왔고 P는 매너 없이 무슨 짓이냐며 분개했다. 그들은 들은 체도 하지 않은 채 본인들의 사진을 다 찍은 듯 유유히 사라졌고 줄을 서 있던 모두가 그를 욕했지만 그들은 아랑곳하지 않았다. 지금 전쟁이 난다면 저들은 앞보단 뒤통수에 더 많은 구멍이 날 것이라 장담할 수 있었다. 분개하며 툴툴거리던 P의 행동과는 반대로 사진은 정말 잘 나와 한동안 나의 카카오톡 프로필 사진이 되었다. 만발하는 문화 사대주의가 안타깝지만 난 도쿄타워가 남산타워보다 훨씬 멋지다며 숙소로 돌아가는 길 내내 칭찬했다. P는 나중에 돈을 많이 벌어 도쿄타워 근처에 집을 사라고 했다. 글을 수정하는 지금쯤 돈이 많은 사람들은 도쿄타워 근처에 집을 샀을 것이며 나는 도쿄타워는커녕 아직 남산타워도 가보지 못했다.

센과 치히로의 행방불명. 1

오늘따라 P가 유난히 기분이 좋아 보이는 이유는 도쿄 시내를 잠시 벗어나 군마현에 위치한 세키젠칸 료칸으로 떠나는 날이기 때문이다. 세키젠칸 료칸은 군마현 시마 온천마을에 있는 일본에서 가장 오래된 목조건물로 P와 세계 일주 전 한국에서부터 가려고 마음먹었던 곳으로 어찌 보면 세계 일주가 시작된 이유와도 같은 곳이다.(1691년 처음 문을 열었다고 한다.) 지우편 여행기 때도 말했듯 일본은 〈센과 치히로의 행방불명〉의 종주국인 만큼 그 모티브가 된 곳이 정말로 많은데 세키젠칸 료칸도 그 대표적인 곳 중 하나이다. 센이 숨을 참으며 하쿠와 함께 달려가던 붉은 난간의 다리가 바로 이곳에서 모티브를 얻었다는 설이 대표적이다. 물론 미야자키 하야오 감독이 이곳에서 모티브를 얻었다고 확실하게 얘기한 적은 없지만 애니메이션 제작 전과 비교적 최근인 2021년에도 이곳을 방문했다고 하니 어느 정도 신빙성은 있어 보인다. 원작자가 '이곳이 그곳이다.'라고 얘기하지 않더라도 많은 사람들이 그렇게 믿고 방문했다면 그것도 그거대로 괜찮지 않나 싶다.

콧노래를 흥얼거리며 화장하는 P와 다르게 우리의 상황은 그렇게 여유롭지 않았다. 버스 출발까지 1시간도 남지 않았는데 아직도 머리조차 말리지 않았기 때문이다. 버스가 출발하는 도쿄역 야에스구치까지는 못해도 30분. 내일은 P의 생일이기에 도쿄역에서 케이크까지 사려면 지금 도쿄역이어도 시간이 빠듯한데 한가하게 콧노래나 부르고 있을 시간이 없었다. 최대한 빠르게 준비를 한다고 했지만 이미 버스 출발까지는 40분도 남지 않았기에 우리는 어쩔 수 없이 택시를 이용하기로 했다. 기사님을 닦달하고 닦달한 결과 다행히 출발 10분 전 버스 앞에 도착했고 나는 P에게 짐을 맡겨둔 채 케이크를 사기 위해 도쿄역 지하로 달렸다. 하지만 살면서 처음 와보는 엄청난 크기의 도쿄역에서 어젯밤 급하게 알아본 빵집을 10분 만에 찾는 건 불가능했고 난 말벌에 쏘인 개처럼 이리저리 미친 듯이 뛰어다니다 눈앞에 보이는 빵집에서 아무 케이크나 산 뒤 도쿄역을 빠져나왔다. 그나마 다행인 건 P가 좋아하는 딸기 케이크였다. 버스에 도착하자 P는 낑낑거리며 내 배낭을 버스에 싣고 있었고 내가 탑승함과 동시에 버스는 출발했다. 마을까지는 약 3시간 30분 정도가 걸렸고 버스는 정오를 조금 넘긴 시각에 목적지인 시마 온천마을에 도착했다.

마을은 계곡이 흐르는 조용한 산속에 있었으며 마을 곳곳엔 미처 녹지 못한 눈들이 쌓여 있었다. 버스에서 내린 승객은 우리를 포함 단 네 명뿐. 당장 눈앞에 보이는 관광객이 다섯 명도 채 되지 않는 마을은 조용하다 못해 서늘한 정적이 흘렀지만 이 고요함이 오히려 마을의 신비로움에 한층 더 힘을 실어주었다. 버스에서 내려 길을 따라 조금 걷자 유카타를 입은 사람들이 조금씩 보였고 이윽고 익숙한 붉은 난간의 다리가 놓인 세키젠칸 료칸에 도착했다. 지우펀의 아메이차루에 도착했을 때와는 사뭇 다른 느낌이었다. 소란함에 당장이라도 자리를 벗어나고 싶던 아메이차루와는 달리 고요하고 적막한 세키젠칸은 언제까지나 서서 바라보고 싶을 정도로 아름다웠고 붉은 다리에 서서 해사하게 웃고 있는 P의 모습은 정말 애니메이션 속 한 장면 같았다.

료칸 곳곳에는 뜨거운 온천수로 곳곳에서 김이 피어올랐다. 소복이 쌓인 눈이 아니라 녹음이 우거진 여름이었다면 어땠을까 하는 작은 아쉬움이 피어올랐지만 이대로도 나쁘지 않았다. 내부로 들어서자 유카타를 입은 사람들이 온천을 즐기기 위해 사부작거리며 돌아다녔고 노신사 한 분이 체크인을 도와주셨다. 세키젠칸과 함께 나이 들어간 듯한 모습의 노신사는 이곳의 분위기가 사람의 형상으로 변한 듯했다. 체크인은 전부 일본어로 이루어졌지만 왠지 모르게 대부분 이해할 수 있었고 우리는 안내받은 방으로 향했다. 방은 2층이었으며 오래된 목조건물인 만큼 계단을 한 칸씩 밟을 때마다 삐걱거리는 소리가 났다. 복도 끝에 있는 우리의 방은 세 가지의 객실 형태 중 가장 저렴한 방이었다. 건네받은 키로 문을 열고 들어가자 도쿄에서 머물렀던 숙소의 세 배는 되어 보이는 방의 크기에 한 번 놀라고 바로 앞 테라스 너머로 보이는 전경에 두 번 놀랐다. 방의 중앙에는 코타츠가 놓여 있었고 그 위에는 쿠키와 찻잔들이 정갈하게 놓여 있었으며 입구의 왼편에 있는 옷장에는 유카타 두 벌이 가지런히 걸려 있었다. 배낭을 한쪽 귀퉁이에 몰아 놓고 테라스의 문을 열었다. 료칸의 모습과 붉은 다리 그 밑으로 흐르는 하천까지, 이스탄불 이후로 이렇게 좋은 테라스 뷰는 처음이었다.

료칸에 있는 온천은 대부분 24시간 이용할 수 있었지만 세키젠칸은 새벽 1시까지 제한이 있었으며 청소 시간에는 이용하지 못했기에 우리는 료칸 내부를 둘러보며 청소가 끝나는 시간까지 기다리기로 했다. 오후 5시, 온천을 이용할 수 있는 시간이 되었고 우리는 저녁 시간인 6시 전까지 온천을 이용해 보기로 했다. 세키젠칸에는 세 개의 온천이 있었는데 그중 입구에서 본 겐로쿠노유라는 온천을 먼저 가보기로 했다. 본관 밖에 있는 겐로쿠노유는 당연히 남녀 탕이 구분되어 있었고 별도의 탈의실 없이 하얀 미닫이문을 열자마자 온천 내부가 보였다. 다행히 문밖에서 이름을 부르면 내부까지 잘 들렸기에 먼저 나오는 사람이 밖에서 부르기로 한 뒤 우린 각자 온천으로 들어갔다. 겐로쿠노유 내부는 서구적인 건축 양식을 빼고는 그냥 목욕탕 같았다. 온천이 처음인 나는 동그란 모양의 탕을 상상했으나 목욕탕과 다름없는 모습에 조금 실망했다. 온천 내부에는 일본인 손님이 한 명 있었지만 이내 곧 밖으로 나갔고 나는 혼자서 여유롭게 온천을 즐겼다. P와 나는 온천에 몸을 삶듯이 지지다 저녁 시간에 맞춰 밖으로 나왔고 본관에 있는 식당으로 향했다.

식당 직원은 객실의 호수를 말하자 식사가 준비된 테이블로 안내해 주었다. 테이블에는 3단짜리 도시락통 두 개가 놓여 있었고 밥과 국은 셀프였다. 밥과 국을 떠 온 뒤 도시락 뚜껑을 열자 열 가지 정도의 반찬이 쏟아져 나왔다. 먹기 아까울 정도로 예쁘게 담긴 반찬들은 각종 나물과 생선 등 그 종류도 다양했고 군마현의 명물인 곤약 요리도 들어 있었다. 도쿄에서의 음식들은 대부분 짠 편에 속했는데 이곳의 음식은 간이 삼삼하게 잘되어 있었다. 우리는 반찬 하나하나를 천천히 음미하며 살면서 가장 느린 속도로 천천히 식사했다. 기분 좋았던 식사가 끝나고 우리는 다시 온천으로 향했다. 이번에 갈 곳은 우리가 묵는 본관 숙소가 아닌 신관 숙소에 있는 카쇼테이라는 노천탕이었다. 노천탕은 겐로쿠노유와는 다르게 탈의실이 존재했고 실내와 야외의 노천탕으로 구분되어 있었다. 실내의 온천에서 가볍게 몸을 씻은 뒤 야외로 나갔다. 차가운 겨울바람에 후다닥 온천에 들어가자 아래는 따뜻하고 위는 차가운 느껴본 사람만 아는 기분 좋은 온도가 나를 감쌌다. 바람에 나부끼는 나뭇가지들 소리도 좋았고 깊은 산속이라 잘 보이는 별들도 좋았다. 이번에도 온천에는 혼자였기에 아무것도 신경 쓰지 않고 오롯이 온천을 즐길 수 있었고 잠시 후 막힌 벽 쪽에서 P의 목소리가 들렸다. 바람 소리와 물소리 때문에 자세히 듣지는 못했지만 너무 좋다고 하는 것 같았다. 큰 목소리로 말을 거는 걸 보니 P도 혼자인 듯했다. 온천이라는 녀석의 첫 기억이 너무 완벽하게 새겨진 것 같아서 상당히 만족스러웠다. 그렇게 몸이 불어 터져갈 때까지 온천을 즐기고 밖으로 나오자 시간은 한 시간 반 정도가 지나 있었다. 온천의 입구 앞에는 아이스크림 자판기가 있어 우리는 뽀송해진 모습으로 아이스크림을 먹으며 온천을 빠져나왔다.

아직 몸에 열기가 남아 있던 우리는 뜨거운 방 대신 산책을 택했고 로비에 비치된 나막신을 신고 본관 밖으로 나섰다. 한껏 내리깔린 어둠에 본관과 신관에는 화려하게 조명이 켜졌고 붉은 다리에도 은은하게 빛이 들어왔다. 너무 예뻐 넋을 놓고 P와 함께 한참 동안 세키젠칸을 바라봤다. 예쁘다는 말 말고는 달리 설명할 방도가 없었다. 나는 곧장 방으로 뛰어가 카메라를 들고 나왔다. 그래 우리의 종착지는 여기였다. 여기를 오기 위해 세 달 동안 지구 반 바퀴를 돌며 그렇게 정처 없이 떠돌았었나 보다. 우리는 누가 먼저랄 것도 없이 임자 없는 12월의 행복이라는 놈을 맘껏 주워 담아 누렸다. 차가운 겨울바람을 버티기에 유카타는 한없이 얇았지만 춥다고 느껴지지 않았다. 이날 우리를 감싸준 건 온천수의 기운으로 미약하게 오른 체온이었을까 꿈을 좇아온 자들의 열기였을까. 영원은 아니지만 살아 있는 한 이곳을 사랑하지 않을 자신이 없었다.

센과 치히로의 행방불명. 2

발등에 불이 떨어진 듯 잠에서 깼다. 급한 일이 있는 건 아니고 정말 발에 불이 붙은 것 같은 뜨거움에 잠에서 깼다. 다다미 숙소 특성상 침대가 아닌 바닥에 이부자리를 펴놓고 잠을 잤는데 잠자리의 발 쪽에 흔히 라디에이터라고 부르는 히터가 있었다. 이 히터가 굉장히 뜨거워 방 전체가 따뜻하다 못해 더울 지경이었는데 잠결에 뒤척이다 히터에 발을 데어 버린 것이다. 잠에서 깬 시간은 새벽 5시 반. 마침 5시부터 온천 입욕이 가능했기에 곤히 잠든 P는 굳이 깨우지 않은 채 겐로쿠노유로 향했다. 산속의 새벽 공기는 굉장히 찼기에 사이즈가 맞지 않아 바닥에 질질 끌리는 유카타를 다리가 움직이기 힘들 정도로 꽁꽁 싸맨 뒤 잰걸음으로 겐로쿠노유에 도착했다. 너무 이른 시간이라 온천에는 혼자뿐이었고 난 가볍게 몸을 씻은 뒤 온천수에 몸을 담갔다. 차가운 몸이 뜨거운 물에 닿을 때 느껴지는 따끔한 느낌이 좋았다. 시마 온천의 온천수는 관절에 좋다는 얘기를 익히 들어 온천을 즐기며 틈틈이 오른쪽 무릎을 마사지해 주는 것도 잊지 않았다. 군대와 순례길에서 크게 안 좋아진 오른쪽 무릎이 카즈베기 트레킹을 기점으로 정말 수명이 얼마 남지 않았음을 느꼈기 때문이다. 시간이 흘러 아침이 되었고 커다란 창문들 사이로 햇살이 들어옴과 동시에 휴대폰에서는 7시를 알리는 알람이 울렸다.

7시부터는 조식 시간이었기에 나는 물기를 닦아내고 방으로 돌아가 아직 자고 있는 P를 깨워 함께 식당으로 향했다. 조식은 석식과 같이 3단으로 된 도시락통에 담겨 있었고 아침과 어울리는 가벼운 메뉴들로 구성되어 있었다. 9시부터는 온천의 청소 시간이었기에 빠르게 밥을 다 먹은 P는 서둘러 온천에 가자며 재촉했지만 이미 다녀온 난 P에게 혼자 다녀오라고 한 뒤 방으로 향했다. P는 마음에 안 든다는 듯한 표정을 지었지만 곧 청소 시간이었기에 어쩔 수 없이 홀로 온천으로 뛰어갔다. 사실 한 번 더 가도 상관은 없었지만 난 혼자서 해야 할 일이 있었다. 그것은 바로 편지 쓰기. 일본까지 와서 몰래 편지를 쓰는 이유는 다음 날이 P의 생일이었기 때문이다. 굳이 생일이 아니더라도 나는 새해나 경조사 때 주변 친구들에게 편지를 써주곤 했는데 P는 그중에서도 유독 편지 받는 것을 좋아했다. 내용이 중요한 게 아니라 본인을 위해 내어준 시간이 고맙다나 뭐라나. P의 생일이 점점 다가올수록 조급해졌지만 24시간을 붙어 있다 보니 쉽사리 편지를 쓸 시간이 나지 않았다. 편지를 쓰기 위해 새벽에 혼자 온천을 다녀온 건 아니었지만 결과적으로는 혼자만의 시간이 생겼다. 온천의 청소 시간까지는 한 시간 반 남짓, P가 청소 시간에 맞춰 온다는 보장도 없었기에 최대한 빠르게 써야 했다. 그나마 다행인 건 펜과 종이가 없어 카톡으로 쓴다는 점 정도. 편지는 늘 시작이 어렵지 일단 첫 운을 떼고 나면 술술 적혔다. 예전부터 하던 생각들과 해주고 싶었던 말들을 적다 보니 편지는 어느새 수십 줄을 넘겼고 다 적고 나니 생일 편지보단 P라는 책의 독후감을 쓴 듯했다. 테이블에 있는 쿠키를 주워 먹으며 테라스 너머의 전경을 관조하며 시간을 보내자 P가 두 볼이 붉어진 채 뽀송한 모습으로 방에 들어왔다.

기분이 좋은 듯 P는 오전 내내 연신 웃음을 지어 보였지만 그 표정은 오래가지 않았다. 세키젠칸의 점심은 너무 지루했기 때문이다. 아침과 저녁에는 조식과 석식을 먹고 온천을 하며 시간을 보내면 됐지만 점심에는 중식이 제공되지 않았고 온천의 청소 시간까지 겹쳐 꼼짝없이 방에만 갇혀 있어야 했다. 휴대폰만 만지작거리기를 몇 시간째, 슬슬 허기도 지고 답답했던 나는 마을을 둘러보자며 P를 이끌고 숙소 밖으로 나왔다. 역시나 오늘도 거리엔 개미 한 마리 보이지 않았고 마을은 휑하다 못해 을씨년스러웠다. 끼니를 해결하기 위해 마을을 열심히 돌아다녔지만 문을 연 가게는 찾아볼 수 없었고 결국 우리는 목적을 바꿔 조촐한 생일 파티를 할 겸 술을 사러 가기로 했다. 지도를 켜 찾아본 가장 가까운 마트는 걸어서 30분 거리. 그나마도 영업시간이 표기되어 있지 않아 왕복 1시간이 헛걸음이 될 수도 있는 상황이었다. 하지만 숙소에서 크게 할 일도 없었고 1년에 한 번뿐인 생일에 애주가인 우리가 술을 마시지 않는 것도 말이 안 되는 일이었다.

시작은 나쁘지 않았다. 조금 추웠지만 해도 떠 있었고 마을을 벗어나 더 깊은 곳까지 둘러보는 재미도 있었다. 도착한 마트는 시골에서나 볼 법한 작은 구멍가게였지만 다행히 영업 중이었으며 사케를 비롯해 적지만 위스키나 보드카도 팔고 있었고 심지어 딸기 케이크도 팔고 있었다. 지난날 왜 그렇게 도쿄역을 뛰어다니며 고생했는지 세상이 참 야속했다. P와 나는 한참을 술 진열대 앞에서 알고 있는 맛을 먹을지, 일본에 왔으니 안 먹어본 사케를 먹을지 20분이 넘게 고민했다. 긴 고민 끝에 우리는 익숙한 위스키 한 병을 골라 계산대로 향했고 익숙하게 카드를 내밀었다. 하지만 가게의 사장님은 현금만 가능하다며 계산을 거부했다. 현금이 없던 우리는 잠시 가게 밖으로 나와 지도에 현금인출기를 검색했고 지도에는 두 곳이 표시되었다. 왔던 길을 20분 정도 되돌아가면 있는 온천마을 관광안내소에 하나, 마트를 지나쳐 30분 정도를 더 걸어가야 하는 곳에 하나. 왔던 길을 되돌아간다는 것이 내키지 않았지만 조금이라도 더 가까운 관광안내소로 향했다. 아슬아슬하게 영업 종료 전 관광안내소에 도착한 우리는 현금인출기에 카드를 넣었지만 기계는 알 수 없는 일본어 문구와 함께 카드를 뱉어낼 뿐이었다. 답답한 마음에 퇴근 준비를 하던 안내소의 직원에게 도움을 구하자 안내소의 현금인출기는 해외 카드는 사용이 불가하다는 답이 돌아왔다. 질답을 끝으로 직원들은 퇴근했고 우리는 길가에 덩그러니 남겨졌다.

이제 남은 선택지는 안내소에서부터 50분 정도를 걸어가야 있는 곳뿐이었다. 슬슬 날이 어두워졌고 해가 저무니 추위는 더 심해졌지만 여기까지 온 이상 빈손으로 되돌아갈 수도 없는 노릇이었다. 우린 한껏 어두워진 길을 다시 걸어 마트에 도착했고 1시간 내로 돌아올 테니 사장님에게 문을 닫지 말아 달라며 신신당부를 한 뒤 다시 30분을 걸어 지도에 표시된 현금인출기를 향해 걸었다. 노심초사하는 마음으로 도착한 이곳에서는 다행히 현금을 뽑을 수 있었다. 사장님에게 기다리겠다는 답을 받았지만 혹시나 하는 마음에 우리는 부리나케 달려 마트에 다시 도착했고 그토록 원하던 술을 살 수 있었다. 하지만 이미 해는 완전히 넘어가 밤이 되어 있었다. 우리는 가로등 하나 없는 길을 휴대폰 라이트에 의지한 채 꾸역꾸역 걸어 숙소를 나선 지 2시간 만에 다시 숙소로 돌아올 수 있었다. 시간은 5시를 훌쩍 넘겨 온천의 청소는 당연히 끝나 있었으며 곧 저녁도 먹을 수 있었다. 추위와 배고픔에 지친 우리는 저녁 시간이 되기 전까지 신관에 있는 노천탕에서 피로를 푼 뒤 저녁을 먹고 쓰러져 잠이 들었다. 힘들게 구해 온 술과 케이크가 아까워서라도 파티는 해야 했기에 자정이 되기 전 알람을 맞춰 놓는 것도 잊지 않았다.

11시 30분이 되자 시끄러운 알람이 울렸고 나는 빠르게 일어나 코타츠 위에 케이크와 술을 꺼내놓았고 P는 술안주로 먹자며 도쿄의 돈키호테에서 사 온 각종 주전부리들을 올려놓아 나름 그럴듯한 생일상이 준비되었다. 12시가 되자 우리는 초에 불을 붙여 생일 축하 노래를 불렀고 나는 아침에 써두었던 편지를 P에게 전송했다. 편지를 본 P는 손 편지가 갖고 싶다며 갑자기 파우치에서 펜을 꺼내더니 숙소 구석 어딘가에서 메모지를 들고 와 손으로 다시 써달라고 부탁했다. 이럴 줄 알았으면 길게 안 썼을 텐데. 나는 몰래 쓴 편지를 생일 당사자 앞에서 메모지에 옮겨 적는 이상한 행동을 30분이 넘도록 지속했고 그렇게 완성한 편지를 다시 P에게 건네주었다. P는 술을 홀짝이며 천천히 읽기 시작했고 편지를 다 읽은 P의 눈가엔 눈물이 흘렀다. 열심히 쓰기는 했지만 울 정도의 내용은 없었던 것 같은데 그래도 눈물을 흘리며 연신 고맙다고 말하는 P를 보니 앞으로 더 편지지가 많이 필요할 것 같았다. 밤은 낮보다 길었다. 우리는 새벽까지 술을 마시며 생일과 우리의 여행이 무사히 끝났음을 자축했고 P의 생일 파티를 끝으로 그토록 소망했던 세키젠칸 여행과 세계 일주를 마무리했다. 이제 집으로 돌아갈 시간이었다.

5

살아왔고
살아갈 곳

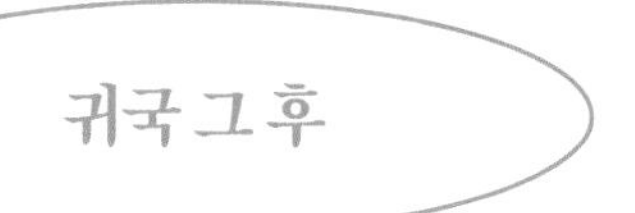

귀국 그 후

추억은 한 편의 산문집 되어

처음도 아닌데 처음처럼 힘든 것들

내일은 내일의 해가 뜬다.

소설 『바람과 함께 사라지다』 中에서

그래, 내일은 내일의 해가 뜨겠지 당연히. 난 그 당연한 사실 때문에 힘든 거고. 시간은 흐르고 흘러 그토록 오지 말라고 빌었던 한국으로 돌아가는 날이 되었다. 사실 세키젠칸 이후 도쿄로 돌아가 5일 정도를 더 머물렀고 그 사이 숙소의 변기 물이 미친 듯이 역류해 숙소 전체가 물바다가 되는 등 여러 가지 여러 가지 사고들이 있었지만 이제 내 여행에서 이 정도는 사소한 것이기 때문에 자세한 얘기는 생략했다. 본론으로 돌아와 오늘은 귀국을 위해 나리타 공항으로 향했다. 나는 청주 공항, J는 대구 공항으로 가야 했기에 비행기의 시간이 각각 달랐지만 마지막까지 함께했다. 걱정스러운 점이 있다면 P의 몸 상태가 많이 안 좋다는 것과 비행기 티켓이 결제는 되었지만 출발하는 오늘까지도 확약 메일이 오지 않았다는 점이다. 무심한 하늘은 오늘도 대차게 비를 퍼부어 댔다. 이어폰에서는 〈윤도현 – 빗소리〉가 흘러나왔고 기차는 빠르게 달려 나리타 공항에 도착했다.

수속 마감까지는 1시간도 채 남지 않았었기에 난 서둘러 카운터로 달려가 여권을 내밀었지만 카운터에서는 예약 내역이 없다는 말이 되돌아왔다. 하지만 귀국 당시 난 이런 상황쯤은 웃어넘길 수 있을 정도의 선인이 되어 있었기에 차분하게 결제 내역을 보여주었다. 승무원은 잠시 확인하더니 전산상의 오류가 있었다며 사과했다. 승무원은 현장 발권을 해주었지만 5만 원을 추가로 결제해야 했다. 1,000만 원도 넘게 쓰고 왔는데 이깟 5만 원 추가로 결제한다고 내 지갑 사정이 나아지는 것도 아니었기에 빨리만 해달라고 했다. P와 나는 출국하는 터미널도 달랐기에 발권이 끝난 나는 힘들어하는 P를 셔틀버스 승차장까지 배웅했다. 진했던 여행치고는 싱거운 안녕이었다. 탑승 시간이 되어 비행기에 발을 올렸고 익숙하게 좌석에 앉았다. 수십 번도 넘게 탄 비행기지만 이렇게까지 힘든 적이 없었다. 마지막이라는 녀석은 처음도 아니면서 항상 낯설고 힘들다. 마지막 만남, 마지막 수업, 마지막 인사 등 수없이 많은 마지막을 마주했음에도 쉬운 녀석은 하나도 없었다. 하루아침에 내 여행이 자취를 감춘다는 게 허무했지만 이런 내 마음을 모르는지 비행기는 빠르게 한국을 향해 날아갔다.

"저희 비행기는 청주 공항에 무사히 착륙했습니다." 안내 방송이 끝나고 비행기 모드를 풀자 수많은 문자가 쏟아졌다. "외교부에서 알립니다.", "세관 신고 및 축산품 반입은…." 등 외교부 문자를 보니 이제서야 한국에 온

게 실감이 났다. 비행기에서 내려 짐을 찾는 건 아주 쉬웠다. 자그마한 캐리어들 사이 우뚝 솟아 있는 성인 남자 상반신만 한 배낭은 컨베이어에서 독보적인 존재감을 뽐내고 있었으니까. 앞뒤로 커다란 배낭을 멘 채 뒤뚱거리며 걷는 모습은 작은 청주 공항에서 이목을 끌기에 충분했다. 버스 정류장으로 나와 내가 향한 곳은 고향인 충주가 아닌 충남 태안시. 곧장 집으로 가서 쉬고 싶은 마음이 굴뚝같았지만 여행을 떠나며 차를 태안에 살고 있는 아빠에게 맡기고 왔기 때문에 어쩔 수 없는 선택이었다. 버스에서 내리자 아빠가 서 있었고 2년 만에 보는 아빠는 조금 늙어 있었다. 아빠는 비쩍 곯은 내게 파병이라도 다녀온 거냐고 농을 건네며 차로 데려갔다.

아빠는 운전하는 내내 최근에 바꾼 새 차 자랑을 쉬지 않았다. 시트가 이렇고, 내구성이 저렇고 등등 자랑은 몇 분간 이어졌지만 틀린 말은 아니었다. 아빠의 새 차는 근사했다. 1년 전 내가 첫 차를 샀을 때 아빠는 낡고 오래된 차를 타고 있었기에 부러운 듯 차를 바꾸자고 했지만 나는 안 몰던 차를 몰면 위험하다고 대답했다. 거절의 뜻이었다. 장난삼아 이번엔 내가 차를 바꾸자고 말하자 아빠는 이 차는 연비가 안 좋다느니, 세금이 비싸다느니, 주차가 힘들다느니 갑자기 차의 단점들을 쏟아내기 시작했다. 이것 역시 거절의 뜻이었다. 그냥 싫다고 말하면 되는데 충청도 사람인 우리 부자에겐 그 한마디가 그렇게 어려웠다. 그렇게 수다를 떨며 도착한 곳은 어느 고등어 백반집이었다.

한국에 와서 첫 끼니는 무조건 짜장면을 먹을 거라며 소리친 나였지만 아빠는 태안의 마지막 중국집이 어제 망했다며 나를 이리로 데려왔다. 사실 그냥 아빠가 백반을 먹고 싶었던 것 같다. 아쉬움을 감출 수는 없었지만 백반 역시 훌륭한 음식이었다. 초밥 세 개에 만 원, 라멘 하나에 2만 5천 원씩 하던 메뉴판을 보며 울분을 토하던 게 엊그제인데 수십 가지의 반찬과 고등어, 된장찌개까지 시켜도 2만 원이 넘지 않는 식당이 지천에 널려 있는 게 한국이었다. 비행기를 타며 아쉬워하던 나는 온데간데없었다. 초밥이 맛있다며 비싼 돈을 주고 그렇게 사 먹으러 다녔었지만 같은 밥과 생선의 조합이어도 역시 난 초밥보단 흰쌀밥에 가시 바른 고등어구이 한 움큼을 올려 먹는 게 더 입맛에 맞았다.

근사한 저녁 식사를 마친 뒤 아빠 집에 도착한 난 샤워를 했고 배낭에서 주섬주섬 옷을 찾기 시작했다. 그렇게 내가 꺼내든 건 압축팩에 짓눌려 한껏 구겨지고 주름진 티셔츠와 트레이닝복 바지였다. 아빠는 아직도 파병 중이냐며 깔끔한 잠옷을 주겠다 했지만 난 한사코 거절한 뒤 거지 같은 옷들을 입었다. 군인들도 전역 당일까지는 군인 신분을 유지하는 것처럼 나 역시 한국으로 돌아왔지만 오늘까지는 여행자 신분을 유지하고 싶었다. TV에서 들리는 한국어와 냉장고에 정렬된 김치와 보리차까지. 주변 모든 것이 "이곳은 한국이야."라고 외치는 이 집에서 이 옷가지들은 유일하게 남아 있는 여행과의 연결고리였다. 옷을 다 갈아입은 난 가방을 뒤적거리며 무언가를 찾기 시작했다.

아빠는 선물이냐며 내심 기대했지만 내가 꺼낸 건 여권이었다. 케이스는

다 해지다 못해 찢어진 상태였고 당분간은 서랍에 처박혀 꺼낼 일도 없을 이 낡고 해진 종이 뭉치가 내 여행을 지속시켜준 숨은 일등 공신이었다. 아직까지 잘 붙어 있는 이집트의 비자와 세 번이나 찍혀 있는 터키의 스탬프, 아빠가 유일하게 가본 외국인 독일의 스탬프 등 난 여권 페이지를 하나하나 보여주며 아빠에게 자랑했다. 아빠는 그렇게 돌아다니고 남은 게 이 수십 개의 도장이 찍힌 여권 하나뿐이냐 물었지만 이것도 나름 돈 주고도 못 구하는 희귀 에디션 아니겠는가. 난 마음에 든다. 다 자기만족이다, 자기만족. 나는 아빠에게 이 책에 적힌 모든 일들을 얘기해 주며 한국에서의 첫날이자 여행의 마지막 날을 마무리했다. 그렇게 난 3개월간 지구 반 바퀴를 돌아 낡고 해진 여권 하나만을 남긴 채 다시 한국으로 돌아왔다.

되돌아가기

고향인 충주로 돌아온 뒤 삶은 꽤 빠르게 흘렀고 어느덧 2024년이 되었다. 처음엔 어색했다. 이 어색함은 내 모습과 주변 환경 둘 다에게 해당되었다. 우선 더 이상 내 등과 가슴팍에는 무거운 배낭이 없다. 그렇게 물아일체처럼 매고 다니던 25kg의 가방이 없어진 것만으로도 삶의 질은 기하급수적으로 상승했다. 두 번째는 외출 시 내 주머니에는 여권, 비행기표, 지하철 티켓 등 이동을 위해 신줏단지처럼 품고 다니던 물건들 대신 차 키가 들어 있다. 차는 1리터에 1,700원이라는 적지 않은 기름값을 요구하지만 1인석, 달리는 노래방, 움직이는 히터와 에어컨, 흡연 가능이라는 수많은 이점을 동반한다. 일등석이 어쩌고 퍼스트 클래스가 어쩌고 해도 내 차

보다 편하고 값싼 이동 수단은 없다. 세 번째는 휴대폰의 용도가 달라졌다. 지도, 비행깃값, 숙소 값 등 한 푼이라도 아끼기 위해 뚫어지게 쳐다보던 휴대폰은 생존 수단이 아닌 연락 수단이라는 본래의 용도로 잘 이용되고 있다. 여행할 때와는 다르게 최근 연락 목록에는 항공사, 에어비앤비, 부킹닷컴 등 앱이 아닌 사람들의 이름들로 빼곡히 채워져 있다. 네 번째는 활동 반경이 곱절은 줄었다. 그리스에서 이집트, 조지아에서 터키 등 동서남북으로 움직이고, 대륙을 횡단하던 나는 이제 큰일이 없는 한 반경 10km 안에서 모든 걸 해결한다. 차를 타고 드라이브를 하고, 재즈와 산조라는 카페에서 핫초코를 마시고, 해 질 녘엔 건지 마을에 올라가 노을을 보고, 취한 골목이라는 단골 술집에 가서 소주를 마신다. 나의 넓던 활동 반경은 10km라는 작은 울타리로 새롭게 구축되었다. 넓은 세상을 보는 것도 좋았지만 이젠 울타리 안에서 흘러가는 바깥세상을 구경하는 게 더 흥미롭다. 다섯 번째는 지갑 사정이 여유로워졌다는 것이다. 일을 다시 시작한 건 아니지만 이동에 몇십만 원씩 지불하지 않고, 숙박에 돈을 쓰지 않으며 무한히 제공되는 밥에는 설거지 외에 아무런 대가도 요구되지 않는다. 이 세 가지에 돈을 쓰지 않는다는 게 얼마나 내 삶을 윤택하게 해주는지 다시 한 번 느꼈다. 편의점에 가 2,000원짜리 맛없는 김밥과 3,000원짜리 맛있는 김밥 중 고민한 적이 있다. 둘은 겨우 1,000원 차이였기에 맛있는 3,000원짜리 김밥을 선택했지만, 1,000원 차이를 '겨우'라고 부르게 될 수 있음에 새삼 놀라기도 했다. 뭔가를 선택할 때 선택지가 많다는 것은 고민을 동반하지만 단점은 아니다. 진짜 단점은 선택지가 적거나 아예 없을 때다. 귀국 후 한동안은 친구들을 만나러 참 많이도 돌아다녔다.

우선 귀국 후 2주 뒤 여행 메이트였던 P를 만나기 위해 대구로 향했다. 길었던 머리를 자르고 예쁘게 화장을 한 P의 모습은 빛이 났고 목소리는 얼음으로 만든 실로폰을 두드리듯 맑았다. 3개월간 그렇게 고생을 시켰다는 게 미안한 마음이 들 정도로. 다음에 또 누군가와 여행을 간다면 나보다 더 나은 사람과 가길 바랐다. 오랜만에 만난 우리 사이에 여행 얘기는 일절 없었다. 징그럽게도 고생한 우리였기에 더 이상 여행 얘기를 하고 싶지 않았다. 몇 시간이 되지 않는 짧은 만남엔 귀국 후의 근황과 방어회 한 접시가 오갔다. 이번에도 만남은 짧았고 안녕은 싱거웠다. P를 만난 이후에는 여행지에서 샀던 선물들이 주인을 찾아갔다. 안탈리아에서 산 두개골 모양의 소주잔과 사케는 경식이에게, 지우펀에서 샀던 가오나시 모양의 저금통은 카페를 운영 중인 한진이에게, 도쿄에서 샀던 고급 양주는 진태에게로 향했다. 이후에는 그동안 만나지 못했던 친구들을 만났다. 먼저 연락이 온 친구도 있었고, 보고 싶어 내가 먼저 연락한 친구도 있었다. 영서, 그루, 찬주, 세영이, 종대, 서빈이 등 전국에 흩어져 있는 친구들을 찾아 바쁘게 움직였다. 터키 이후로 생긴 게을러터진 습벽은 여행을 했었나 싶을 정도로 빠르게 사라졌고 나의 생활은 다시 제자리를 찾아 돌아왔다. 1월과 2월은 그렇게 빠르게 흘러갔다.

살아가기 위한 살아감

글을 쓰는 지금은 24년 가을이다. 한국으로 돌아와서 3월쯤에는 운이 좋게도 괜찮은 회사에 합격해 일을 시작했고 식물을 키워보기 시작했다. 남자 혼자 사는 방이 칙칙해 보이면 안 되니 식물을 몇 개 가져가서 올려 두라는 엄마의 말에서 시작된 일이었다. 난 초록색 성애자라 집의 타일 카펫, 러그, 침대 매트리스까지 이미 모두 싱그러운 초록색이었지만 집에 들여서 나쁠 건 없으니 키우기 쉬운 녀석들로 두 개 챙겼다. 처음에는 이왕 키우는 거 죽이지만 말아보자는 의무감이었지만 의무감이 책임감으로 변하는 데에는 오랜 시간이 걸리지 않았다. 사실 무언가를 책임진다는 부담감에 흥미를 붙여가던 참이었다. 어린 동생을 데리고 여행하며 책임감이라는 단어의 중압감에는 그에 상응하는 어떠한 보람도 있다는 걸 깨달았다. 식물의 성장은 그런 알 수 없는 보람을 선물함과 동시에 내가 무언가를 책임질 수 있는 최소한의 어른이 되었다는 걸 증명해 주는 기분 좋은 일이었다. 물론 내가 키우는 것 중 하나는 선인장이기에 가만히 놔둬도 나보다 오래 살 수도 있지만 다 마음가짐의 문제 아니겠는가.

회사는 고향이 아닌 천안에 있기에 자취를 하게 되며 본의 아닌 절약도 열심히 하고 있다. 타지살이 역시 여행의 연장이라고 생각하면 절약하는 건 문제도 아니었다. 여행보다 나은 점이 있다면 항상 1인실을 사용한다는 것과 전용 이동 수단이 있고, 돈 나올 구석이 있다는 것이다. 사실 지금 난 당장 일을 안 해도 죽기 전까지 먹고 살 정도의 돈은 있다. 다음 주 금요일쯤 죽으면 된다. 장난이고 요즘 목표는 다시 돈이 되었다. 돈이 절대적인 행복을 보장하지 않지만 가난은 절대적인 불행을 보장하니까. 하지만 뭐 이런 것 때문에 돈에 집착하는 건 아니고 많이 썼으니 다시 채워 넣는 것뿐이다. 아니 그전에 순수한 궁금증 때문에 돈을 번다고 하는 게 맞겠다. 난 먹고산다는 문제를 떠난 다음 단계의 삶은 어떤 느낌일지 항상 궁금했다. 의식주가 완벽하게 해결된 다음의 삶의 목표는 무엇이 될까라는 막연한 궁금증이 나를 자꾸 일터로 몰아넣는 것 같다. 누군가 시켜서 하는 것도 아니고 그저 내 궁금증을 해결하기 위해 시작했기에 일찍 일어나는 것 말고는 일하는 것에 큰 불만을 품고 있지는 않다. 내가 봐도 좋은 자세다. 아참, P 역시 원하던 직업을 갖게 되었다고 들었다. 책을 빌려 축하의 말을 전한다.

3월 초에는 호주에서 알게 된 아만다가 부산으로 와 함께 술을 마셨으며, 소정이도 한국으로 잠시 들어왔었다. 4월에는 생일이 있었다. 생일날엔 출근을 했고 이곳엔 연고도 없었기에 생일 파티 같은 건 없었다. 8월쯤엔 이 책에 쓰지는 않았지만 일본인 친구 우란이가 친구들과 서울로 여행을 와 함께 만나기도 했다. 늦여름에는 매년 함께 컨셉 촬영을 하던 예지와 마지막 촬영을 했다. 여행하며 만난 친구들 역시 아직도 좋은 관계를 유지하고 있다. 사라는 드디어 졸업을 했고, 타샤드는 댄스 크루를 만들어 카이로에서 열린 댄스 대회에서 준우승했다며 연락이 왔다. 다니엘은 여전히 학교에 다니고 있으며 최근에는 입대 문제로 골머리를 썩이고 있었다. 누카는 모디 비디 문을 닫고 친구들과 함께 새로운 일을 기획하고 있다며 책이 나오면 꼭 보내달라며 먼저 연락을 하기도 했다. 놓지 않고 끊임없이 이어가는 모든 인연에 감사할 따름이다. 한국에 들어와서 책을 쓰는 지금까지 네 번의 일본 여행을 다녀왔다. 나중에 나이가 든다면 일본에서 살아볼 생각이다. 지나간 과거에 힘을 얻어 오늘을 사는 것도 좋았지만 앞으로는 내가 원하는 미래를 위해 오늘을 살아보려 한다. 내가 원하는 내일을 위해 앞으로 더 많이 여행을 다니며 천착해야 할 것 같다. 더 이상 이렇게 긴 여행을 갈 수는 없겠지만 이번 세계 일주의 끝은 마침표가 아닌 쉼표로 남겨두려 한다. 언젠가 내가 갑자기 또 퇴사하고 누군가의 손을 잡고 비행기를 타고 있을지는 아무도 모르는 일이니까.

화양연화

시간이라는 녀석은 부끄럼쟁이라 확인할수록 빠르게 달아났고 매일 같이 달력을 보던 내 두 번째 세계 일주는 결국 이렇게 끝이 났다. 내 바람과는 다르게 영원할 듯 끝나지 않는 이야기는 모두 남의 이야기였다. 결론만 말하자면 이번 여행에서 물질적으로 얻은 건 하나도 없다. 온통 잃은 것투성이다. 비행기를 타고 처음 부다페스트로 떠날 때 막연하게나마 미래에 얻을 줄 알았던 넓은 견문, 세상을 꿰뚫어 보는 통찰력, 유창한 외국어 실력은 눈 씻고 봐도 내게 찾아볼 수 없고 여행 후 지금의 내게 남은 건 바닥을 보이는 통장 잔고와 나만 알고 있는 3개월간의 알량한 기억들뿐이다. 한국으로 돌아온 후 가장 후회되는 건 걱정을 먹고 크는 걱정이란 놈을 한없이 키워놓은 귀국 전까지의 나다. 당장 몇 분 뒤의 내 모습도 가늠하지 못했으면서 몇 개월, 몇 년 뒤의 나를 염려하는 일이 얼마나 바보 같았는지 돌아와서야 알게 되었다. 글을 쓰는 지금은 내가 얻은 건 무엇이고 잃은 건 무엇인지는 아무렴 상관이 없다. 성장은 시나브로 내가 보지 못하는 부분에서 이루어졌을 수도 있고, 잃은 것 또한 언젠가 되돌아보면 그때 그걸 잃었어야만 하는 이유를 알게 될 날도 있을 것이며, 도리어 잃은 것들이 나를 성장시켰을 수도 있을 테니 모든 게 나에겐 좋은 영향을 끼친 셈이다. 적어도 난 그렇게 믿고 있다. 여행하면서 틈틈이 글을 쓰고 수정했지만 한국에 돌아와서 가장 먼저 쓰는 글은 지금 적고 있는 이 마치는 글이다. 귀국 후 때를 지나 갈변한 마음이 아닌 가장 진하게 무르익은 이 마음을 책의 끝자락 귀퉁이에 적어 놓고 싶었다. 장애도 많았고 쉬운 것 하나 없는 하루들이었지만 높은 계단만 있었을 뿐 벽이라고 느껴지는 것은 하나도 없었다. 목표를 향해 쉼 없이 달려갔기에 당장 양말에 구멍이 났는지 안 났는지도 내겐 중요한 게 아니었다. 모든 건 행복해지기 위한 여정이었으니까. 여행보다 힘든 건 여행이 끝난 뒤였다. 우선 공허한 마음이 가장 컸다. 장편소설을 다 읽은 것처럼 나만 현실 세상으로 돌아왔고 그들의 세상은 다시 내가 없는 첫 페이지가 시작되는 것 같은 허무함이 익숙해지지 않아 한동안 참 힘들었다. 고작 30분 먹은 밥도 완전히 소화되려면 8시간이나 걸리는데 이 마음이 얼마나 갈지를 생각하면 그것도 고역이었다. 지금 이렇게도 생생한 통증을 그리운 청춘, 젊은 날의 열병이라고 추억할 미래의 내가 역겹게 느껴지는 순간도 더러 있었다. 하지만 지금 내 삶이 이 힘듦을 모르고 지나갔을 삶보다는 더 나을 것이라는 확신이 있었다. 이렇게 하루에도 수십 번씩 바뀌는 마음으로 며칠을 지내다 우연히 화양연화라는 사자성어를 알게 되었다. 뜻은 인생에서 가장 아름답고 찬란한 순간. 참 좋은 뜻이지만 이번 여행이 내 인생의 화양연화였다고 표현하기에는 조금 찝찝하다. 그럼 내 인생 중 가장 찬란한 순간은 이미 지나갔다고 시연하는 꼴이 되는 것 같아서 말이다. 분명 어떤 행복은 터부시할 정도로 반짝이기도 했지만 어떤 우울함은 너무 짙어 가슴 가죽이 우묵하게 심장 안으로 빨려 들어가는 듯한 느낌을 받기도 했다. 감정의 다채로움을 찬란하다고 표현한다면 이번 여행이 내 인생의 화양연화라고 말할 수도 있겠다.

귀국 직후의 마음을 한 자 한 자 꾹꾹 눌러 적은 윗글의 작성일자는 2023년 12월. 그리고 그 글을 수정하는 오늘의 날짜는 2024년 12월이다. 그래, 여행을 다녀온 지 벌써 1년이 지났다. 귀국 당시의 내 글을 다시 읽어보며 또 새로움을 느낀다. 아, 저 때는 내가 저런 감정이었고 저렇게 표현했구나. 하지만 몇 번이나 고쳐 썼는지도 모를 열렬한 저 글을 읽어도 이제는 아무런 감정이 들지 않는다. 그냥 평소보다 길고 행복했던 꿈을 꾼 듯하다. 당시의 하루하루가 너무 치열해서, 사사로운 감정 한 꼬집도 맹렬하게 토해냈고, 뱉어내도 될 감정들을 가슴 한가득 머금은 채 내게 녹여내서 더 이상 저 당시의 내게 내어줄 감정이 하나도 남아 있지 않기 때문이다. 정말 내 평생의 운을 다 써서 만난 값진 나날들이었다. 모든 여행 기록을 다 정리하기까지 참 긴 시간이 걸렸다. 여행에서의 모든 일을 하나하나 다 적은 것도 아니고 1년이나 걸릴 만큼의 대서사시는 더더욱 아니었다. 부끄러움에 적지 못한 일도, 너무 소중해 나만 알고 싶은 기억도 있었다. 하지만 유통기한이 지났어도 아직 소비기한이 남아서일까 그때의 사진과 기억, 글들을 반추하다 보니 굳게 걸어 잠가둔 빗장 속 수많은 어제들은 기어코 문을 열고 나와 내 오늘을 헤집어 놓았고 이들을 갈무리하는 데 1년이라는 시간이 걸린 것이다. 스물아홉 여행하던 나는 이젠 서른 살이 되었다. 지금 생각하면 이 책에 흩뿌려 놓은 그 여행은 분명 스물아홉 내 인생의 화양연화였다. 하지만 그건 스물아홉의 화양연화일 뿐 내 서른의 화양연화는 책을 마무리하는 지금 이 순간이다. 내년엔 내년의 화양연화가 있을 것이고 그 후년엔 또 그때만의 찬란함이 있을 것이다. 이 책이 나의 서른에 나올지 서른하나에 나올지는 모르겠지만 스물아홉의 내게 꼭 이 말을 해주고 싶었다. 고생 많았다, 스물아홉의 나. 잘 가라, 내 20대. 그리고 이왕 갈 거면 잘 가라. 여기까지 길었던 책을 읽어준 독자 여러분께 감사를 표한다. 이제 책 제목을 정하려 한다. 지난 1년간 정말 고민을 많이 했다. 단 한 문장으로 내 20대의 화양연화를 떠올릴 수 있을 만한 제목을 끊임없이 고민했고 이제서야 정하게 되었다. 글의 마지막에서 불현듯 떠오른 내 빛나는 20대의 마지막 흔적인 이 책의 제목은.